# 遇见树

Meet The Tree

苏沧桑○著

人民文学出版社

**图书在版编目(CIP)数据**

遇见树/苏沧桑著.—北京:人民文学出版社,2022(2023.7重印)
ISBN 978-7-02-017178-1

Ⅰ.①遇… Ⅱ.①苏… Ⅲ.①散文集—中国—当代 Ⅳ.①I267

中国版本图书馆CIP数据核字(2022)第084166号

责任编辑 **杜 丽 温 淳**
装帧设计 **刘 远**
责任校对 **杨益民**
责任印制 **王重艺**

出版发行 **人民文学出版社**
社　　址 **北京市朝内大街166号**
邮政编码 **100705**

印　　刷 **北京盛通印刷股份有限公司**
经　　销 **全国新华书店等**

字　　数 **246千字**
开　　本 **850毫米×1168毫米 1/32**
印　　张 **13.25 插页1**
印　　数 **10001—13000**
版　　次 **2022年8月北京第1版**
印　　次 **2023年7月第2次印刷**

书　　号 **978-7-02-017178-1**
定　　价 **79.00元**

遇见
Meet the Tree
树

目录

## 时光篇



## 故土篇

## 乡野篇



## 手艺篇



## 古迹篇

# 时光篇

## 择水而栖

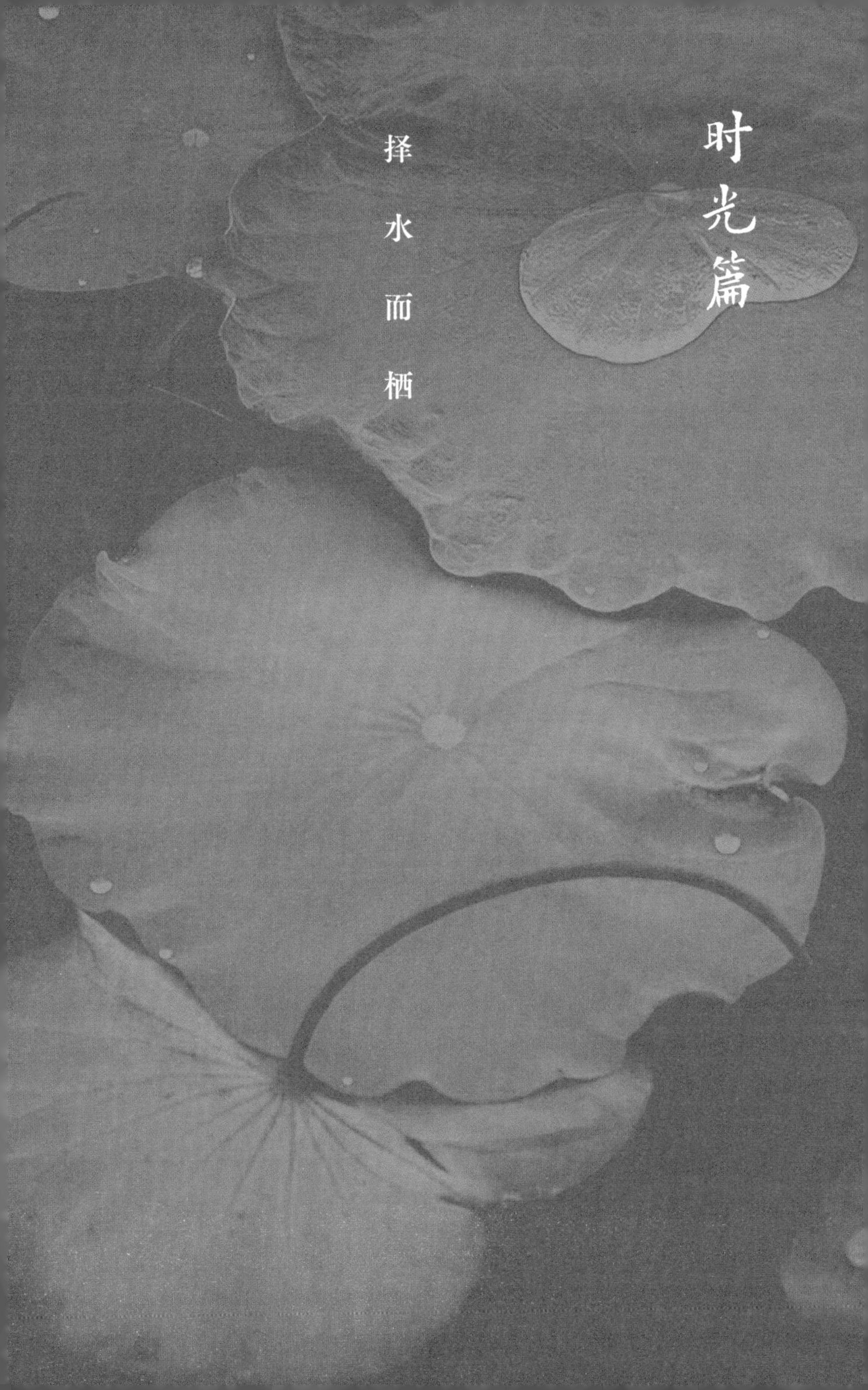

# 水　边

离零点还差三小时三十三分时，我将脚尖探进了17度的江水里。相对于立秋过后仍然酷热的气温，一江水仿佛已提前进入深秋，以让人猝不及防的凉，轻轻啃噬着趾尖，并一点点向上行进，一点点向内深入，直至蔓延至头顶最接近天空的那个细胞，醍醐灌顶般，热浪滚滚的脑海一下子静了下来。

农历七月初一，没有月亮，我伸出手抚摸新安江的脸，却看不清它的神色、样貌。远山如墨，灯火稀朗，水面深藏着微微的波光，但我清晰地闻到了它的呼吸，异常清凉，依稀可辨高崖的泉，深涧的溪，晨雾，杂树，渔舟，跃出水面的鱼，鱼鳃张合间微弱的腥气。我打开手机电筒，注视着一条水草随着水流轻轻滑过我的脚背，于是我在脚背上看见了一江水的真实面目，它用清澈到无色无味无声无形的语言，正一点点带走时光，将我带入知天命之年。

是的，是我49岁的最后一天，离50岁生日不到三小时。因缘巧合，一江水将见证一个平凡女人开启新的一段生命旅程。二十多年前，我第一次来到新安江，为令人震撼的白沙奇雾写下了《与雾同行》："我在江边走着，雾也顺着江走着，好像是两个同龄女人正在并肩散步，很亲近的样子。但我总有些自惭形秽。雾是单纯的，而我却不是，有着这样那样的欲望，有着这样那样的烦恼。好在雾并不在乎，依然用她无声的语言让我感觉自己暂时成了瑶台上的仙人，忘记了俗世间的一切。"二十多年后，世界变得多么热闹啊，而一江水依然这么静，这么凉，清澈，清瘦，清静，甚至清明。我用脚跟轻轻拍打，水花溅上我的身体，饥渴的肌肤发出一声叹息，像干涸的土壤吮吸雨水，像初雪落地。

这一江恒温17度的水，源自安徽怀玉山脉，流经休宁、黄山、建德、桐庐、富阳，至杭州湾，最后抵达大海，整整365公里，上游叫新安江，中游叫富春江，下游叫钱塘江，所到之处，"风烟俱净，天山共色。从流飘荡，任意东西……奇山异水，天下独绝"（吴均《与朱元思书》），引得李白在江边游吟"清溪清我心，水色异诸水。借问新安江，见底何如此。人行明镜中，鸟度屏风里"。二十多年来，新安江水、白沙奇雾、梅城古镇和十里荷花，如浮

银杏树。我的第一本书就叫《银杏叶的歌唱》。

摄影：海天

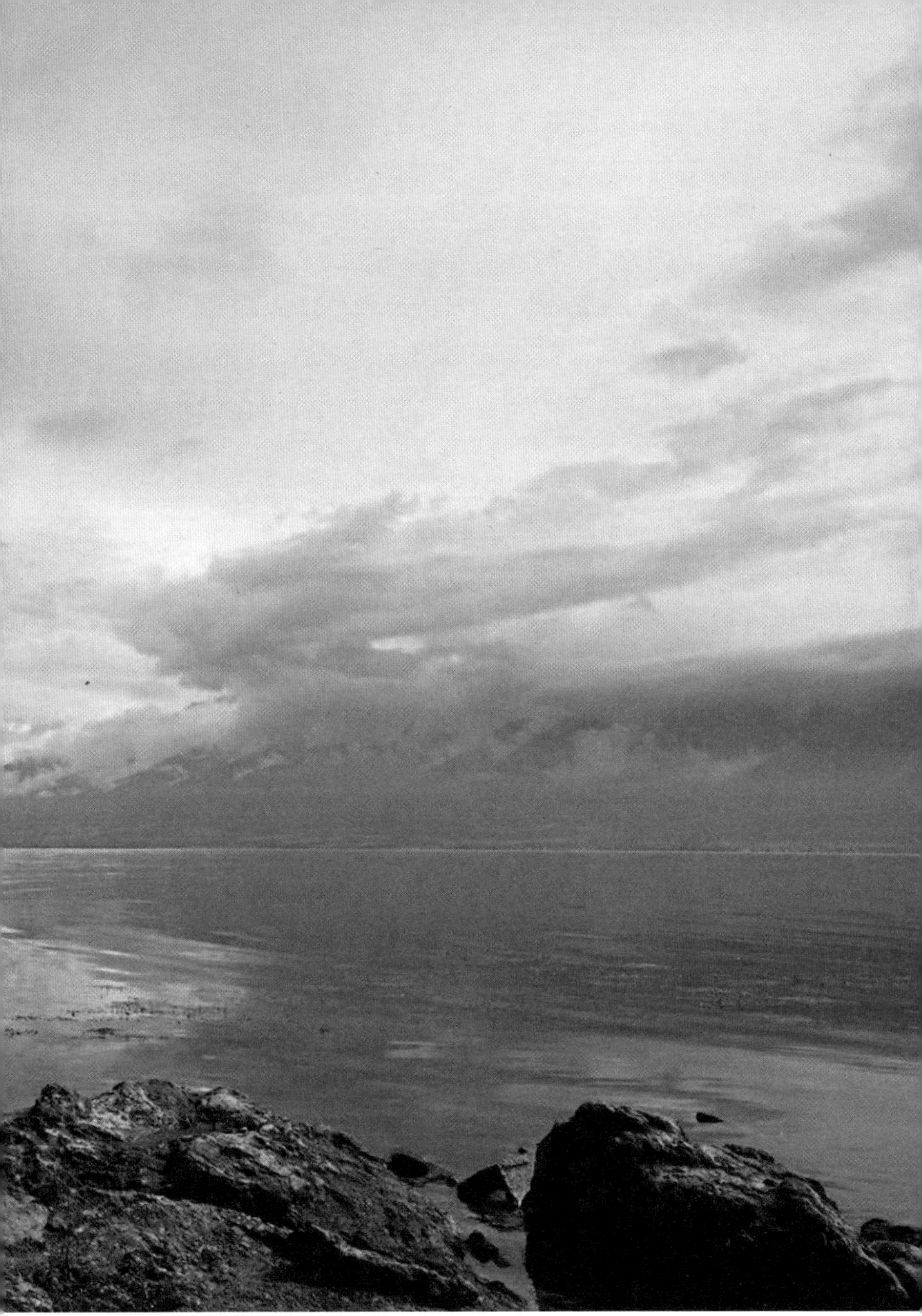

我与一江水对坐，好像是两个同龄女人正在促膝谈话。它用清澈到无色无味无声无形的语言，正一点点带走时光，将我带入知天命之年。

摄影：海天

桶般，常在我记忆的深井里浮沉，散发着水草的味道。

此刻，我与一江水对坐，好像是两个同龄女人正在促膝谈话，很亲近的样子。但我仍然有些自惭形秽。江水是宁静的，而我却不是，二十多年过去了，我依然有着这样那样的欲望，有着这样那样的烦恼。即使一江水用她无声的语言让我感觉自己暂时成了瑶台上的仙人，但我仍无法真正放下俗世间的一切。

一些人在我身后的堤坝上来来往往，打手机，聊天，跑步，渐行渐近，又渐行渐远。一位老人打着手电用网兜捞虾，捞到些比瓜子大不了多少的虾，说给家里的甲鱼吃。他每天都会过来捞虾，说，要顺着水流和水草的方向。一个男孩在岸边高声叫爷爷，他便收拾起工具走了。横跨两岸的拱桥有五个孔，从最远的那个孔里传来婺剧高亢的腔调，随着风的方向燃烧着，熄灭着。除了这些声音，尘世分明还穿梭着另一些来自远古的声音——老子在沉吟“上善若水”，孔子在感叹“智者乐水，仁者乐山”，“逝者如斯夫，不舍昼夜”；孟子在念叨“源泉混混，不舍昼夜，盈科而后进，放乎四海。有本者如是，是之取尔”，荀子在劝告“不积细流，无以成江海”，“水能载舟，亦能覆舟”；庄子与惠子游于濠梁之上，开始了一场关于鱼之乐的辩论……离此不远的子胥渡口，流传着关于伍子胥的两个传说：当年他一路逃亡，分别路遇一位老翁和一位浣纱女，求得他们的帮助后，又恳求他们为其保守秘密，不料两人竟毅然自沉于江中，以明心志（“渔父诺。子胥行数步，顾视渔者，已覆船自沉于江水之中矣”，“尔浣纱，我行乞。我腹饱，尔身溺。十年之后，千金报德”）。萍水相逢，以命为信，令人唏嘘。没有一条鱼能尝出水本身的味道，千万年来，谁能说得清，是水成就了人，还是人成就了水？

离我一尺之远，坐着我两位同龄的文友，他们一个从北方来，一个从南方来，一个是男的，一个是女的，因一场文事在此邂逅。气场相似的人，无意中一起坐到了水边，也无意中将陪我穿越生命中一小段特殊时光。我们掬水而饮，她说，真甜，没有一丝腥味。他则低低念了一句“浴乎沂，风乎舞雩，咏而归”。

我看着被一江水惊艳到的他们俩，像看到了二十多年前被一江水惊艳到的自己。那个自己，爱文学和与文学有关的人们，如同爱自己刚生下的婴儿，心无旁骛，无关名利，无怨无悔。二十多年过去了，这个人变了一些，也焦虑，也厌倦，也怀疑，但依然爱，且只为爱而活：爱家人，爱文学，爱苍生。新安江静静东流，会一直流到钱塘江她的家门口，此时，子夜将近，新的生命旅程即将开启，坐在上游的她眺望着住在下游的她，高兴地看到了未来自己的模样——在水一方，坦然安详。

高亢的婺剧湮没在越来越浓的夜色里时，我们与更多的文友在水边会合。子初时辰，他们为我唱起生日快乐歌，一位前辈唱了一段京韵大鼓《丑末寅初》，“我猛抬头，见天上星，星共斗，斗和辰，它是渺渺茫茫、恍恍惚惚、密密匝匝、直冲霄汉哪……”还连说带演地说了一段让众人笑趴在桌上的单口相声，他平日并不喝酒，今夜却喝了啤酒。又有友人们唱起京剧、夹杂着江西口音的英格兰小调，谁起了一句《送别》，大家便一起合唱了起来。这些彼此并不特别熟悉却同样爱着文学的人，这些明天各奔东西的人，聚在一起，送走了一年中最为炎热的一个白昼，送走了一杯杯酒一支支歌，也无意中送走了偶尔纠缠的烦恼事、得失心。微醺的人们走在午夜建德的街头，兄弟般勾肩搭背，肆意横行，一江水默默将17度的微风拂上我们正在老去的容颜。17度，是一江水的语言，它从不表达什么，但什么都表达了。

后来。

后来我们在一个叫“梅城”的千年古城，迎来了一场大雨如注，也迎来了我后半生的第一个清晨。一千八百多岁的六合井旁，大家用水桶打上井水，喝到了和新安江水一样的微甜。暴雨如注，大家齐齐贴在屋檐下躲雨，谈笑着一个刚刚揭晓的文学奖。我开玩笑说，文无第一，以后所有的文学奖，将提名的作品名团成阄，分放到井里，用桶捞，捞到谁就是谁。又或者，来个曲水流觞，酒杯停在谁面前，便是谁，多风雅，多和谐。大家便笑。

一位年迈的老人让我们进门躲雨，拖出条凳让我们坐。我问她高寿，她说九十四了，我说我“今天”五十了。她并不明白我的意思，说了一句：你看不出有五十岁了，便又驼着背默默坐在雨声里，眼神望向虚无。我不由看她两眼又看她两眼，心里感觉比雨声更静。我想起十多年前，也是一个雨天，我和一群台湾文友在梅城的水边，坐在船舱里吃从江里打上来的新鲜鱼虾，看细雨落在水面漾起一个个酒窝，如今，他们中已有几人故去，大多失联，但他们送我的礼物，一串谁亲手做的陶瓷项链，一串翠绿的玉石项链，还有一幅荷花图，几本书，仍珍藏在我钱塘江边的家里。“七里人已非，千年水空绿”，人生路上，人们不断相遇，又不断分离，甚至永远失散，但如同一江水里的水，气场相似心灵相契的人们其实一直在一起，沿着同一个方向在奔向大海。

曾经，耄耋之年的太婆说，我活了一辈子，也就是赚了身边这么些个人啊。

电闪雷鸣，大雨滂沱，巨大的水声充盈着我合十的双手：感恩生命里所有美好的相遇，即使终将告别。

我在娘家小院的桂花树下写作

摄影：苏维祥

# 遇见树

盛夏七点钟的阳光照在雕花旧木床上，照见尘埃在光线里浮沉，水母般忽明忽暗，也照见一个女婴的落生。如同一颗种子，被飞鸟衔来，又随意丢弃，我落生在一个叫楚门的江南小镇，在阳光、灰尘与血水奶水混合的气息里，发芽。

我相信，江南的每一个婴儿，第一次睁开眼睛时，一定会看到树，至少，也闻到过树。树就在屋外，从老屋的每一个缝隙里，渗进来暗绿色的呼吸，提前让一个婴儿感受泥土的味道，雨水的味道，星辰的味道，早晨和黄昏不同的味道——万物生命之初的清纯味道。

我看到过树，也如同，我一定看到过祖先们，虽然我的记忆里并没有他们。祖先，就是墙上黑白照片里英俊的外太公，和墙下佛龛前日夜诵经的外太婆，简单而神秘的构成。每一个人的生命，都起源于祖先们的爱恨情仇，而我们对他们几乎一无所知。就像一棵树，它一定是有来历的，但它并不知道自己来自何处。

其实，我想说的是，那时，树还是树，我还是我，同为平凡的生命体，离祖先一步之遥，离大地一步之遥。

然后，一棵棕榈树，成为记忆里第一棵具象的树。它孤零零地站在祖母家老屋后一个很大的菜园子里。菜地匍匐着矮矮密密的一丛丛碧绿肥厚，只有一棵棕榈树，鹤立鸡群。剑一样的树叶，总在午后晴朗的太阳风里奋力挥舞，而一阵雨后便垂头丧气，像一个永远对当下心不在焉而执着眺望远处的诗人。关键是，它结满了硕大的海珍珠般的累累果实，金黄色的，极其紧实。可是，果实不能吃，白长了。我问树：树，你结的果子不能吃，为什么还要结果子？树当然没有回答。

于是我猜想，世界上有些东西，其实是没用的，比如棕榈树的果实，还比如一棵棕榈树，它长在那儿，和没有长在那儿，有什么区别呢？还有，学校里有两棵枇杷树，会结可以吃的枇杷，可是，更多的时候，它身上爬满了棕色的毛毛虫，让人毛骨悚然。我想，身上每天被毛毛虫爬着，活着有什么意思？还有一棵老桂花树，我跟母亲说，那棵桂花树闻着很臭。母亲说，怎么会臭的呢？你的鼻子有问题吧？其实是太香了。我又想，它那么香，却被冤枉成臭的，那它活着，也没什么意思。小镇边的山上，也有很多树。但是,它们长在那儿干什么呢？又不会吃东西,也不会玩，更不会说好听的话，大多也不会结好吃的果子。如果世界上没有树，也没关系的吧。那么，如果世界上没有我，也没关系的吧？那么，整个地球，整个宇宙，没有人，又有什么关系呢？对于地球和宇宙，人会不会就是一群恶心的毛毛虫？

于是，我想，我和一棵树一棵草，其实是一样的。怎么长大，怎么活，怎么玩，也都是一样的，自己心里舒服就行了吧。这样一想，顿时如释重负。那时我不知道，世界上有“无忧无虑”、“闲云野鹤”这些词，说的就是当时我像一棵树一棵草那么没心没肺的状态。

几年后，与一棵树的遇见和别离，生命的味道开始变得不一样。一棵与我同龄的桂花树，在一个下着大雨的春日的午后，被连根挖起，从乡下运到了我家，栽在刚刚造好的院子里。

一个孤僻的女孩和一棵孤独的树，开始精神上的相依为命。树干、叶子，都特别干净，花香很淡，我喜欢。坐在树下读书写字，有好的句子就念给它听，有想说的话，就在心里说给它听。风吹

娘家小院的桂花雨

摄影：郑达跃

和耄耋之年的父母在一起

摄影：郑达跃

过来，树叶发出沙沙的响声，世界离我们十万八千里。常常，我会呆呆站在树下好半天。有一次，做错什么事被母亲责怪，我在树下站了很久。夜深了，树像一个人，被黑暗笼罩，我被它笼罩。雪从它身上纷纷落下来，我听见一个声音说："你长大了，你应该……"

生命里出现了"应该"这个词——你应该这样，你不应该那样……十八岁，当我离开它去杭州读书，发现，整个杭州城都是桂花，仿佛我走了三百六十公里，桂花树跟了我三百六十公里！

隔着三百六十公里，我问树：树，我想和你一样，和所有的植物一样，不离开土地，不张扬，不索取，不争夺，一生都保持植物般的优雅，可以吗？我只要一点阳光，一点泥土，静静站着，简单活着，可以吗？可是，在动物的世界里，为什么不争不抢，就会失去尊严，甚至存活的机会呢？就会被说"没用"呢？为什么我不喜欢被人说"没用"呢？人和万物，本来不就是没用的吗？

树没有回答。我忽然意识到，从那一刻起，所有的树已与我分道扬镳。

很多年后，又来了一棵树。

是一棵幸福树。搬新办公室时，朋友送的。它真的是一棵树，而不是花草。它被两个花店的工人很费力地搬到十七楼。它长在一个很大的花缸里。花缸是粉紫色的，柔弱得似乎难以承受这么高一棵树。

我“应该”了几十年，终于达到了人生的某种“高度”：我干活的地方，我睡觉的地方，都离地百尺，像城市里无数人一样，离地越来越远。但我没想到树也搬到了楼上。

办公室朝北，整天没有一丝阳光。曾经有一天，我被一缕阳光晃了眼，百思不得其解，最后发现，是阳光被对面大楼的玻璃反射过来。这可怜的一丝阳光，细微得如蝴蝶的吻，在树叶上缓缓移动，叶子幸福得微微颤抖。树会怎么想呢？它的一生，估计要和我一起，永远禁锢在此，灯光，自来水，是它的阳光雨露，就像，方便面、快餐，经常是我的午餐。多么可怜。

奇怪的是，以灯光为生的幸福树，居然枝繁叶茂得不可思议。时时有缎子般的新叶，从树冠处一丛丛地钻出来。有时，出差回来，见它蔫蔫的，浇点水，又舒展了。它怎么这么逆来顺受呢？怎么这么像我呢？

终于，叶子的方向出卖了树的心。过一段时间，所有的枝叶都朝着窗口倾斜过去，像无数只抻向救命粥的手。绸缎一般的嫩叶，像婴儿的嘴唇，贪婪地找寻着乳汁的方向。树什么都没有说，却什么都说了——我渴望！我渴望阳光泥土的味道，雨水的味道，星辰的味道，早晨和黄昏的味道，蝴蝶和鸟的味道！

这棵树，永远也不会有鸟来筑巢。

十七楼的窗外，一阵乌云路过，雨水随后滴落，落不到树上。一阵风从窗口路过，试图摇动窗内的树枝，树一动不动。

风想，树不是这样子的，这是一棵假树。

风会不会想，树边上那个女人，也是一个假人？

# 庚子年立春

上午九点,被电话叫醒。第一感觉咽喉依然很痛,咽口水都痛。

远在温州的丈夫说，他们小区管控了，发现一个新型冠状病毒肺炎疑似病例。

我说，杭州也管控了，半夜发的重磅通知。他说他知道。

电话里有呼呼呼的响声，他正从住处开车前往温州机场，他上班的航空公司。大年初三，他开车把我和女儿送回杭州，又回温州上班了。温州成为“重灾区”后，从温州返杭的我也居家隔离观察。

互相叮咛一番。他说，别担心，过年时我们一大家子有四个八十多岁老人，如果有事，早发作了。

这个逻辑有道理，稍稍心安。但他们每天和旅客、机组、地服人员打交道，也许是间接的，依然让人担心。

22

婆婆打电话来，叮嘱我千万不要出去，我告诉她社区已经在我家门上贴了两道红封条了，明天还会来装监控。

天阴着。起来先喝一杯“力度伸”泡腾片，女儿买来叮嘱我每天早起喝一杯，她应外企要求返回上海居家工作。我用新买的煮蛋器煮了两个鸡蛋，以前我上班都不怎么吃早饭，现在居家也要吃了，非常时期，体能要跟上。

微信上，看到师弟广胜的回复，昨晚看到他主持的省政府新闻发布会，全国网友对浙江抗疫工作赞誉有加，问候他并请他保重身体不用回复，深夜他回复了三朵玫瑰，我看到他爱人在朋友圈里回复另一位朋友时说，他每天都是半夜回家。

处理了两件工作上的事。浙江作家们写了很多感人的抗疫作品，与浙江美术出版社王总编一起策划了出版事宜，看到单位工作群里，轮流值班的领导和同事们都在各种忙碌，特别辛苦。

用 84 消毒液稀释，擦了所有家具，拖了所有地面，出了一身大汗，洗了澡，又洗衣服。觉得嗓子好多了，不痛了，继续喝连花清瘟颗粒，含清咽滴丸。听说药店好多药脱销了。

前几天网上订的两箱矿泉水到了，也是女儿提醒订的。快递小哥打电话来说小区不让进，我让他放在北门好了，他说怕丢，我说没关系，丢了算我的。

我电话小区保安处，说明我是温州返回人员不能出门，请保安帮忙送一下，保安说社区负责送到家门口。又电话社区，社区小姑娘说好的放心。快递小哥电话又进来了，说社区会送来的。不一会儿，社区电话来说，矿泉水已经在你家门口了。我说谢谢，你们辛苦了。小姑娘笑着说不客气。

一个个，都很负责。

鸡蛋只剩三个了，有一种高血压药告急了，感冒药也告罄了，想问问社区可有什么办法。想了想算了，先凑合着，尽量不给他们添麻烦了。

母亲电话问我昨晚吃了什么，我说，学着抖音，起了油锅，牛肉小黄鱼豆角一锅乱炖，太难吃了。母亲说，怎么会难吃呢，用水煮煮也不会难吃啊。从来不会做饭的我，曾想着退休以后学做菜给父母和家人吃，没想到非常时期提前上阵了。

中饭不知道吃什么。冰箱里满满的海鲜，不会杀鱼，也不会做，阳台上一大箱朋友送来的蔬菜，柜子里油、米、面储存还算充足，心里又稍安。煮了点米饭，蒸了一小块婆婆做的酱肉，坐下吃。

周遭旷野般寂静，唯有时钟嘀嗒—嘀嗒。突然觉得特别孤单，眼泪一下子就下来了。小猫银河和小野跳上椅子，吃惊地看着我。非常时期，有它们陪我，也算幸运。

更幸运的是老家玉环“守身如玉”，至今没有一例新型冠状病毒肺炎病例。记得大年初二时母亲在电话里说玉环已经封道了，让我们不用从温州过去看望他们，直接回杭州吧。真庆幸听了她的话，娘家小院仍是一片净土。

午后，赤脚站在十一楼的落地窗前看下去，小区花园里空无一人，一棵白梅一棵红梅已悄然绽放，如遗世独立，世界仿佛独我一人。

不知哪里传来布谷鸟的叫声，布谷布谷布谷。

过了一会儿，又有喳喳喳应该是喜鹊的叫声。

前年的立春，我在家乡玉环，耄耋之年的父母带着我年过半百的小姨妈、小舅妈、姐姐和我，像带着一群孩子野营，来到了东海边的山里村。我们摊开九层糕、卤鸡爪、糯米粉圆、洋糕、桐子叶包等一大堆吃的，围坐在太阳底下喝茶聊天，阳光叮叮咚咚落在大红大绿的花布椅上，落在他们已经花白的头发上，落在我们此起彼伏的乡音上。多么美好。

去年的立春，我和弟弟弟妹带着三个90后和00后，在家乡的春晖农庄摘菜。打理农庄的朋友映红和秋蝉，都是做企业的，在菜地里却叱咤风云，比真正的农妇还要手脚麻利。秋蝉弯下腰，用双手将大白菜顺时针扭几下，拿起菜刀一刀两刀，菜根和烂叶子就掉了，一棵水嫩嫩的大白菜袒露在我们面前。孩子们拿着菜刀跟在她们身后砍菜，大头菜，花菜，还有番薯，最省力的是拔大蒜，又采了好些老家特有的小广柑，治感冒最是灵验。弟弟扛起满满一大袋蔬果严肃认真假装逃荒，大家笑得肚子疼。多么美好。

今年的立春，我孤身一人居家隔离观察，灼痛的咽喉不断暗示着什么，幸而体温一直正常，家人也每天报着平安。

玉环老乡渔民画家庄一萍发来她刚画的画，一个小女孩抱着猫戴着口罩，题为“守护家园”，真像此刻的我。发了朋友圈，《钱江晚报》正在值班的萧耳看到了，说想用到今天的“小时新闻”里。家乡群里在转发我的诗歌《致逆行者阿弟》朗诵音频，有一个版本是玉环一个阅读平台做的，来自家乡的声音，此刻听起来格外亲切。

静不下心来写作。不想看新闻、微信、微博，忍不住又看，看了又感动又难过又愤怒又担心，我满脑子都是问题，细思极恐。以往，多么盼望这样自由自在闭关写作的日子，而此时，滋味如此不同。

打了个盹，醒来听见楼上响起踢里踏拉的脚步声，第一次觉得不烦，那么亲切。

天色渐渐暗了下来。想起一部纪录片说，萤火虫必须在最黑暗的地方才能彼此看见发出的光亮，才能繁衍生息，城市的灯火正将它们越逼越远。

丈夫又打电话来，说他们小区的疑似病人检测阴性，明天再检测一次，如果阴性，小区就解除隔离了。他专门开了公司证明，为的是能顺利去单位上班，昨晚一整个机组被隔离了，一大堆材料等着报，很多事要协调。空调早就停了，我让他多穿点千万别感冒。

他问我晚上吃什么，他回温州前帮我杀的小黄鱼都吃完了。他在电话里教我杀带鱼的步骤，说总不能天天吃蔬菜面条，营养不够。我答应他试试。

父亲一天天给我计算着居家隔离观察的日子，他说带鱼不会杀，就先吃没有内脏的后半段好了，我听了大笑，且故意笑得响一点。

发了一会儿呆，从十一楼的落地窗看下去，小区的路灯渐渐亮了起来，对面楼里也有灯光次第亮了起来，像雪地里盛开的一朵朵篝火，感觉世界并非我一人。

微信群里在疯传李兰娟院士团队的重大成果，两种新药物成病毒克星。想起四年前我采访她丈夫郑树森院士时见过她一面。在那篇《森林之歌》中，我这样写道："午后1点25分，郑树森放下筷子准备起身时，李兰娟来了。她笑着跟他打了个招呼，说：'我门诊看到现在刚结束。'又跟他的学生们开了句玩笑，转身拿餐盘去了。他看着她呵呵笑，什么都没说，一对志同道合的'医学狂人'的眼神里全是深深的默契。"

心情好了很多，我靠坐在床上，打开电脑写下这些文字，抬头见天彻底黑了，窗帘忘了拉了，忽然想，楼对面的人是不是能清清楚楚看到我？又想，看到又有什么关系呢？也许，也有一个和我一样孤身隔离的人，看到对面有人，心里会有一丝丝慰藉吧。

庚子年立春，华夏大地上，萤火虫般迷茫的人们，在渴盼着历史的拐点，渴盼着一股巨大力量把恶魔埋葬。那股力量，是猛烈的阳光，是正在一线与死神搏命的人，是无数个深深反思着的自己。

有人说，雪崩中，没有一片雪花是无辜的。

我想说，雪地里的篝火，没有哪一个取暖的人是理所应当的。你我都是拾柴人。

冬已尽，春可期，愿山河无恙，人间吉祥。

# 庚子年清明

上午九点五十九分，起身肃立，等待警笛声响起。一时，我不知道自己应该朝向哪个方向默哀，往西北 729 公里是武汉，往四面八方是整个华夏大地，往四面八方的更远方，是地球上仍在疫情里煎熬的无数个武汉。

抬头看了一眼天，灰蒙蒙的云层后，有多少双永不瞑目的眼睛留在寒冬里了，有多少双亲人的泪眼永远走不出这个春天了。

警笛声响起，低头，泪滴了下来。有人说，慈悲，就是无论伤害发生在谁的身上，你都能感觉到疼。我不是慈悲，慈悲是居高临下的。

默哀毕，我想起大学同学老钱，此刻，他一定是面朝南方的。他哀悼的，除了烈士和逝者，还有正月里去世他至今无法回去看最后一眼的老父亲。

老钱绍兴人，年前刚从湖州调到邢台任市领导就遭遇了疫情。每个发生疫情后隔离的村庄和小区，他都第一时间跑过去看一看，他说，老百姓看到我在，会安心点。正月里疫情最凶险时，他的老父亲去世了，他回不去，后来疫情好转，他还是回不去，复工复市复建复公交，人流加大，境外输入，更忙碌了。

多年来，他每天忙里偷闲练一张书法发到班级群里请大家监督他练字。这几天，他一幅一幅地写《兰亭序》。

我说，老钱想家了。

老钱说，被你看出来了。父母都走了，再没有老家了。

我问他清明能否回家祭奠父亲，他说不能，看来要到年底了。

老钱写《兰亭序》，远在美国西雅图的姐姐在朋友圈发童声合唱《静夜思》。本打算一家三口在西雅图过完春节，她就回北航给学生们上课，可是回不来了，只能“举头望明月，低头思故乡”了。

此刻，是西雅图的傍晚时分，他们应该在吃晚饭。国内疫情迅猛我居家隔离时，姐姐视频或微信我，和家人们一起担心我，而今轮到我们担心他们仨，还有我弟弟正在美国读大学的女儿。一家子十一个人四个在美国，另外还有英国的表妹一家，美国的表弟一家，让人忧心。有一天好友海燕异常兴奋地打电话来，说她女儿在澳大利亚加油站终于买到卫生纸了，让人心酸。

外甥女彤彤在朋友圈发了一张黑白图片，风雨中一朵白玉兰。化学药学博士毕业如今是美国肿瘤行业医药工作者的她写道：“每一位选择医学的人入学的时候都发过誓，以自己的职业为荣也遵循职业道德，至死不渝。可几乎没有人会选择成为一位病人，尤其是面对无限的未知时以身试险。伟大的你们牺牲不会白费，争取来的时间和经验会成为人类科学发展中重要的一章。”

彤彤说，我只恨自己当年不去学医！流行病一定会全球化的今天，我们却做不到医药全球化，本来不算死刑的病，却要老弱者和绝症病人买单，真让21世纪的科学界惭愧。

关于医药全球化，我们讨论了难以实现的根源，政治的，医学的，文化的，等等。她觉得，怕是没有人能提供正确答案。此刻能做的，只有不让自己和家里人生病去增加医疗系统的压力，给身边的人提供相对科学的辟谣。

三月起，他们也居家办公了，囤了好些吃的。姐夫所在的飞机发动机公司CEO到白宫参加新闻发布会后，领回了制造面罩的任务。姐夫和彤彤憋得气闷，带着姐姐做的馒头去爬雪山、看樱花，坐在空无一人的雪地里啃冷馒头。我们约好，等她回来，带她到处疯。

外地工作的丈夫回来过一次，随着输入性感染病例增多，他们航空公司骤然紧张起来，周末都不让回家了。有几天，他接到很多求助电话，都是心急如焚请他帮忙给孩子买回国机票、联络转机的，朋友阿顾的女儿买不到机票哭了一晚上，后来总算辗转回来了。高风险航班客座率不能超40%，一架本可坐400多人的747—400只能安排100多人，飞完一班隔离一个机组。

从正月初五到清明前的这两个月，我已经习惯了一个人两点一线的生活。常去楼下走走，梅花谢了，结香开了，桃花开了，玉兰花开了，又谢了，青草都冒出来了。有一次，我一拉开窗帘，看到小区花园里竟然同时出现了四五个人，又惊又喜，是两个月来人最多的一次。

《庚子年立春》发表后，意外收获了很多温暖。好友英一打我电话就哭了，说没想到我一个人这么可怜。几位邻居问我想吃什么给做好送过来。几位文友严肃认真教我如何处理带鱼前半段。高中同学群里集体给我传授家乡特色厨艺……其实，除了把手机扔洗衣机里洗坏了，烧排骨差点把锅烧穿了，没犯啥大错，还学会了几个菜，也正常上班了。

加入了小区的两个买菜群，店家会把菜送到家门口，还有盆栽的活体菜，邻居们在群里分享美食和做法，其中清蒸生蚝很馋人，我和家人说等你们回来，我做给你们吃。

女儿在上海居家办公，室友彩云心灵手巧，两人常一起做好吃的，还做甜点，和我分享菠萝蘸酱油又奇怪又好吃的味道，我放心很多。女儿说，一旦公司取消外地回来必须隔离的规定，我马上回来看你。

每天和父母通电话，母亲第一句话仍是晚饭吃的什么。老家的邻居秀荼姐打电话跟我说，她去看过二老了，给他们买了菜，让我放心，不管二老需要什么，她开车去买很方便的，我又放心很多。母亲给我和弟弟做了开花馒头和麦缸，炒了馅，还做了八宝饭，一起快递过来，蒸锅里一蒸，满屋都是童年的味道。

常去阳台放风，往日忽略不计的花草得到了有史以来最殷勤的光顾。想起曾几次请教过种花和写《狼图腾》一样严谨的姜戎先生种昙花秘籍，他们家的昙花，每年开四次，一次十几朵。试了试插扦法，又试了试淘米水沤肥法，和花草对视久了，心会静下来。

两个月里，我写了个三万字的散文《冬酿》，仿佛酿了一坛五味杂陈的酒。结尾处，我写到西湖边一棵柳树下，一位身材壮硕的大妈骑坐在一张散着几盒吃食的长石凳上，口罩褪到了下巴，抓着一瓶黄酒，仰脖痛饮着。我也想像她那样。

一些焦虑的夜晚，我单曲循环周深翻唱毛不易的《无问》:“如果光已忘了要将前方照亮，你会握着我的手吗？如果路会通往不知名的地方，你会跟我一起走吗？一生太短，一瞬好长，我们哭着醒来，又哭着遗忘。幸好啊，你的手曾落在我肩膀。”在他天籁般干净的声线里，有时能慢慢入睡，有时不能。

看了几本书，包括重温《鼠疫》，看了几个片子，印象最深的是纪录片《恐龙坑的秘密》，探索为什么史前一颗小行星落到墨西哥湾，会变成全球性的灾难，导致恐龙灭绝。科学家们从海底的陨石坑峰环中取出岩芯，发现当时撞击的威力相当于一百亿枚广岛原子弹爆炸，一万度的高温，摧毁一切的压力波引发了全球大火，而升腾到空中的熔岩中的石膏变成气体，成为了最后杀手，气体遮天蔽日，植物凋敝，动物饿死，恐龙时代结束，然后，人类出现，接管地球。那颗小小行星与地球接触的刹那，如果迟一两秒就会落入大洋，世界就不是现在这个样子了。

天灾如此，人祸亦然，就在关键的一两秒，一两个小时，一两天，一两个人，一两个念头。

举国同悲的时刻，历史会铭记，人类会铭记吗？

很多人在说，疫情过后最想做的事是什么?

我想和家人一起去西溪坐摇橹船，吃火锅。

我想回老家看看父母。我从未如此强烈地想念他们。

此时，庚子年清明中午十二时，锅里炖着我第一次学做的红烧猪蹄。三口之家自正月初五分别两个月后终于又团聚了。我在灶台上忙碌时，和以往不同，一听说我要做菜便冷嘲热讽嗤之以鼻扬言要去吃食堂的丈夫走过来，从后面抱了抱我。

阳台上，两个月里与我时时对视的花草冒出了一颗颗新芽，昙花的芽，碗莲的芽，幸福树的芽，石斛的芽……我想起清明起初的含义——《历书》上说“春分后十五日，斗指丁，为清明，时万物皆洁齐而清明，盖时当气清景明，万物皆显，因此得名”。

愿天地清明，万物皆安。

冬已尽，春可期，愿山河无恙，人间吉祥。

摄影：海天

# 苍穹驿站

从莫干山到下渚湖，渡我们的是一片花海。花海静默而盛大，将来自天南海北的五个人渡到了下渚湖岸边。

我对船夫说："往没有人的地方开，越安静越好。"几双眼睛齐齐望向春水兄拎着的萨克斯琴盒，像望向一个静默而盛大的秘密。

这是戊戌年寒露之后、霜降之前的德清，一条木船载着五个人，渐渐遁入下渚湖的最深处。

白鹭停在墩岛上，感觉午后两点的下渚湖像喝醉了酒——太阳目光迷离，吐露着一串串光与影的呓语。芦花松着筋骨，随风晃荡，船也摊着手脚，任意东西。湖水被船头轻轻划开，它睁开眼看看，瞬间又合上。浮在水上的一个个墩岛也醉了，怕热似的不时将脖子从水里露出来，墩岛上的水杉、银杏、金钱松、鹅掌楸、三尖杉、红豆杉、木姜子、木兰、紫荆、厚朴、楠树是墩岛的长发，湖水将它们的倒影拉得很细很长，烟雨般飘逸。

只有白鹭是清醒的。它记得这片被誉为“中国最美湿地”的水域，有六百多个墩岛，一千多条港汊，八百多种动植物，一百六十多种鸟。当白鹭振翅高飞，潜伏在墩岛上的一百六十多种鸟也腾空而起，在天空扎出无数双眼睛，到了夜里，星光漫天，白鹭相信，那是千万只鸟的眼睛。而有月亮的时候，月色如雪，芦花如雪，万物如雪般安静，但白鹭听到了歌声，那是千万只鸟的合鸣。

白鹭停在一杆芦苇上，正对着船头，看见那个叫“春水”的中年男人取出了萨克斯，吹出了第一个音，第二个音……

像一只金色的鸟，轻轻落入湖面，溅起了一簇簇金光。缠绵悱恻时，它盘旋低回；高亢嘹亮时，它凌空飞跃，在迷宫般的芦苇荡中穿行，寻觅，捕捉。

是一支游走的箭，靶心是下渚湖每一个生灵的心。湖水最先中箭，泛起了点点泪光。风接着中箭，停住了脚步。芦花们也纷纷中箭，垂首静立。白鹤、鸳鸯、翠鸟、野鸭、沙鸥、水雉、鸬鹚、红嘴黑水鸡等等，不知道藏在哪里偷听，一声不响。一条鱼跃出水面，不知道是抗议还是鼓掌，又有一条鱼跃出来，说，谁啊谁啊，我看看。鱼从来没有听过萨克斯，下渚湖所有的生灵包括青蛙、泥鳅、螺蛳和虾，都从未听过如此美妙的声音，“深沉而平静，轻柔而忧伤，好像回声中的回声”。

船停在下渚湖的某个深处时，船上的人们沉醉在一曲《春风》里丝毫未觉。乘着音乐的翅膀，她们也变成了鸟，翱翔在想象中的下渚湖的春天里。一望无际的湖面上，涌动着亿万朵油菜花，开满油菜花的墩岛，像一个个水上的太阳，蜂蝶在一个个太阳之间振动翅膀，放飞一个个透明的梦境。然后，她们穿过一条水巷，掠过水巷两旁幽深的香樟林，飞上朱鹮岛，用目光抚摸朱鹮稀世的羽毛。她们像朱鹮一样眯着眼，栖息在音符里，像鸟一样栖息在下渚湖的深秋里。

《鸿雁》响起时，有人走上船头，合着音乐翩翩起舞。跳的是刚学的蒙古舞，老记不住动作，自己把自己给乐翻了。其他人一边笑一边用手机拍。春水自顾自吹萨克斯，一曲终了，说了一句：跳得蛮好。

五个人的萨克斯音乐会早有预谋，轻歌曼舞却是一时兴起。“问紫娟，妹妹的诗稿今何在啊？似翩翩蝴蝶火中化。”这是她们最爱的越剧。“一送里格红军，介支个下了山，秋雨里格绵绵，介支个秋风寒。”这是她们喜欢的老歌。清婉的音韵，像一场不期而遇的丝雨，拂过江南的水面，落入江南时间的深处。

两百多年前，洪昇游览下渚湖时，留下了一首诗："地裂防风国，天开下渚湖。三山浮水树，千巷划菰芦。埏埴居人业，渔樵隐士图。烟波横小艇，一片月明孤"。他不会想到，两百多年后，五个与他一样爱写字的人，湖水深处某个最僻静的角落，歌舞笙箫，得大自在，暂别了俗世日常，甚至暂别了文学。一条船和一整个天空一起倒映在湖里，船便仿佛孤悬在浩渺苍穹，如时空之外的一个驿站，欢声笑语从驿站里溢出来，天地笼罩着一种微凉的幸福。

傍晚时分，"嘀嗒……嗒……嘀嗒……嗒……"《回家》的前六个音鱼贯而出，跃过船头，贴着水面，穿过层层波光，攀上一大片芦花，轻轻咬住了玫瑰色的夕阳。夕阳一愣，犹豫了一下，似不忍坠落，万物蒙在一层毛茸茸的暮光里，像蒙上了一层雪，霎时，下渚湖仿佛穿越到了冬天，湖水深处某一间竹楼内，一双手正将红泥小火炉、绿蚁新焙酒端上桌，而门外，响起了风雪夜归人的脚步声，沙沙，沙沙。

萨克斯最后一缕余音和烘豆茶的热气，一起消逝在傍晚五点的下渚湖时，我的眼前浮现了一片闪耀着金色光芒的水稻田。传说，上古时期的治水英雄防风氏带领部落在此开垦荒莽，种植水稻，造福先民，使得吴越一带靠狩猎采集为生的氏族部落慕名而来。他们站在太湖边的一座高山上，问一位老猎人防风氏部落在哪里。老猎人说，那一大片闪耀着金色光芒的水稻田，就是防风氏部落。之后，防风氏毫无保留地向他们传授了治水和种稻经验，福泽万民，下渚湖畔也因此有了“三道茶”遗风：“相传防风受禹命治水，劳苦莫名。里人以橙子皮、野芝麻沏茶为其祛湿气并进烘青豆作茶点。防风偶将豆倾入茶汤并食之，尔后神力大增。”（《防风神茶记》）青绿色的烘豆、金色的橘子皮沾着细白的盐粒，滚水一冲，清香四溢，鲜咸可口，不仅是茶，还是饱腹暖心的食物，也是“人有德行、如水至清”的德清的待客之道。

上岸时，我回头看他们。彼时，他们四个人都背着光，而我看到的却是一道道金色光芒。这些与我并无半点血缘关系的人，一起在文学路上走了几十年的人，在我烦躁时，困顿时，如防风氏般毫无保留，亦如阳光之于水稻田，一直在。

时间来到戊戌年小寒。临安山坳里一个小客栈，天寒地冻，夜深人静，整栋楼只有我和一位师姐，要继续第二天的采访任务。我们将所有的被褥搬到一起，一个靠在床上一个靠在榻上，在同一盏灯下“抱团取暖”。午夜时分，大雨倾盆，将屋顶的瓦片砸得哗啦啦响，我突然有一个感觉——此时，灯光是我们的驿站，我和她是彼此的驿站。

驿站，食宿、换马、交换信息、补充能量的地方，八百里加急日夜奔赴的那个点，穷途末路上一个亮灯的窗口。家太远，驿站刚刚好，即使风雪交加，沿途总能找到。家人太亲，驿站刚刚好，不忍与父母言说的苦痛酸辣，都可以留给驿站。可以是一盏灯，一碗酒，一壶茶，一个火炉，一床棉被，一本书，一盘棋，一句话。也可以是文学，是音乐。也可以是散落在德清莫干山的一千家民宿，比如匍匐在竹林中的那一家“后坞生活”，它们栖息全世界的客人，也栖息把美好生活搬进大山的民宿主人自己。也可以是微信朋友圈里仅自己可见的照片和一段话，那是给未来的自己预留的驿站。

老子说，天地不仁，以万物为刍狗。意为天地无私无情，对人对狗对万物都一视同仁。而我觉得天地亦有情有意，使万物互为驿站，人与人就是彼此的驿站。漫漫人生路，并非一条线，而是一个苍穹，每一个方位都是方向，每一步都可能是深渊。一个人就是一颗星，茕茕孑立、踽踽独行。好在无尽的苍穹之中，总有一些星球星座星系，让累到极点的你靠一靠，歇一口气，再提一口气，继续前行。而继续前行，就意味着继续失散，于是，留下来的那份记忆，就成为一个驿站。多年以后，同游下渚湖的五个人也终将失散，而湖上的萨克斯声，会是我们永远的驿站。

时间来到戊戌年大寒。我在曙光中独自醒来，看到父亲深夜发在苏家微信群里怀念二伯的一段话。远在云南的二伯，前日猝然离世，是他们兄妹七人中第一个走的。年事已高，路途遥远，生亦难以相见，死亦无法告别，他们从此失联。不知道多年以后，浩渺苍穹中的哪一个点，是他们重逢的驿站？我在晨光里泪流满面时，小猫银河跃上床沿，轻轻吻了吻我的泪，又定定看了我几秒，将头窝进了我的手心。此时，它是我的驿站。

这一天，谢谢下渚湖。这一年，谢谢他们都在。这一生，谢谢你们来过。

白鹭停在墩岛上，感觉午后两点的下渚湖像喝醉了酒。

摄影：海天

水鸟

摄影：海天

芦苇丛

摄影：吴小平

# 日出泽雅

阿沁，你从冰岛发来的日出真美。晨曦如一场金色的雨，落在蓝色冰川上，溅起金色的雨滴，以清晰可见的速度和力量，抵达万里之外的我，让我想起一个词“绮丽”，也让我想起另一些日出和日落。印象最深的一次日落，是在香港飞回杭州的航班上看到的——舷窗外，亿万朵玫瑰色的云彩在两个多小时的航程里，演绎了一场史诗般的瑰丽。而印象最深的日出，反复出现在我童年的梦境里——我一个人抑或是我的影子站在地球边缘，身后冉冉升起八九个巨大的金红色星球，离我最近的一个几乎布满了整个天空，触手可及，极壮丽，也极其恐怖。

八小时之前，北京时间凌晨五点，我和你父亲在千年纸乡泽雅，也目睹了新年的第一个日出，如果也用一个词形容它，我想用“端庄”二字，这也是我对泽雅的印象。

位于温州瓯海西部的泽雅，俗称“西雁荡山”。某个普通的山顶上，某个普通的两层小楼里，我醒来睁开眼睛，第一眼看到你父亲默默站在木窗边的三脚架前，眯着左眼将整个脸贴在镜头前观察日出。第二眼便看到两扇木窗外，彤云漫天，仿佛一群巨大的红鸟向着同一个方向俯冲，又像无数人高擎着火把在无声聚拢，却听得见呐喊、高歌、战鼓擂动，我童年梦境中巨大的金红色星球正在奋力突围，欲喷薄而出。

与之相反，泽雅的群山正一层层从木窗前慢慢铺向远方，像水墨画里渐行渐远的行者，遁入亘古的苍茫。当太阳终于突出彤云的重围一跃而出，从身上卸下金色盔甲般哗地向山川洒下亿万道金光时，我的内心狂奔而过亿万匹金色野马，耳边呼啸而过亿万种交响乐的轰鸣，而金光普照下的泽雅像是不为所动，淡定依然。

不，等等。几分钟后，彤云便已散尽，天上的云，地上的山峦、雾岚、树影、清风、鸟鸣……如太极图般流转，变幻，渗透，融合，在我长久的凝视里，成为了水晶球般浑然的一个整体，渐渐呈现它能呈现的所有色彩——荼白、竹青、绯红、月白、石青、紫檀、霜色、黛绿、胭脂、藕荷、豆绿、宝蓝、秋香、玄色、牙色、黄栌、靛蓝、明黄、朱砂、石绿……所有的色彩都自觉地融化在一种极祥和的光里，我想称它为“雪芽色”——初雪中萌发的第一朵新绿——霎时天地如新。这是人类某个公元年的第一个清晨，宇宙无涯时空里的一瞬，正如古人所云“日出天地正，煌煌辟晨曦”，多么短暂，却多么美好，像一个少女，气血充盈，心无旁骛，仪态万方，平和安宁，让我想起一个词“端庄”。

是的，端庄，一个女子最美的姿态。

阿沁，如果我早来二十多年，也许会为你起名“泽雅”，泽为水，雅为美，“泽雅”，是我见过的最美的地名之一。其实，它原名“寨下”，“泽雅”是“寨下”温州话的译音。其实，我也从未叫过你“阿沁”，现在这么叫，是因为温州人都喜欢这么叫，叫父亲阿爸，叫孩子阿桑阿海阿雨等等，即使他们已经年长。温州是我的第二故乡，我一出生便被你外公外婆带到平阳度过了大半个童年，我小时候他们都叫我阿沧阿桑，我觉得特别亲。

但我从未来过泽雅。千百年来，以山为生的泽雅山民寓居于飞瀑、静潭、涌泉、急湍之岸，穿行于睡俑、仙人眉、鹰栖峰、摇摆岩、蘑菇岩、清凤洞、老虎洞之间，留下了水碓、水车、石屋、石墙、寺庙、村落等丰厚的人文景观，与其原始野韵构成了一幅独特的浙南山水画卷，至今保留着牛耕、舂米、磨麦、做豆腐、捣年糕、贴春联等农家生活方式。当然，最有名的是独有的

“纸山文化”。泽雅屏纸制作技艺被誉为中国古法造纸的“活化石”，从宋代至今已传承千年，曾经是泽雅百分之九十八的家庭生计所在。每当天气晴朗，泽雅的山山水水间晒满了金黄色的竹纸，整个山区犹如披上黄金甲，泽雅就成了一座“纸山”。

此时，竹林与溪流交汇处，依稀传来四连碓咿呀——咚的声音。自汉朝起，南方北方，几乎所有有水的村庄都会有这样的水碓声，加工粮食，碾纸浆，捣药，捣香料矿石，夜深人静，水碓房的油灯下仍然晃动着一个个劳作的身影。而一千多年来，泽雅的水碓多达 270 多座，有二连碓、三连碓甚至四连碓，主要用来捣竹浆造纸。到上世纪 80 年代，造纸工艺开始多元，泽雅手工造纸业渐渐边缘化。新世纪后，年轻一代纷纷外出务工创业，延续千年的泽雅造纸从事者多为中老年人。近几年来，因造纸对环境污染日趋严重，人们忍痛割爱，果断将造纸业停了。

此时，水碓房里席地坐着一位白发老人，溪水在长满青苔的水轮间跳跃，水珠在阳光下叮咚作响，水碓轻捣着石臼里的竹片，发出咿—呀—咚——的声音，山谷里回荡着无限诗情画意。然而他只是展示，不是生产，当工具成为景致，山水回归天然，这也是一种文明的进步吧。

在纸山博物馆，一个投影仪将一本米黄色的古书投在白墙上，我靠上去，便被笼罩进了虚幻的书页里，一点一捺一横一竖，虚线实线，在光影里不断变幻着最美的中国文字。阿沁，如果我给万里之外的你写信，就应该用那种米黄色的书写纸，用纸乡千年流水磨的墨，那么，寄到你就读的伦敦大学学院时，你就也能闻到千年纸乡的味道了，就能触摸到泽雅的一点点美好了，这一点点美好，只是我在泽雅感受到的其中之一，而它的每一点点美好，都来之不易。众所周知，温州是一片火热之地，有多少风云际会，就有多少热闹喧嚣，而泽雅如此清凉。我觉得，这不仅是泽雅的性格，也是温州性格的另一面，也是我们民族性格的另一面。面对困境，不张牙舞爪，不怨天尤人，而是默默寻求生机，如同溪流在断崖乱石间艰难探路，而不堕落成山洪，这也是一种端庄。

四季端庄，所以四时有序，大地端庄，所以大地无言。风雨雷电呢，树木花草鱼虫鸟兽呢，它们循着自然法则，环环相扣，信守契约，维护着大自然的大端庄。细想，天地间只有“人”这一种动物，会逆了大自然的气血，会佻达，易狂躁，会出言不逊，出手暴虐，好在人拥有最高智慧，只要愿意，是可以做到“你要控制你寄己（自己）”的。

阿沁，你在冰岛用手遮着额头看日出时，你颔首看冰浪时，

人们静静过日子的样子，静静看篝火的样子，女儿和挚友

一起静静看日出日落的样子，都是我喜欢的样子。

摄影：高蜜蜜

我们一行八人正穿过溪流，站在泽雅庙前村石板桥边的一棵七寄树前。泽雅的午后比清晨更加安静，仿佛听得见阳光落在溪水里的脆响，不多不少大概十来个当地人，有老人，更多的是壮年人，也有几个年轻人，在溪边洗游客们午餐用过的碗，或骑车出门，或走在路上，或在屋前聊天，小卖部一台很小的电视机里传来电视剧的对白。那是一棵五百多岁的红豆杉，因树上寄生有桂、枫、杨、栎、榆、漆、松等七种树木而得名。我的小学同学菊飞，她曾在泽雅一个山沟里教了多年书，她的好友彩琴是地道的温州人，生过一场大病，比我更痴迷文学，站在泽雅庙后村台湾著名作家琦君的纪念馆，读着“一生爱好是天然”时，她的眼里泪光闪烁。此时，她们一起教我盘一个简单易学的发髻。

和大多温州女人一样，她们精明能干，也精致讲究，举手投足都散发着优雅的意味——像天鹅——脚蹼一直在水下拼命划水，水上的姿态永远保持优雅。和我的很多温州朋友一样，除了奋力打拼，也很会享受生活，他们常常几家人结伴出游，远至南北极，近如庙后村，头陀寺，梅雨潭，楠溪江，雁荡山，找好吃的，看好看的，她们推荐的猪头肉令你爷爷奶奶啧啧称赞。他们也结伴去读书会，去喝茶听古琴，打球爬山，或静静窝在家里写诗写小说，而且写得很棒。喝酒时，高脚杯也好粗花碗也罢，一样能痛快尽兴，阿雨阿桑地叫，偷偷抢着去买单。

当我学着她们的样子，左手挽起发髻，右手将发尾从发圈里轻轻勾出来时，我在水面倒影里看到了一个女孩：她穿一身宽松的米色羽绒服，微含着下巴，脚尖和脚跟稍稍用力，一步一步稳稳地走过溪流上的一个个石汀，像是将它们一个个按回水里。我看不见她的眼睛，但从她的姿态里，确定她没有看手机，也没有四处张望，只是专注地走着路，是现在很多女孩消失了的一种步态和神情。我常在各种公众场所听到年轻女孩们大声聊天，手舞足蹈，很频繁地冒出“我靠”“卧槽”以表达语气。一个比你更年轻的女孩告诉我，如果不这么说话，同龄人会觉得她很“装”。

我也常“差点笑死”在抖音里，也会偶尔骂一句“神经病”觉得很爽，我也觉得“一场大雪美如画，本想吟诗赠天下。奈何自己没文化，一句卧槽雪好大”接地气，让压力山大的年轻人哈哈一笑解烦忧何尝不可？但我仍然认为，不雅的语言不应成为一个女孩的日常，不雅的姿态不应成为一个女孩人生路上的常态，尤其当她们成了母亲。端庄，与拥有笃定的、有趣的灵魂并不矛盾。

此时，零点又快到了，泽雅山顶的篝火早已熄灭。昨晚此时，我们一行八人和一群陌生的当地人，围着篝火唱歌跳舞恣意狂欢。我在你父亲的镜头里，看到了被定格的某一个瞬间——人们突然变得很安静，围着篝火或站或坐，等候着什么，祈祷着什么。火光映在他们苍老或幼嫩的脸上，每一双眸子都在闪闪发亮，每一个人都在熠熠发光。对即将到来的“年”的敬畏，如此朴素，让每一个人看上去如此超凡脱俗。

阿沁，人们静静过日子的样子，静静看篝火的样子，你和同学们一起静静看日出的样子，都是我喜欢的样子。就像泽雅日出的样子，我的理想世界每一天该有的样子。

我在美术展上

摄影：海天

# 山中初雪

## 一

引墨，最初的雪子在窗外绣球花的叶片上叩响第一声时，我正在一座名叫“在茨”的石头屋内侧耳聆听。我看了看手机，2021 年立冬，上午九点四十四分。打开门，听见整个齐鲁大地响彻着恢宏的沙沙声，然后，我目睹了秋季短短几分钟令人震惊的“回光返照”。

绣球花硕大的叶片曾在昨天最后一个秋日里呈现火焰般的红。此刻,雪子落在上面,有的瞬间化了,有的凝了薄薄一层,于是,被雪水打湿的叶片，高举着烙铁般的红。

大叶吴风草像巨型铜钱草，雪子落在上面，像一只只盛了砂糖的浅盏，“砂糖”很快融化，雪水濡湿了所有叶片，于是，大叶吴风草在地上燃起了火焰般的蓝绿色。

黄杨球一根根玉手指般簇拥在地上，雪子落在上面，像很多只刚被母亲洗净还未擦干的孩童的手。石墙上的老石头和满墙的爬山虎也被雪水涂得闪闪发亮。远处，东山上的柿子和满山的黄栌叶也被雪水涂得闪闪发亮。

在雪子抵达大地、雪花尚未到来那极短的几分钟内，秋季挣扎着释放了最艳丽最辉煌的色彩，像是对天地最后的最深情的告白，然后迅速被铺天盖地、寂静无声的白茫茫层层覆盖。

一场雪，像季节的一个渡口。

中午十二点零二分时，我坐在青未了客栈落地窗前等一碗山东人立冬必吃的饺子。这是山东淄川的土峪村，离惊蛰时节我来时，已经隔了两个季节。初春的那个晴天，我靠在老柳树横卧在水边的巨大枝干上和你通电话，反复讨论我的新书《纸上》的封面设计，两个季节后，黄菊和这里的小伙伴邀我来围炉分享新书。黄菊和天气预报都说，立冬会有一场雪，果然。一个南方人能在北方目睹冬天的第一场雪，心里自然激动，未曾料到的是，这场雪如此大，来去如此迅疾——一夜间，天地从秋过渡到冬，一夜间，雪便融化了（这是后话）。

天地间这迅疾的过渡，像一场惊心动魄的战争。这北方的初雪，与南方的完全不同，像怀着什么使命，不是风带着它们，而是它们用力裹挟着风，漫卷，狂舞，发出炉火般越烧越旺的呼啸声。仿佛冬的千军万马，在迸发，在驰骋。最后，像《三体》里的歌者用二向箔将三维世界降维成一片白茫茫大地真干净。

我第一次如此长久地注视一场雪，努力回想着一年前的雪，十年前的雪，三十年前和五十年前的雪，谁能预料，自己的余生还能遇见多少场雪？

雪中出现了两个人，是一对年轻的新人。女孩短发，戴眼镜，微胖，头戴粉色花冠，穿着白色婚纱，露着肩背，右手捧着一束鲜花，男孩高她很多，黑瘦，穿着黑色的并不像礼服的单薄套装，他们在漫天大雪里拉着手，此外还有一个女孩在给他们拍照，雪花停在三个人的头发上，停在新人滚烫的年轻的肌肤上。男孩说了一句什么，女孩大笑着扑向他，他一把将她搂进怀里，他们不知道，两个人灿烂的笑容也定格在了几个局外人的镜头里——女孩的唇比她手里的玫瑰更红。能想象得出，身体有多冷，心就有多热。

来自云南的女孩晋思说，这是他们两个人的婚礼，他们在青未了住一晚，就算结婚了。除了我们，他们是唯一的客人，昨晚应该是他们的大婚之夜，我们曾隔着桌子在餐厅用餐，他们吃的食物和我们的一模一样，藕片，炸仔鸡，米饭，南瓜粥，如此简单。

他们的婚礼，也如此简单。唯有漫天飞雪在祝福他们携手开启新的人生旅程，也以刺骨的寒冷提点他们，关于未来。

我想出去走走，遭到了所有人的反对，但我真的很想去雪地里走走，于是我走到了屋外，走到了大雪中，把自己扔到了一尺厚的雪地上，摊开四肢，仰面朝天，任雪花落满了脸，停满了眉睫，几乎睁不开眼睛，耳边传来积雪摩擦耳郭的声音，是我从未听过也无法用象声词比拟的一个声音。我歪过头，看见雪地里落了狗或者什么动物的脚印，一个个小窝向着深山里延伸。

假如一个人知道余生还会遇见多少场雪，便不会为一场雪如此激动和执拗了吧？那么，有谁能保证自己的生命里还能遇见一场大雪呢？

## 二

引墨，大雪过后的第二天，居然是个大晴天，雪洗净了一切，连同天上的云。农家院子积雪中的串串玉米，在阳光下呈现珠宝的质地。每个院子前的小路都已经被早起的村民扫过雪。一只几个月大的橘猫在一堆堆积雪间钻来钻去，被拴着的狗们一听到路人的脚步声便狂吠，两头灰咖色肥猪躺在猪圈里晒太阳。白雪，黑树，红柿，蓝天，灰色炊烟，被悬在屋檐下的一柱柱冰凌收入了“镜头”。我和他沿着惊蛰时分常走的一条小道上坡，看到几棵巨大的老柿子树上，有一群我曾经见过后来再也没找到的灰喜鹊正在啄食柿子。黑亮的头顶和眼珠，灰白色的背，淡蓝色的羽翅和长尾巴，当地人叫它们“长尾巴狼”。他走了很长的山路回到客栈拿了长焦镜头，又赶回那里，说拍下来发给朋友们，寓意“喜事（柿）连连”。

我脱了鞋，坐在石头屋门口的地板上晒太阳，吃冬枣橘子，嗑瓜子。阳光透过天窗落在我正读着的一本书上，阳光也落在玻璃挑窗上，每一个窗棱格子上都停了一弯积雪，流畅的弧线是风的杰作，石头窗台上，有一个秋天的橘子，三片来自东山的秋天的黄栌红叶，静静停在冬日的第一个暖阳下。这无比静谧的时刻，突然给了我一个提醒：此次土峪村之行，是他结束十余年的漂泊回归家庭后我们的第一次远行，那么，是否也意味着从此时起，我们要进入一种新的相处模式和生活状态了？那么，从此时起，这天地间有多少人多少生灵，因为一场大雪而进入一段新的生命旅程呢？更好或更坏，谁知道呢？有多少骤变是允许我们提前做好准备的呢？如同东山会一夜白头。

引墨，我坐在石头屋的阳光里听融雪的声音时，听到了很像

山东土峪村立冬初雪

摄影：海天

白雪，黑树，红柿，蓝天，灰色炊烟，被悬在屋檐下的一柱柱冰凌收入了“镜头”。

摄影：海天

我平时给花木浇水时干燥的泥土吸吮水发出的嘶嘶声。清少纳言在《枕草子》里写过“不相配的东西”，比如很拙的字写在红纸上面，比如穷老百姓家里下了雪，又有月光照进那里，都是不相配的，很可惋惜的。而我在立冬的土峪村，眼前全是“相配的”——红柿子和灰喜鹊。积雪堆和小橘猫。玉米堆和羊的咩咩声。炊烟和挂满红辣椒的屋檐。饺子和凉拌红心萝卜。屋檐下的冰柱和窝在被窝里邀我们进去喝杯水的老婆婆。漫天飞雪、新娘的笑脸和裸露在大雪里的肩膀。客栈门口的南瓜堆和特意去换了衣裳涂了口红画了眼线到雪中拍照的晋思她们。

与飞舞着的雪花“相配的”，是忽然浮现在我眼前的、这一两年忽然遇到的你们——将近不惑之年的资深媒体人、行者、作家黄菊，她曾带着无数人开启“地理杂志”般的旅行，在行走中探寻生命的意义。而立之年的来自四川大凉山的 Vimi，她每天用镜头走遍千山万水，捕捉和传播光和美。还有不惑之年的引墨你，每天徜徉在文字世界里，用眼睛走遍千山万水并引着读者走遍千山万水……像最北方最肆意的雪花那样漫舞，用自己最喜欢的方式追着光，发着光。

已过知天命之年的我，和融雪是相配的。我不管不顾躺在雪地上摊开四肢的姿态，和年龄是不相配的。我坐在石头屋前，嗑着瓜子，晒着太阳，翻翻书，和年龄是相配的。假如给自己设置一个心境，我想它应该像眼前无比安详的融雪，渐渐凹陷，渐渐衰微，化成雪水，却也相信雪水也是有用的，也是有好的去处的。

## 三

一弯眉月和一颗极亮的星，相伴着在东山升起时，积雪已渐渐化尽，土峪村古老的石头们在月光下露出了湿漉漉的脸。晋思端上铜火锅，几个小伙伴费了好大劲终于把火拨旺了，锅里嗞嗞冒着热气时，俊瑞他们已经从山下赶到山上，踏着积雪，穿过门厅，围在炉火旁，等着我和他们一起围炉夜话。傍晚七点，山谷里响起我们的朗读声，炉火正旺，红酒的温度正好，豆蔻的香味浓淡也正好。

晋思向我提了一个问题，关于行走的形式。她从云南来到山东土峪村工作，就是为了看看北方的雪，看看外面的世界。我说，除了真正的出门远行，其实读一本书，一个善念，一个善行，和陌生人聊天，此刻的围炉分享，都是行走。

“惊蛰时，作家苏沧桑作为今年文化 & 艺术驻村项目的第一位创作者抵达村子，那时，春的气息还潜藏在地下，除了一树杏花。”因疫情无法前来和我们一起看雪的黄菊发来了一段话。从2021年惊蛰至2022年雨水，每个节气，她和朋友会邀请一两位创作者来土峪村小住，她自己也会赶来陪伴。她写道：“那是村子所在的整个山谷最早开的一树花，她每日午后散步经过树下，站在一块呈三十度起伏的坡上，仰着脖子凝视头顶那株枝干遒劲、树冠优雅的杏树，直到亲见第一个花骨朵儿开出花来，第一批花骨朵儿开出花来。立冬时，她带着自称‘摄影发烧友’的家人一起回来。前一日还是秋的盛宴，明艳艳的太阳下，满目皆是黄的柿子蓝的绣球红的锦带彩色的东山西山。立冬当日，雪子一早便来敲窗，至傍晚，大雪已没过脚踝。苏沧桑来自杭州，面对这场虽如约而至却远超期待的大雪，除了不顾形象去雪地里打个滚儿，再回来围着火炉吃一碗热乎乎的饺子，就只剩下驻足任何角落凝视啦，就像惊蛰时凝视杏花一样……”我喜欢她用的那个词——“回来”。

回屋时，接到母亲来电，立冬时节的东海玉环岛，还只有一点点凉意。母亲说，我今天到三楼搞卫生看到你放在浴室门口的脚踏巾上有好多头发，上次你来都没有掉这么多头发呢……每次回老家陪父母小住，离开前我都会打扫一遍卫生免得劳烦母亲，却忘了脚踏巾上的头发，下次得记着。母亲定是一夜之间蓦然惊觉，她眼里永远是“囟儿头”的二女儿，白天奔走在田间地头夜里爬着格子的二女儿，也会老，也老了。

## 四

引墨，这几天我看纪录片《绿色星球》，发现在延时摄影镜头里，花朵们开放时的形态是我之前从未注意过的：不是盛开了就不动了，而是会稍微闭合一下，又盛开，像人的呼吸一样一起一伏，循环往复直至枯萎。一粒芽从森林的腐叶间冒出来，也是这样，呼吸般的一起一伏间，能看到它们用力的轨迹，像将拳头缩回来再打出去一般。引墨，这真像天地间每一季都认认真真活着的生命啊，即使被不期而遇的“暴风雪”暴打，被大雪封山般的时空禁锢，每一秒都在心跳般用力，哪怕最后，在宇宙中，像一场初雪一样，消融得那么快，那么彻底。

# 向荒野

要彻底觉察活着的每一天，深刻感受自己所在的这个世界以及身处其中的自己。

——巡山员蓝迪日志

## 一　流沙

那粒沙的位置是：宇宙—拉尼亚凯亚超星系团—室女超星系团—本星系群—银河系—猎户座旋臂—古尔德带—本地泡—本星际云—奥尔特云—太阳系—地球—北半球—亚欧大陆—亚洲—中国—内蒙古阿拉善—巴丹吉林沙漠——座无名沙丘。

我的位置是：宇宙—拉尼亚凯亚超星系团—室女超星系团—本星系群—银河系—猎户座旋臂—古尔德带—本地泡—本星际

云—奥尔特云—太阳系—地球—北半球—亚欧大陆—亚洲—中国—内蒙古阿拉善—巴丹吉林沙漠——一座无名沙丘。

穹庐般的苍天，罩着无垠的沙漠，它和我被包裹其中，它是一粒沙，我是俯瞰着它的另一粒“沙”。

风将它带到我眼前，一粒沙一定不知道自己是“浩瀚”这个词的一部分，这一秒，它落在我眼前，下一秒，它会被风扬起，也许会落在另一座沙丘的最顶端，最接近苍穹的位置，再下一秒，它又会落到何处？这些问题对于它没有意义，就像它的存在对于宇宙没有任何意义。除非它有灵魂，它有灵魂吗？如果一粒沙有灵魂，它无比漫长的一生不会只取决于风的方向。

这是我和它的区别。此时，我不听从风，我在与风对抗。

他们在沙丘顶端喊我爬上去，只有我一个人落在最后。沙丘很高很陡，他们说沙丘后面是更浩大的荒野，有更壮丽的景色。巴丹吉林沙漠和中国其他沙漠地貌不同，沙丘格外陡峭险峻，连骆驼都会畏惧，它们汗津津地、气喘吁吁地在之字形的“路”上攀爬，没有路标，只有风干了的发白的驼粪，还有卧倒后再也站不起来的一堆堆白骨。我猫着腰努力攀爬，但爬一步退一步，一站起来就被劲风刮倒，跌坐在沙丘的腰部。我盯着那粒随风逐流的沙，纠结了大概十秒钟，听见风刮过来我苏氏老本家的那句话

“此间有甚么歇不得处”，于是我干脆将身子歪倒，甩脱鞋子，将脚埋进沙里。吸饱了正午阳光的沙们以干燥的温暖迅速裹住我酸疼的脚踝，我感受到一股来自宇宙深处的能量直抵心窝。

风在我耳边发出雷鸣般连绵不断的巨响，广袤的天地只有蓝和黄两种颜色，极其单调，极其干净，极其宁静，可我知道，这看似静默的世界并非我想象的那样毫无生机。

沙丘下有一汪和蓝天一样蓝的湖水，风推动着一轮一轮波浪，循环往复，时针一样轮回。

一群骆驼如一群蚂蚁在地平线上蜿蜒，几个牧民像更小的蚂蚁跟随其后。

诗人恩克哈达曾看见，沙窝里有兔子或是什么动物的粪蛋，一只小黑虫正匍匐着爬向驼队灰色的帐篷，身后留下一道细纹。小海子里有鱼儿在游戏，蜃霭中的芦苇头在水声中凝固，几颗野果在孤独生长，沉默无语。

阳光为每一粒沙裹上金色，风为每一粒沙制造辉煌的眩晕。沙漠，每时每刻向苍天供奉着巨幅流沙画，千千万万条世间最流畅最美的S形金色线条，比流水更美，比流云更美。亿万粒渺小的、没有生命的个体组成的博大和灵动，却向天地展现了一种生命哲学：摊开手脚，目空一切，无忧无惧，任意东西。假如有永恒的物质，沙尘算一种吧？它已粉身碎骨，死无可死，它们不与风对抗，不与世间一切对抗，不与命运对抗，它们在天地间呈现出来的姿态，像一种死心塌地的、极致的爱情。

在遥远的地方，一些沙会成为摩天大楼的一部分，直抵天空，受着人们的仰望，一些沙会成为沙尘暴，受着人们的嫌恶，怨恨它占据了土地导致了饥饿和贫穷，有一些雪白的沙或黑色的沙，会成为沙滩的一部分，接受着人们脚底的亲吻，而我眼前的沙，守着永恒的博大和安宁。人类的爱与恨，与它何干？一粒沙，不会告诉你它去过多少地方，藏着多少秘密；一粒沙，不会告诉你它有一千岁还是一万岁；一粒沙看着我时，像一位亘古老人看着一个婴幼儿，一个会转瞬即逝的生命，因此，它的眼神里充满悲悯和慈爱。

我躺下来，看见了天上有一只巨大的“眼睛”——一朵巨大的白云中间，露出了一只蓝色的温柔的眼睛，俯瞰着远处身披阳光的骆驼群正在晚归，照拂着茫茫荒漠上所有的呼吸和心跳。

他在万里之外的荒野深处说：“我怎么能自认为比高山野花还重要，比这里所生长的一切，甚至比终将成为沃土孕育万物的岩石还重要？是因为人有灵魂吗？然而谁能告诉我，灵魂不会寄居在植物和动物体内，甚至溪水和山峰里？”

## 二　胡杨

低调的橄榄色，是内蒙古高原最西端、额济纳胡杨林九月底的底色，极致的翠绿和金黄之间的过渡色，令人想起休憩、停顿，戏曲唱段之间的过门。

一大片倒伏在沙地上的枯胡杨，在青灰色的天色里，像古希腊残缺的人体雕塑群。一棵巨大的枯胡杨横陈在我脚边，让我想起一尊深藏在欧洲某个教堂幽暗地下室的垂死者雕塑，他被从头到脚覆盖着薄纱，薄纱亦是雕塑家用玉石雕琢而成，与胴体的质感一样，无与伦比的真实，那层薄纱仿佛随着垂死者的呼吸一起一伏。

手不由自主向它摸上去。被千年风沙捶打过的树皮，和它身下的沙尘一样洁白，和戈壁滩一样粗粝。这个千年不死、千年不倒、千年不朽的神奇树种，关于它的传说总是与凤凰与鲜血紧密相连，它将树身掏空，将根极力扎进沙漠深处，在最干旱的季节用身体里储存的水活命。生物的多样性和神奇总是令人匪夷所思，对于胡杨树而言，这只是一种本能，它拼尽全力活着，站着，在大地

巨大的枯胡杨倒伏在地，如同古希腊残缺的人体雕塑群。

摄影：苏沧桑

上留下自己和后代，不管有没有所谓的意义，也并不知道，弱水河畔的几十万亩胡杨林，阻止着巴丹吉林沙漠向北扩散。

我在死去的胡杨林间穿行，像在一座城郭之中穿行，生者和死者的幻影在我身旁呼啸而过，还有薄纱下倔强生命最后的喘息声。

一位内蒙古小说家在小说里写道：“是啊，老奶奶把那棵树奉封成了神树了嘛，怎么能随便砍倒呢……我的儿子，你将来应该把所有的树木全部奉封成神树呀！”

在我视线不远的地方，一片橄榄色的、风华正茂的胡杨树静静立在一湖碧水前，它们身后是正在逼近像要吞没它们的沙丘。树们看起来像是一群母亲，张开双臂护着一湖碧水不被沙丘吞没，像奋力护着身后的孩子一样。

另一个九月，在南太平洋的马尔代夫，当地人驾船带我们去一个很远很远的孤岛浮潜。孤岛像一个遗世独立的存在，只有网球场那么大，圆形的白色沙滩像一口小碗悬浮在万顷碧海之中，“碗”外是深蓝色的海水，“碗”里却是淡绿色的海水，游弋着一些鱼虾。沙滩上空无一物——不，突然，我看见一根一尺来长的白色枯树枝静静搁在沙滩上，与阳光将它在沙滩上投下的阴影相伴。是胡杨的枯枝吗？它在大海上漂了多少年来到这里？在此搁了多少年？还会继续搁多少年？

地球之上，苍穹之下，“高级”的我们总有一天会离开，“低级”的它们永远在。

他在万里之外的荒野深处说：“就算我人在山里，只要心情不好或心有旁骛，就听不见山的声音，感觉不到山的存在和力量。”

## 三　魔域

是什么魔力让两个女人突然放声歌唱？

我抬头寻找鹰的身影时，一座欲倾之城，像崩塌的山体，像海啸的浪墙，向我俯身压来。

断壁，残垣，佛塔，蓝天，阳光，它们从黑水古城废墟的四面八方灌满我们的视线，沙灌满鞋子，风灌满我的红裙和披肩，关于黑城的千年传奇灌满耳朵。

鹰从黑城上空掠过，看见千百年前无数人从阿拉善的历史画轴里穿过，从阿拉善高原曼德拉山岩画的画廊里穿过，他们分属羌、月氏、匈奴、鲜卑、回纥、党项、蒙古等各民族，他们在此狩猎、放牧、战斗、舞蹈、竞技、游乐。如果鹰真能活千年，它会想念一千年前和它一样年轻的西夏城郭黑水城，这条丝绸之路干线上南北交通的交接点，熙熙攘攘穿行着驻军、商人、百姓，它目睹人们用马鞭、弓箭、猎枪、马头琴和长调将繁华喧嚣和波澜壮阔反复书写，也目睹黑水城在主权更替烽火狼烟中灰飞烟灭，成为一座孤城，一片废墟，灌满隔世的荒凉。

鹰见过这片古战场上无数场战争无数次死亡，沙丘下突然冒出的枯骨，是谁的枕边人，谁的儿子？鹰用利爪掠杀猎物，却不懂人类的自相残杀生灵涂炭到底为了什么。

歌声突然响起。

穿着绿袍的斯日古冷摇晃着头，放声歌唱，她将合十的双手一下一下用力地挤向心窝，像在用力地倾诉、祈祷。风撕扯着她的绿裙和长发，撕扯着她有点沙哑低沉的歌声，歌声犹如脱缰的马，在我们头顶上空驰骋。

我问穿着蓝袍的苏布道歌词大意是什么，她回过头脸红红的笑着说，意思是想念他。

斯日古冷呵呵笑说，对，梦里老是醒来。

穿红长裙的我唱起“十五的月亮升上了天空，为什么旁边没有云彩……”时，耳边响起了另一句歌词“苦海泛起波浪，在世间难逃避命运……”

我回头见穿粉色衣服的居延女子海霞在我们身后正随着歌声顾自手舞足蹈。刚才她跟我说，她有一个喜欢写作的好朋友，现在一个人在胡杨林里牧羊，她很想去看看她。我看着她真挚的眼神说，我也很想去看看她，我还想和她一起放羊。

沙漠上，烈日下，四个女人踩着沙子，走在黑水古城峡谷般的古土墩之间，旁若无人地唱着歌跳着舞，是因为黑城太过死寂，鲜活的人们忍不住想打破它吗？江南女子和蒙古女子原生态的音色反差很大，也许并不美妙，也许各有所妙。鹰从天上看，看到茫茫荒漠中四个艳丽的点，它觉得自己更喜欢大地上动人的生命乐章。

他在万里之外的荒野深处说："山上没有风，阳光映着白雪射在我们身上，很热很暖。茱蒂脱下毛衣和衬衫，裸体滑雪。好美的裸体。我本来也应该卸下衣物沉浸在晨光里，却选择爬上湖穴丘，让茱蒂一个人在滑雪道上晒太阳。"

## 四　野骆驼

我觉得，它的姿态带着点挑衅的味道。

小雨将荒漠唯一一条窄小的公路打湿后，公路在傍晚时分云层间泄下的斜线天光里，像一个闪闪发亮的走秀 T 台。

三只双峰野骆驼从路基下慢慢悠悠地走上公路。它是最健壮的一只，它走到我们车头前，侧身停下，转头亮相，嘴角上扬，然后，像舞蹈演员转身留头一样，优雅地侧转臀部，转过身，点点头，才将脸转了回去，慢慢走下路基，向着荒漠走去。

它带着嘲讽的微笑告诉我说，这个天地是它们的，自始至终是它们的。漫漫丝绸之路上，人类已经用飞机汽车和火车取代它们，它们依然没有获得自由，所谓的野骆驼都是放养的，它们也依然认为，这个天地是它们的。它告诉我：因此，我们此番走秀并非示好，而是示威。

我跳下车去追它，我想闻一闻它冲着天空的鼻孔里喷出的高傲气息，摸一摸它结着团的已被小雨淋湿的驼峰上狼狈的毛。它不逃跑，躲闪着，抬起一条前腿，似乎想去掩住鼻子，它说，它讨厌陌生人类的气息，不属于这片土地的气息。

那么，它喜欢它主人的气息吗？它回到牧民家里，会用湿漉漉的嘴唇碰碰主人吗？并告诉他（她）它们仨今天去了哪里，遇见了哪些牛羊马兔鹰虫，哦，还有野兽般凶猛的汽车难听的喇叭声，远不如它们的驼铃声动听。

我想起另一个九月，在青海可可西里的公路上，我遇见一只一惊一乍的小藏羚羊。它四肢纤细得像一个影子，离我约五十米，突然狂奔，突然停下，又突然狂奔，放眼四野并没有一个可供它归宿的群体。大概两百米外，一群野驴，大概五六只，正在战战兢兢地穿越马路，它们已然看到了汽车，闻到了异类的气味，感受到了某种冒犯。

我站在原地，看到云层伸手可触，不由自主跳起来去够，听见有人喊：不要跳，不要跑，高反！我才想起，可可西里的长途跋涉中，我完全忘了对高反的担忧。心跳加剧时，血流加快时，我感觉离高原上蓬勃的生命更近，那些羊，那些马，那些驴，那些草，还有那些脸上有两团高原红的人们，他们的背影总是微微有点驼，因为沉重的肉身，也因为谦逊的灵魂。

无家可归的小藏羚羊又出现了，我慢慢靠近它，我希望从世界上最纯真的眼眸里，看到最静谧的落日。至今，它依然流浪在我的记忆里。

画家兴安曾送我一幅画，三匹马依偎在月下，从容安详，是我想象中动物们最幸福的模样。那幅画让我相信蓝色星球上仍有另一个世界，一切都敞开着大门，苍穹，月空，荒野，湖泊，河流，如果宇宙有一颗心，也一定不会关门。

他在万里之外的荒野深处说："给自己一次机会，什么都不要做，别在一定时间抵达某个地方，别朝着某一个特定的方向。在这里，你可以随心所欲。这是你的机会，可以迷路、掉进溪里或发现一个美丽的地方。"

## 五　鸥

我清晰地看见了一只飞鸟的眼神。它黑色的眼珠如一粒海洋黑珍珠填满整个眼眶，上眼睑是双眼皮，下眼睑有卧蚕，上下都画了半根眼线，像一位化妆得特别精致的少女。它全身雪白滚圆，除了脖颈和翅膀尖是时尚的雾霾灰，喙和脚爪是鲜艳的橘红色，这些色彩的搭配，使它看上去像一个在雪地里玩雪的少女，阳光洒满她的笑脸，眸子时时刻刻透着惊喜。

至今不知它的种类，海鸥，或是鸽子。它栖在居延海岸边的一根木桩上，和它众多的同类一起，它们看起来长得一模一样，就像这里所有的沙子长得一模一样，所有的芦苇长得一模一样。在苍天般的阿拉善，天地都简化成简洁的线条、单纯的色彩，构成最朴素却最摄人心魂的意境。

当我异类的气味逼近它的嗅觉，它腾空而起，巨大的白色翅膀掠过我的右额，扬起我的头发，我们彼此的眼睛离得如此之近，我看见它的眼神里没有丝毫恐惧。

也许人类的喂养，已成功诱导它们在这片水域停留得更久，甚至将这里当成了永久的家，将人类当成了家人。我想，有一些动物其实是通人性的，就像我养的斗鱼，它把自己藏进水草，每天早晨当我靠近鱼缸，它会兴奋地从水草里钻出来，摆动着粉红色的透明的圆形鱼尾，迅速往水面游，拍动着鱼鳍鱼尾翘首以待着我打开鱼食袋子，舀出十来粒鱼食。我无法理解隔着水和一尺远的距离，它是如何知道来的是我，我是来喂食的，而不是偶尔路过它的笑眯眯阿姨，或来觊觎它的什么，比如猫小野和猫银河。

鸟们拍动着翅膀腾空而起，落到芦苇丛上，也落到水汽弥漫的居延海水面上，它们落的时候并不轻盈，重重的，沉沉的，仿佛水下有巨大的引力。它们浮在湖面上时，看起来圆圆的，笨笨的，萌萌的，像我老家玉环岛漩门湾滩涂上珍贵的遗鸥，如果它们都不怕人，多好。

匈奴语中“幽隐之地”的居延，茫茫戈壁、草原和沙漠延绵不尽。祁连山雪水孕育了众多河流，其中的弱水（额济纳河）自南向北而至居延，形成了居延海等众多湖泊，水草丰美，碧波万顷，也孕育了两千多年璀璨的居延文明。这里曾经响起过的金戈铁马之声，响起过的“大漠孤烟直，长河落日圆”的吟诵，早已被漫漫风沙和声声鸟鸣淹没。遗鸥，野鸭，黑鹳，疣鼻天鹅，白琵鹭，凤头麦鸡，黑鸢，鹗，蓑羽鹤，卷羽鹈鹕，乌雕等等，在此栖息繁衍，除了气候和天敌，再没有什么能伤害到它们，比如战火，比如捕杀，它们活成了大漠戈壁无数动物甚至人类向往的样子。

很多年前一个日落时分，我在澳大利亚南端的菲利普岛看企鹅晚归。夕阳下，雪白的浪花从里不知什么时候突然冒出了几十个黑白相间、亮晶晶的小东西，就像雪地里忽然绽放的“黑玫瑰”，弱不禁风地随着波浪摇曳着。紧接着，另一处浪花丛里又浮出了一堆“黑玫瑰”。随着人群一阵一阵的惊叫声，雪白的浪花里不断绽放开一丛一丛“黑玫瑰”，慢慢涌向沙滩。一个浪头打过来，它们中的大部分又被海浪卷了回去，过了一会儿，它们又聚集起来，奋力游向沙滩。这些“黑玫瑰”，就是世界上最小的、已濒临绝种的袖珍企鹅。

从沙滩到它们的洞穴大约几百米，经过它们长年累月的跋涉，已经形成了固定的几条小路。对于我们仅几十步之遥，对于它们如千山万水。几十个企鹅纵队摇摆着向着家园挺进，足足花了三个多小时。回到停车场，见告示牌上有一行英文：“车子发动前，请看看车子底下，有没有企鹅，防止压着它。”我看见，准备上车的几乎每一个游客，都弯下腰，往车子底下张望一圈后再上了车。

人类很友好。人类友好吗？在离它们很远的地方，人类复杂的生活形态，已经使得冰山加速融化，海平面加速上升，气候极度反常，濒临绝种的袖珍企鹅们并不知道，死亡已悄悄逼近。

他在万里之外的荒野深处说：“在这里，日常生活非常简单。在荒野漫游，感觉自然而真实，另一个世界反而犹如小说，与我所了解的真实完全无关。”

## 六　天籁

金达来微微闭上眼睛，将屏住呼吸聆听的我们和人间烟火隔绝在低垂的眼睑之外，独自进入了他的世界。

低沉的马头琴声是一匹老马，他随之而起的呼麦声，是另一匹老马，将我带出了蒙古包，走向旷野，进入了一个神奇的、神秘的世界。

金色阳光从云层间瀑布般倾泻。

亿万棵草一起仰起了脸。

雪水在融化。

瀑布从高崖奔涌而下。

羊羔子的唇终于够着了母羊的乳房。

布谷鸟在鸣叫。

牛群循声而来。

黑走熊在攀树。

四岁的海骝马在奔跑。

草原狼在月光下长嚎。

风撕扯芨芨草和炊烟。

胡杨林落叶纷纷。

一个蒙古女人背着羊奶桶，走进草原深处。

马奶酒的芳香里流传着英雄的传说。

大地凝神聆听着草原人久远往事里的柔肠百转。

呼麦，这古老而神秘的声音引领着我的心，与生灵说话，与风聊天，与月光对饮。源于蒙古族匈奴时期的久远回音，是草原人狩猎和游牧中虔诚模仿大自然的奇妙和声，靠口腔和舌头的变化，一个人能同时唱出两个以上声部的旋律，高如登苍穹之巅，低如下瀚海之底。

他在唱什么，我一个字都听不懂，我跟着这个声音去了很多地方，那些地方人与万物和谐共生，灵魂与灵魂窃窃低语，不分种类。他半眯着眼睛，不像是唱给我们听，而是唱给自然里的神听，唱给沙漠，唱给草原，他一定也听到了他们的回应。

呼麦声和马头琴声一起，像苍老的骏马驮着我，晃晃悠悠，我的身体我的心完全交付于这摇篮般的节奏。人类是否天生喜欢这种晃晃悠悠的感觉？否则，婴儿为什么喜欢摇篮？孩子为什么喜欢荡秋千？人们为什么喜欢骑马喜欢喝酒？是因为生命之初源于大海吗？

达日玛悠远而又高亢的长调，将我带回了蒙古包里的热闹。狂欢的人群，烤着羊排，喝着奶酒，眼神里溢满天真和好奇，我的手里还抓着啃了一半的牛骨。

我想起另一个九月，青海一个蒙古包里，主人们载歌载舞为我们敬酒，我席地靠坐在一只画着艳丽彩画的柜子前，听到一个苍凉的歌声——

“鸿雁，天空上，对对排成行，江水长，秋草黄，草原上琴声忧伤……”

那一刻，我按在毡毯上的右手在和地面做着一种力量对抗——主人的下意识叫它用力将她的身体撑起来，站起来，跳起来，她会跳《鸿雁》这支舞蹈，可下意识里羞涩的力量又在阻止它用力，最后，它端起一盏奶酒，一饮而尽。

我终究没好意思站起来和他们一起跳舞，这个遗憾让我做了一个梦：我追不上他们的脚步，听不懂他们的语言，我猜测着他们嘴里吐出的每一个字的意思，很累很累。然后，他们其中一个耄耋之年很邋遢却很美的女子，突然跑到舞台上，做了一些舞蹈动作，最后亮相的时候，脸上是带泪的笑，她扭曲腿部，脚底朝天，这对于年迈的她，似乎是不可能完成的动作。在梦里，我觉得她很丑，在梦里，我突然发现，她就是我，那个被自己拘禁、从未真正洒脱如奔马的自己。

诗人蒙古月来到杭州，钱塘江边我们第一次见面，他对我说，从你的长相、你眼珠的颜色看，你的血液里一定有草原血统。

他在万里之外的荒野深处说："某种伟大没有边际的东西，将我吸纳进去、包围着我，我只能微微感觉到它，却无法理解它是什么。"

## 七　鲸落

蓝迪·摩根森（RandyMorgenson）是美国巨杉和国王峡谷

国家公园的传奇巡山员，他在山谷中出生长大，做过二十八年夏季山野巡山员、十多年冬季越野巡山员，救助过身陷困境的登山者，指引过游客领略山野之美，他是一个热爱山野到骨子里的人，是“行走在园区步道上最和善的灵魂”。蓝迪带新婚妻子茱蒂旅行时，夜里就在路旁的干涸沙漠扎营，只靠一桶冷水洗澡，因为他不想夺走沙漠生物无比需要的养分，连枯木也不拿来生火。

1996 年 7 月 21 日，五十四岁的蓝迪在巡逻途中失踪，园方出动一百名人力、五架直升机、八组搜救犬，展开前所未有的地毯式搜救，结果一无所获。五年之后，有人在国家公园的偏僻角落发现了一只残留着脚骨的登山鞋……

致敬蓝迪的悼词是这样的：

> 蓝迪最后的旅程结束在一道狭窄的山沟，在一处偏远的高山盆地。久远的小溪流经山沟，虽然总是仰望天际，却始终深藏在严寒的晨光中。峭壁上传来岩鹨质问似的叫声，远方则是隐士夜鸫缥缈的呼喊，一面注视着缓缓穿越峡谷的暗影。天黑了，潺潺的溪水流经岩石，水花飞溅直奔遥远的星辰，再落入静谧的高山湖泊，不停往下流、往下流，和国王河的轰隆声响合而为一，接着迅速汇入汹涌的急流，经过

一千七百米高的悬崖和依傍在陡坡的沉睡树木，梦想温暖春日里有熊搔抓树干的时光。

最后，他悄悄流进中央山谷大平原，群星和深邃的夜空将他接去。从第一滴融雪直到无边的寂静，欢愉的内华达高山之歌不曾停歇。蓝迪的声音也在歌里，只要我们安静倾听，永远都能听见。

2021 年小雪时节，当我一边回望一年多前的阿拉善之行，一边捧读美国埃里克·布雷姆的《山中最后一季》——和我同龄的，将生命、灵魂与激情融入山野的山野之子蓝迪的人生传奇时，有两股巨大的、相似的力量裹挟着我在不同的时空穿越，让我常含泪水。

2021 年小雪时节，四名中国地质科考人员在哀牢山失联，山把他们吞了进去，多日后又把他们吐了出来。山说，不要打扰我，不要打扰我，不要打扰我。山不知道，有些人是来打扰它的，有些人是来考察它保护它的，比如帮它清理垃圾，警示游人不要在野地生火，营救失联者，或者搬出他们的遗体。

1966 年，二十四岁的蓝迪写道：

为什么花草树木、万事万物要存在？因为少了这一切，宇宙就不再完整。

也许，这句话已经道尽一切。

鲸鱼死去的时候，会慢慢沉入海底，人们为它取了一个美丽的名字——鲸落。我看过一个视频，鲸鱼母亲被人类射中，正在慢慢坠向海底，鲸鱼宝宝在母鲸身旁惊慌而又徒劳地游动着，甚至游到母鲸身下试图把它托起来。那是一段真实的、令人心碎的视频。

我们只是隔着屏幕的观众吗？是大自然的主宰吗？不，如果长梦不醒，总有一天，我们就是那头幼鲸。

# 故土篇

## 自在玉环

# 梦　树

雨滴声在梦的边缘徘徊,步履迟缓,每一声“嗒”和“嗒”之间,隔了大约三秒。

细雨落在玉环岛上，停在结香花蕾淡绿的、绢状的、发亮的绒毛上，汇成一粒较大的雨滴，沿着低垂的、蛋黄色的花瓣尖，在金红色的花蕊短暂停留，最后与花蕊分离时，像离人们牵扯着不忍分开的指尖。被叫作“梦树”的结香树，静立在娘家小院比邻的极乐庵墙角，花蕾低垂，像一座座孤悬的、沉睡的岛。嗒嗒的雨滴声将墙角一只野猫的眼睛洗得发亮，并落入了千里之外另一座岛上一个人的梦里。

岛上的母亲拿起手机，打给千里之外另一座岛上的二女儿。母亲的话音里夹杂着雨声，还夹杂着岛上正月里被新雨打湿的闷闷的鞭炮声。

母亲问，还在越南吗？元宵节回来吧，点间间亮，柳山粉糊……母亲说着话时，眼前浮现了自己的母亲的脸——摇曳的烛光加深了她脸上的褶皱，一支支蜡烛被她一一点燃，所有的房间被她一一点亮，最后，她将一支蜡烛插进番薯块，放进一只蓝边花碗，将碗轻轻放进了水缸。烛光在水缸幽暗的水面上摇晃了一下，稳稳地立住了脚，水面瞬间泛起泪光，在正月十五这个日子里，它的幽暗竟也被人记起。

岛上把元宵节点灯的习俗叫作“点间间亮”，相传明嘉靖年间，戚家军和百姓一道点灯燃烛，搜捕并全歼了倭寇，习俗沿袭至今，寓意红红火火。

女儿正在越南芽庄珍珠岛，陪耄耋之年的公公婆婆、婆家没有子女的二姑二姑父过年，这大概是老人们有生之年最后一次出远门了。女儿的女儿正将一个比人还高的充气天鹅费力地扛到海边，将二姑公扶到天鹅背上玩冲浪。她的爷爷奶奶和姑婆，正坐在自助餐厅里对着无比丰盛、稀奇古怪的美食兴叹，最后一致得出结论说，还是冰激凌最好吃，在家乡岛上度过的所有正月，他们从未吃过冰激凌。

岛上的母亲穿着棉袄，想象着二女儿穿着她做的花裙子走在海风里的样子，她一一点亮一楼所有的灯，包括楼梯下杂物间的灯，然后，她沿着楼梯慢慢上楼，一一将二楼所有的灯点亮，又来到三楼。三楼，有时儿子一家回来住，有时大女儿回来住，大多是二女儿回来住。母亲将所有房间的灯都打开，就像以往每一个元宵。

今年，楼梯新加了原木做的扶手，母亲膝盖骨折新愈，往日楼上楼下哒哒哒走得飞快，现在要侧身扶着扶手，微驼着背，先将一只脚挪上一个台阶，再将另一只脚并上去，一步步挪着走。挪着往上走的时候，她的眼前会浮现三个孩子儿时的笑脸，元宵节十字街最热闹的是滚龙赞龙、田忝人滚八蛮和闹财童，财童拿着旗子骑在大元宝上，店家们便噼噼啪啪大放鞭炮，将财童手里的旗子打下来插在自家店门口，就寓意着来年生意兴隆。孩子们的笑声早已随锣鼓声和鞭炮声远去，笑容却被日益健忘的她执拗地留住，结香花蕾的暗香般定期浮动。

对缺水的海岛而言，每一场雨水都是甘霖，对岛上的老人而言，雨水时节，意味着团圆后的离别。儿女们过完春节，元宵前便要返回上学和工作的远方，一切如新绿般被雨水催促着，要开始，要出发。母亲便提早为儿女们柳山粉糊吃——用红薯淀粉和上清水，将蒸好的一小碗糯米饭和红枣桂圆葡萄干荸荠碎加一点点小苏打，放进一大锅水里烧开，然后加入小糯米圆子，再将淀粉糊慢慢倒入锅里，边倒边用筷子打着圈搅动，岛上将这个动作叫作“柳”，如同柳枝在湖面打着圈，一碗清爽香甜、热气腾腾的山粉糊，和冬夜灯火一样暖心。母亲不知道，偶尔，她和女儿们通电话时的声音也会变成山粉糊，变成水缸里的一豆烛火，变成岛上珍贵的雨水，照亮着、滋润着她们幽暗焦躁的内心。

父亲每天早晨例行去镇上吃完早饭后去菜场转一圈。如果儿女们回来，他买菜便有了目的性，二女儿爱吃水潺鱼、鱼圆、九层糕，最近她说减肥，爱吃蔬菜。儿女们没有回来时，他在菜场茫然地转着，不知道买点什么，人老了，口味寡淡了，最喜欢的，只是一碗稀饭就一点清蒸的乌眼毛烤小鱼干了。

父亲跟母亲说，杂货店的老板娘又问我要不要买橡胶手套了。

母亲笑了。母亲坐在三角梅低垂的东窗前，用集市上“捉”来的花布头做裙子，给她的妹妹们做，给女儿们做。

上次二女儿回来时，父亲到杂货店买了一双橡胶手套给二女儿专用。老板娘不解。他说，二女儿回来把每天洗碗的活霸占了，所以我给她买双橡胶手套。

杂货店的老板娘说，真孝顺。

有时，父亲母亲会一起坐在小院里的秋千躺椅上晒太阳，给每天准时来的三只珠颈斑鸠喂馒头，看成群的思想统一步调一致的麻雀，突然哗地像箭雨一样整齐地射向天空，从石榴树窜到光秃秃的蜡梅树，又窜到桂花树。有时，父亲坐在缝纫机旁的沙发上，在母亲踩缝纫机的哒哒声里，翻出手机，一遍又一遍听大女儿的合唱团音频，一遍又一遍读二女儿写家乡草根戏班的文章，文章很长，他读着读着，眼睛会发酸，于是他闭目养神。他陪着二女儿一起去戏班体验生活的情景一幕幕在眼前回放，于一个个清水般寡淡的日子，像一粒粒海盐。

其实乡戏日日在岛上的某些村落上演，依稀有锣鼓和袅娜的越剧唱段穿过细雨来到小院。乡戏像珍贵的雨水静静滋养着岛上人的血液，铸就着他们的豪爽、机智、幽默、淡泊。父亲在若有若无的越音里，看见年轻的自己牵着二女儿，脖颈上骑着小儿子，穿过元宵时节的细雨，穿过乡邻们“苏老师苏老师”的轻唤声，来到戏台边的小吃摊前。他深知对于孩子而言，更诱人的是那些甘蔗荸荠、瓜子蚕豆、炸得金黄的油墩果，他必会买来让他们吃个够。他并不知道，对于二女儿而言，眼前的戏更让她痴迷，她的眼睛和心都扎在了草棚搭的戏台上，一心盘算着，等戏团圆了，等戏班走时，她如何顺着山道偷偷跟着戏班去流浪。

某个傍晚时分，父亲看见路边停着一辆卡车，车上叠满了做戏人的戏箱，他们坐在高高的戏箱上，像刚刚卸装，匆忙得没有擦净脸颊，细雨淋湿了他们表情木然的脸。年过完了，戏班转场了，儿女们也已经长大了，走远了。

如果乡愁是一幅画，乡戏便是最凄美的那一笔。如果故园是一棵树，游子便是种子里最孤独的一粒，在远方奋力长成另一棵树，只许发光，不许枯。

午后的雨声里，父亲走上二楼午睡，走到楼梯拐弯第三级，卧室柜子上儿孙们的一帧帧照片便会映入眼帘，有一帧最新的——阳光和桂花落满小院，父亲母亲和二女儿坐在石阶上，母亲端着咖啡，二女儿趴在母亲肩头，看父亲敲着玄空鼓。二女儿曾将这帧放大的照片寄给父亲，父亲将它摆在一楼客厅的钢琴上。柜子里这一帧是他自己特意去冲洗的，上面多了两个字“陪伴”，是女婿给这张照片修图时起的名，戳中了父亲的心。午夜梦醒，辗转难眠，父亲为这幅照片作了一首“打油诗”：

> 金秋十月丹桂香，桂花树下晒太阳，鼓声绕小园，心情好舒畅，儿女膝下伴，生活乐无疆。天地悠悠，唯情最长久，共祝愿，五洲四海烽烟熄，家家户户笙歌奏，年年岁岁国泰民安幸福长！

一只蚂蚁从结香树的根部往上爬，光秃秃的枝条越来越细，通往岛般孤悬的花蕾，它发现这是一段越来越寂寞的旅程。一场接着一场春雨，一场接着一场乡戏，一场接着一场别离，是岛上老人们正月里的日常。

民间流传雨水节气又叫孝亲节，这一天，出嫁的女儿要和女婿、孩子一起回家探望父母，还要给母亲送一段红绸、炖上一罐肉，感谢父母的养育之恩。岛上没有这样的习俗，即使有，父亲母亲亦不会奢望，很少有子女能在雨水时节回家。对于父母来说，儿女是他们盼了一整个冬天的雨水。对于儿女，父母如同月亮，如同蒙娜丽莎的眼睛，无论你走到哪里，都能感觉到一直追着你。

手指得知肩颈的疼痛，用力去按，将疼痛转移到它自己身上，短暂的缓解，像每一次短暂的团聚。川金丝猴是世界上最能适应寒冷环境的猴子，秘诀在于冰天雪地里会紧紧抱在一起相互取暖。父亲想不通，从几代同堂的传统大家族，到三代同堂的大家庭，再到三口之家，再到丁克之家二人世界，再到越来越无欲无求自得其乐的单身们，中国的家庭单位正变得越来越小。难道不是一个屋檐下几代同堂，猫猫狗狗，花花草草，灯火可亲，吵吵闹闹，才是家的样子吗？

入春的第一波雨水，唤醒了结香树，唤醒了停泊已久的渔船，

海上的日出，唤醒了玉环岛上无数个干涸的梦境。

摄影：海天

唤醒了岛上无数个干涸的梦境，唤醒了大地之下深深浅浅的盘根错节，仰起身奋力拱破通往春天的一道道重门。辛丑年雨水时节，父母和三个儿女又一次离别前，按照四十七年前五口之家的黑白合影,照了一张同样的合影。父亲又辗转难眠,写下了以下几句话：四十七年弹指一挥间，天地茫茫不觉我已老，一生无作为，惟有儿女成人可欣慰，愿苍天保佑一家大小永安康。

黄昏，人迹寥寥的街头，一位因疫情留在岛上过年的年轻男子满身酒气，抱着一位交警的腿，用西北话哭喊着：我好想回家过年啊，太远啦……同样年轻的交警内心拒绝让一个大男人拉他的手，但他忍住了，好言安慰他。有谁知道呢，今年也是他第一次没有回老家过年。他想，等下了班，给远方的父母打个电话吧。

如同一棵树，总是梦见离自己而去的种子和落叶，每一个故园的梦里，彻夜回响着游子的脚步声。新雨后，圆月初升，海岛轻轻吞咽着漫天清辉。母亲慢慢沿楼梯上楼，点亮女儿房间的灯，点亮儿子房间的灯，点亮所有的灯，就像他们小的时候，就像他们从未离开。

被叫作“梦树”的结香树，像一座座孤悬的、沉睡的岛。

摄影：海天

# 十 字 街

## 一

故土的美食，对游子而言，有时只是食物，有时是一剂良药。

四十六年前，谷雨时节一个晴好的傍晚，又高又瘦的长人苏双手紧捂胸腹走下轮船，踏上了玉环岛楚门镇的轮船码头，在奔涌的海腥味里，闻到了海鲜汤年糕微微发酸的味道。

故乡黄昏的气息如此单纯而馥郁，除了食物的香味，再无其他。

“汤”在这里，是一个动词，意思是用东海小海鲜，如海虾、蛏子、牡蛎、鲳鱼和青大蒜加水煮的年糕。家家户户过年时做的年糕浸在水缸里，一直吃到端午，到了谷雨时节已微微发酸，一碗汤年糕，便散发着浓烈的鲜香和微微的酸臭，在长人苏的梦里萦绕了多年，是他经年疼痛的胃部最渴望的味道。他深深吸了一口气，感觉到那股气息顺着喉管和食道抵达了胃部，像一剂良药瞬间治愈了多年的疼痛。

他五岁的小儿子雀跃着奔上码头，全身沾满来自异乡的尘土。清晨卡车载着一家五口启程离开他任教多年的平阳三中，小儿子一出门便摔了一跤，浑身是泥，送行的邻居说，好好好，带点水土回去，就不会忘了我们。

一辆板车拉着他带回的唯一一件家具——一个橙色的菜橱，后面跟着一家五口人，走入了暮色四起的古镇楚门，向着十字街的方向，向着位于十字街南门的老屋。十字街的样子，像甲骨文里“行”的样子，东西南北四条石板街呈“井”字形，七口水池呈七星状散落，蜿蜒的河道直通大海，明洪武年间起，楚门人就栖息在“行”字笔画上，樯橹出入，舟楫来往，亦耕亦渔。

长人苏走在笔画之间，听到七岁的自己赤脚拖着木屐踩过石板路的笃笃声，跟随笃笃声而来的，是无数种食物的气味——

打年糕的气味，是年的味道，从十字街南门弥漫至整个玉环岛。年关将近，年糕班师傅们带着蒸笼和石臼，像一支部队开进了南门谷水晒谷坦，将已用井水浸软的粳米磨成糕粉炊熟，打成一根根年糕，一户人家一般要打一百多斤。长人苏不去晒谷坦，他躲在隔壁邻居无儿无女的广灿爷家，看他用年糕做龙、兔、狗等小动物，做聚宝盆，都是用来谢年祭祀的。

油煎馒头火烧饼的焦香味，来自十字街南门的馆店，摊子直摆到屋外，海岛人把肉包叫作馒头，把馒头叫作面包，把满嵌着五花肉炸虾盘菜的糕头叫作手拗糕，把可盐可甜的豆腐脑叫作豆腐生，把炸得金黄的豆沙糯米饼叫作油墩果，把阳春面叫作光面，都是楚门人的早餐。

蓬勃而复杂的气味，来自十字街东门，每月逢三逢八市日，乡下人挑着自家所有能卖的土特产前来赶集，柴、盐、禽蛋、绿豆面、桐纸叶包、文旦、橘子、甘蔗、荸荠等等，摩肩擦踵，鸡飞狗跳。长人苏岳母家便在东门，岳母家的公公是摆饭摊的“卖饭二妹”，这家最原始的快餐店，为乡下人提供了最物美价廉的饭菜，变成力气，走崎岖的山路回家。

小镇人不太熟悉的一些气味，来自东门长人苏岳父家的南货店，除了本地的酱油醋酒，来自远方的火腿、荔枝干、桂圆干是平常人家难以触及的美味。

绿豆糕、桂花糕、橘红糕和月饼的气味，自带富足气息，来自十字街东门做糕饼最有名的天忠家，月饼做得薄薄的，却有脸盆那么大，戳着小孔，印着喜字，逢年过节，大人们便用红绿头绳将月饼挂在孩子们胸前。长人苏看见自己的父亲将一对煮熟的大对虾，也穿上了红绿头绳，挂在了七岁的自己脖子上。脖子上挂着大月饼和大对虾的孩子们，在十字街玩“打救兵”的游戏，虽一张口就能咬到好吃的，但他们尽力忍着，让那份满足无限延迟。故乡人用这种方式庆祝丰收，表达幸福，让长人苏一想起就忍俊不禁。

还有一种神秘的气息，对于小镇人来说，意味着诗和远方，来自楚门人常说的“喔，十字街角落头”对面，一幢清末民初建造的三层白色欧式小高楼。这幢十字街最美的建筑，开过药店、面馆、布店、书店，长人苏和他的小伙伴们曾迷恋过那里的每一本小人书，也迷恋过小楼散发的和十字街格格不入的时髦气息，对交通末端的古镇人而言，它通往陌生，通往繁华，通往无穷的远方。

西瓜切开时，喇的一声，红色汁液在夜空中炸裂，弥漫开来的清新气息，令长人苏终生难忘。仲夏夜，十字街的最中心会点起唯一的一盏煤油灯，摆起唯一的一个瓜果摊，那个叫“老麻大妹”的壮汉，舞动着一把巨大的西瓜刀，将西瓜切成弯月形的一块块，码在煤油灯下，水灵灵的光泽像会开口说话。西瓜摊前聚集着乘凉的人们，聊天，斗嘴，讲故事，并仔仔细细地吃着每一口瓜，没有人会买一整个西瓜吃，吃不起。

夜色中，洇渡着笃笃圆本真的糯米香，它来自十字街北门，一个长得像“武大”的矮个子，挑一担摊子，锅子里永远煮着沸水，他将糯米粉搓成小小的丸子，落到沸水里，盛在小碗里，撒上白糖和芝麻，递给客人。而一个名叫“四妹”的男人，正将馄饨摊担从肩上移下来，摆到了十字街西门他惯常摆摊的位置上，瘦瘦的身影瞬间被热气淹没。笃笃圆、小馄饨、清水面，汤汤水水的，都是楚门人最爱的夜宵。

偏安海岛仿佛被世界遗忘的楚门人，从不吝啬自己的力气，也从不亏待自己。

长人苏跟在板车后，越走近十字街南门老屋，那股熟悉的味道就越浓烈——东海的味道，海鲜的味道。每当潮汛归来，十字街上，便会摆开中街鱼市，黄鱼、带鱼、鲳鱼、虾蟹水潺和贝类“活窜窜、鲜漓漓”，鱼市散后，满地鱼鳞闪闪发光，正如清朝张英风描述的“不问寅与巳，鱼鳞匝地摊”。长人苏的父亲一度贩海鲜为生，每天傍晚从漩门湾挑回活蹦乱跳的小海鲜，将鱼虾蟹按大小分类，天未亮便挑到菜市场贩给卖菜的，一家老小的生计，都在一担一担的小海鲜里。

踏进十字街南门的老屋时，长人苏不知道，他一路走来一一

千百年来，海岛人过得像鱼一样恬然自得，依从心灵的声音休养生息。

摄影：海天

回味的家乡美食，竟在几年后彻底治愈了他多年的胃疾。

他亦不知道，此时，他记忆里十字街各种食物的气息，在现实里如东海波涛般向着怯怯拉着他衣襟一角的七岁小女儿奔涌而来。

## 二

“榴屿何年改玉环，望中犹是旧青山。遗民不记当年事，唯有潮声日往返。”

农耕文化和海洋文化在楚门十字街交集而成了一首气质独特的古诗。2021 年谷雨时节一个清晨，我跟着父亲走在十字街上，像与诗里一个个熟悉的字、词、句重逢。

当我踏上十字街南门通往老屋那条幽暗的甬道，潮湿的泥地散发着苔藓的味道，我感觉自己一下子穿越回了多年前那个黄昏，闻到了七岁那年波涛般向我奔涌而来的食物香气，我像进入了一个四维空间，看见了时间轴上七岁的自己，十二岁的自己，十八岁的自己。

七岁，她怯怯地拉着父亲长人苏的衣襟一角，踏上了睽违七年的出生地。

十二岁，她随全家离开十字街，住到了丫髻山下的山后浦。

十八岁，她离开故乡前往杭州读大学，从此留在了那里。在异乡的四季和十二时辰里，她常常想象着太阳从十字街的东门升起，一一掠过南门、北门和西门所有的青瓦屋顶，想象着十字街所有她吃过和没吃过的食物的香气，慢慢灌满她的身心，化成一行行文字流淌：

《冬酿》里，弥漫着十字街东门外婆家的气息，是暖色调的、浓烈的人间烟火味——“琥珀色的黄酒，变成了母亲的姜酒面、糯米酒饭、炒米饭、核桃调蛋，变成汩汩的乳汁，母亲的心头血，注入了女婴最初的生命里。日日夜夜，女婴嚅动着唇，本能地寻找那一缕异香。找到它，便找到了乳汁，找到了母亲，找到了安宁。先人们相信，用酒喂大的海岛孩子，往后余生，不畏惊涛骇浪，亦无惧岁月苍凉。”

《等一碗乡愁》里，弥漫着十字街南门爷爷家的气息，是冷色调的、浓烈的海腥味——“海鲜面的味道，就是故乡的味道。多少年后，当乡音未改鬓毛衰的我回到故里，他们在哪里？还有谁再为我烧一碗海鲜面？我偏执，不是真的要回去，像祖先一样讨海种田为生，而是，在人生无数个‘回不去’里，死守着一个慰藉，试图浇灭那团越烧越旺的乡愁。”

此刻，北门桥下的河水静静流淌，如同楚门十字街此时从容流淌着的无数人生。记忆里北门的气息没有变，依然是糕饼的暖香。一家做楚门圆的小店里热气蒸腾，几个老太太正围坐一起做手工楚门圆，说是办喜事的一户人家预订的。

西门街的气息在我记忆里是甜的，这与那些面店、客栈、药店、杂铺、茶馆、布庄、理发店、五金店、服装店无关，是一颗糖果的味道。一家杂货店后面是一个大花园，枇杷树下有一个半人高的巨形石雕金鱼池，池沿上刻着极其精美的浮雕，鱼池里游弋着我从未见过的大眼泡红金鱼，高级得像来自另一个世界，与杂货店外楚门的世界如此迥异。一放学，我们便跟着一个叫“华”的美丽女孩，来到她家的花园里跳橡皮筋，华送我的一颗粉红色水果糖，是我平生吃到的最香甜的糖果，也是我第一次品味到的人生况味。

沿着西门街再往西走，便是十字街的最高处西青山，西青山顶就是我们就读的小学。经常上学迟到的我，爬上西青山顶，穿过一棵孤独的皂荚树，走进一间简陋的教室，听老师的批评，也听老师对我作文的一次次表扬，汲取着不同于食物的另一种滋养。

站在那棵孤独的皂荚树下遥望，能望见山脚的公路，通往温岭，也通往省城，通向远方。十年后，这条公路带着我离开了故乡，然而，十字街就像生命之初剪不断的一条脐带，绕着呼吸，连着心跳，将海岛古镇人间烟火里的真实性格，铸入了一个游子生命的年轮里，精神的重量里。

父亲指着西青山的一面断崖对我说，山脚下那片空地会变成一个作家客栈，像楚洲文化城一样，“赞显”。

## 三

每天到十字街走一圈，对于父亲，仿佛是与铭刻在他灵魂深处的基因接头、约会。

清晨七点半，他从山后浦出发，穿过一片田野，来到十字街南面的沿河一带。他轮番在三家早餐店里吃一碗蛋汤，一杯牛奶，两个肉包，或者一碗大排面，然后轮番走进几个菜场转，挑最新鲜的海鲜和蔬菜回家。母亲说，如果他一天不去走，会“难过显”。

他走在十字街，看斑驳的阳光勾勒出老街和他一样苍老的身影，看时光在老街每一个缝隙里凝滞又缓缓流动，作为楚门古镇改造工程顾问的父亲，也看西门街立面改造和西青山游步道的纵深推进，看一条新生的十字街渐渐从那张规划图中浮现，如同古旧屋檐下钻出来的人参花，如同小镇每天诞生的新生儿。

他的脚步到过很多遥远的远方，大半个美国和夏威夷，大半个欧洲、东南亚，或繁华或寂寥的异乡街道的记忆，都和他的脚印一起留在了远方，而三三两两聚在故乡十字街巷口、店门口唠家常的老人，他都叫得出名字，他们也认得他。西大街有名的梅凤牙医诊所搬了，但很多老行当依然在，剃头店、打铁店、秤店、篾竹店、箍桶店都还在，藏在老街深处四十多年的楚门老街油炸也在，门前有很多人排队等着买。女儿回来时，他也会来买，还买番薯粉圆、九层糕、洋糕、糕头和鱼圆给她吃。他每天路过那些屋子，那些人，那些食物的气味，像每天重读着十字街的前世今生，和十字街对话，他听得懂它，它也听得懂他。

只是，耄耋之年的他早已闻不出食物的香味了，吃到嘴里，也越来越无滋无味了。

一碗稀饭，一盘海蜇皮蘸虾酱或一盘母亲做的酱油肉，一盘蔬菜，是我在杭州日常的晚餐，饮食习惯和父母的越来越像。味蕾已对美食渐渐麻木，基因却顽强地告诉你，你是谁，你来自何方。

我是谁？我来自何方？去往何处？

“炊烟如梦，牵山绕水，饭好了，盼儿归。”这首伤感的歌，我很喜欢，却很少听，不忍听。人类自从离开洞穴，便注定成为走失的游子，如同孤独的、正飞离太阳系的旅行者一号。

钱塘江边十一楼房间一个不易察觉的角落，停着一片黄叶。它来时我知道，它随风飘落在地板上，落在午后的一缕阳光里，发出了干燥的声响，让我想起了家乡稻谷的金黄，想起一个叫“谷雨”的词。此刻，它静静陪着我，用文字一一记取父亲记忆里十字街的气息，如果有一天，他记不起来了，我会坐在娘家小院的桂花树下，读给他听。如果有一天，他走不动了，我会替他去十字街走走，回来说给他听。

# 水 一 方

鲜叠渔村的冬夜，仿佛比古代的长夜来得更早，径无人踪，灯火如豆。石头屋门赶在夕阳离去前，收进了尚未干透的鱼鲞虾干酱肉，收进了所有脚步声和几声咳嗽，还收留了几缕前来取暖的海风，早早吹熄了一切声响。

来自东海的风声，像一位长者，轻拥着孩童般多话且不肯安睡的涛声，托着它攀上悬崖，穿过草地，来到匍匐在悬崖之上的白房子“水一方”。它们侧着身挤过窗缝，矮下身游蛇般紧贴着木地板，滑向这个冬夜最温暖的方向。

炉火的噼啪声起身迎接了它们，做了一个“嘘”的动作，于是，它们围着一个陌生的声音坐了下来。

那个声音来自人类，来自柔软的喉部、舌尖和嘴唇，带着心脏的温度。

“二十世纪六十年代末，我出生在海岛玉环……”

七八个出生于二十世纪六十年代末玉环岛的青梅竹马们，相约在玉环岛最偏远的一隅，围着炉火朗读一篇散文。炉火映照着一张张不再年轻的脸，炉火的噼啪声和低低的朗读声，把“水一方”带回了人类远古的洞穴时代，炉火映照着的文字又把盘坐在炉火前的人们带向了神秘未知的未来。有一个人，也许是每一个人，将大寒之夜的风声涛声炉火噼啪声朗读声和因谁读错了而骤然爆发的开怀大笑声都存进了心里，他（她）相信，它能用以温暖余生。

“水一方”男主人为康往壁炉里添了根粗木柴，女主人仙云将橘子和荸荠一个个码到船木桌的炭火架上。炭火上置着铜炉，铜炉里煮着冻顶乌龙。

面朝大海，春暖花开，是无数人也是他俩向往的生活。一个刑警，一个老师，身在海岛，家住城中，感觉不到大海的呼吸。几年前，他来此办案，车开了很久，偏远的鲜叠渔村竟如此静美，他想，如能终老于此该多好。村里人带他来到悬崖边一块坡地上，说，只有这块地没人要了。

七月的海风将坡地上一垄垄番薯藤叶吹卷起碧浪，吹卷起白色的海浪懒懒地舔着悬崖下的沙滩，他对大海说：我来了。

几年后，贝叶般匍匐在悬崖之上的白房子“水一方”成了他们的家，吃简单的饭菜，做喜欢做的事，枕着涛声入眠。松土，种菜，洗车，洗碗，装修，打扫，都自己做，夫妻俩连头发都自己剪，过“土人”生活，叫自己“长工”。后院朝沿海公路的门白天会一直敞着，亲朋好友和远方来的客人走进这里，像走进自己家一样随意。

此刻，夕阳以极慢的速度吻向海平线，一艘晚归的渔船独自穿行在玫瑰色的波光里，紫菜养殖田错落的围杆在海面投下线条简洁的倒影。一大群反嘴鸥和遗鸥在退潮的海滩上觅食，一只苍鹭独立在竹篙上，站成一幅遗世独立的剪影。与大海零距离的露台上，我将茶盅落在印着篆文的桌布上，多肉植物养在海螺壳里，小狗九月穿行在花草间，时时趴上我的膝盖，青梅竹马们忙着自己动手煮茶做菜。我拿起玄空鼓槌轻轻敲了敲，空灵悠远的嗡嗡声在沉寂的冬日旷宇中回响。喝着为康的朋友自酿的米酒，吃着老友们亲手做的鱼饼、鱼圆、酱油肉、风鳗，刚在渔村里买的、还带着阳光和海风味道的风潺鱼干独一无二的鲜香还在舌尖流连。我想一直这么待着，像电脑死机正在修复重启，什么也不想，从清晨到黄昏，我想一直这么醉着，什么也不想，从黄昏到清晨。

“水一方”，对于有的人，是修复身心的伊甸园，对于有的人，则是拯救生命甚或灵魂的诺亚方舟。

大寒，鲜叠渔村重新被金色阳光和缤纷晒鲞覆盖。

摄影：海天

日出无声的语言代替炉火为冰冻三尺的人间带来温暖

摄影：海天

遇险的人。大潮来时，仙云隐约听到有人喊“救命”。两个外地年轻人从好望角游出去回不了岸了，抱着紫菜围杆在风浪里摇晃，命悬一线。他们边朝好望角飞奔边打电话报警。年轻人被救上来后没有上救护车，落汤鸡似的跑过来一个劲鞠躬道谢。

失忆的人。她又来了，从鲜叠嫁出去的耄耋老人，精神恍惚，从不跟人说话，但打扮得清清爽爽，眼神明亮，几乎每天从城里走两三个小时的山路来到“水一方”，用鲜叠话自言自语说：这是我家，我家。他们不赶她，留她吃饭，由她在沙发上睡觉，天黑了再打电话叫她儿子或孙子来接。

悲伤的人。他们腾出所有房间接待过一个跳海自杀者的家属和搜救人员，漫漫长夜，家属不睡，他们也不睡，不知如何安慰，便陪他们默默坐着，给他们做吃的喝的。

失恋的人。一个女孩闯进“水一方”，将一封绝笔信塞给他们，转身就往悬崖跑。其实她不想死，只想等男朋友来，等了很久，男朋友没有来，她最终跳了下去，所幸他们早已报警，警察一把捞起了她。

失足的人。陌生的年轻男子在悬崖边徘徊，被为康的侄子一眼认出是一名在逃杀人犯。他们悄悄逼近他一把抱住了他，得知他因抑郁误杀了女朋友走投无路想跳海自杀，开导一番后送他去派出所投案自首了。

为康的记忆里，常浮现一个十岁女孩的眼神。她来找他投案自首，说自己偷拿了校门口小超市一支圆珠笔，清澈而又绝望的眼神让为康心痛。他想了又想，说，我小时候一时糊涂也偷过小东西，走，我陪你一起去给店老板道个歉就好了。

他深知，即使风和日丽，亦有人正站在人生的悬崖上，有时是别人，有时是自己，等待有人喊一声，拉一把。

在“水一方”，人们暂时而又真切地体会到了“向往的生活”。其实，“水一方”有另一种人们从未听到过的声音。

零距离的台风，让仙云第一次深刻体会到了什么叫“鬼哭狼嚎”。为康在单位值班，她一个人留守，停水停电，她将所有门缝窗缝塞住，狂风暴雨和惊涛骇浪像千万个魔鬼要挤进来吞没她。在惊心动魄的煎熬中，她打坐了整整一夜，天亮时见屋外草坪上四张船木桌早已粉身碎骨。接着，整整五天五夜没水没电，手机也没电了。她用酒精煮茶喝，用柴火煮青菜面条，日落而息，日出而作，诗酒茶依然不离不弃。

另一次台风正逢农历十五，狂风巨浪发起了更猛烈的进攻，她感觉门窗和心跳快到崩溃的极限了。好在她不再是孤军奋战。

为康穿了条短裤上四楼查看，她在三楼等了十分钟像等了一个世纪，终于，他下楼了，短裤换成了长裤，说，万一我不幸了，穿着短裤也太难为情了。

仙云没有哭。让仙云流泪的，是“水一方”缥缈的未来。白手起家，筚路蓝缕，耗尽心血欠着债务，如果有一天沿海公路要拓宽，“水一方”就没了，所有的梦想将化为幻影。深夜，她听着涛声入梦，流着泪醒来。

靠近北极圈一个荒芜的海滩上，一头太平洋海象正挪动着庞大的身躯，艰难地攀爬着八十米高的悬崖。原本栖息在北冰洋的数十万头海象，因全球气候变暖海冰大量消融被迫来此觅食，无数海象丧生于拥挤踩踏。有些海象为了摆脱喧闹，奋力爬上悬崖，坚硬的砂砾、锋利的岩齿、陡峭的崖壁都无法抵挡它们，终于，它们抵达悬崖顶端，重新看到了海浪，闻到了大海的气息。可是，同为海冰减少受害者的北极熊为捕猎海象，也爬上了悬崖。出于本能，海象们纵身扑向大海，不断从悬崖上摔落，短短几天就有超过两百头海象惨死，再也没能返回大海。

生命之路，出路，退路，即便倒着退回最简单的来处，亦难免披荆斩棘，披肝沥胆。

大寒，二十四节气中的最后一个节气，迎向春天的最后一重门。我在清晨的“水一方”醒来，风声涛声携着炉火噼啪声和朗读声回到了海面上，日出无声的语言代替炉火为冰冻三尺的人间带来温暖，鲜叠渔村重新被金色阳光和缤纷晒鲞覆盖。

我们坐在暖阳里，吃着为康一早做的米窝头红薯粥和姜汁杂粮豆浆。此刻，北国正大雪纷飞，疫情正卷土重来，从云南某个村庄抵达杭州的几枝雪柳，正在我家空无一人的书房里奋力开着雪花般细小易逝的花朵。而在这个星球的另一个岛屿，遥远的南美洲，一头伤痕累累、精疲力竭的母狮已走了上百公里，三次与猎物失之交臂，终于捕到了一只幼鹿，用最后一丝力气将它叼到嗷嗷待哺的三只幼狮身边，这是它用命换来的。

有人说，为了热爱的事情，狼狈一点也没关系。

# 等一碗乡愁

母亲电话里的声音，随海风一起吹拂耳朵时，我正在等一碗面，一碗海鲜面。

这是立秋过后的东海边，清晨的普陀山，海风开始变得苍凉，像电话那头侧耳倾听着的父亲的白发。

街边很小的面店，是一座刚睡醒的森林，进进出出的人们，是晨间雀跃的百鸟，在木质桌椅板凳的林间觅食。热气腾腾的鲜香，仿佛穿越森林的光芒，笼罩着一位老人一碗面，或是一对夫妻一个孩子两碗面，或是一对情侣分食着一碗面，或是一个孤独的中年男子，也在等一碗面。人们的一天，从喜欢的一碗热汤面开始，一个日子的起头，多么舒坦。

母亲问："是和老家一样的海鲜面吗？"

"呵呵，还没吃到呢。"我说。

海鲜面的味道，就是故乡的味道。

远古时候，中国东南方的大陆一直延伸到汪洋大海，消失不见，又在蔚蓝色的不远处突然冒出来喘了一口气，于是，大海上漂浮起一个叫“玉环”的岛屿——我的故乡。

千百年来，海岛人过得像鱼一样恬然自得。我一直固执地相信，不同性格的家族，与不同的动物有着神秘的渊源，比如有的家族像狮，有的像龙，有的像狐狸，有的像狼……而玉环人的祖先一定是传说中的鱼人，我们的头发、眼睛、嘴唇、四肢，我们的大脑，无不焕发着海水的坚韧柔美灵动。夜深人静时，我们蓝紫色的血液汩汩作响，如静夜深林里的小溪。阳光明媚时，我们骨子里飞舞着的每一个细胞，都朝着快乐自由的方向。我们种田，讨海，在城市人愈来愈陌生的春分、谷雨、冬至、月半、霜降、填仓的古老节日里，在历经艰险满载而归的鱼舱里，虔诚祈祷，吟诗作画，开怀畅饮……

我们依从心灵的声音休养生息，无忧无虑，相亲相爱。

在我尚未出生的无数个黄昏，年轻的祖父挑着两个空箩筐，守在漩门湾，等待渔船载回活蹦乱跳的小海鲜，装满他的箩筐，再挑回十里之外楚门镇小南门的家里。祖母和众多孩子们早已备好几个小一点的箩筐，在天井里一字排开。祖父坐在梨花木椅上，点起烟斗，像一个司令一样指挥着妻儿们将鱼虾蟹分类，又按大小分类。最后，他站起来，顺手从箩筐里捡出几只肥胖的青蟹、发亮的水潺鱼、火红的红绿头虾，孩子们便欢呼起来——这是劳动的奖赏——夜宵——海鲜面——汤无比的鲜，烫，海鲜无比的爽口，面无比的细软，小葱无比的香，嘴里和胃里，无比的熨帖。

天未亮，祖父祖母便将大小箩筐挑到菜市场，贩给卖菜的，也有自己零星着卖的。一家老小的生计，都在一担一担的小海鲜里。有时，天气不好，连刮几天台风，祖父便会空手而归。海鲜面没了，一家的生计，也愁苦起来。奇怪的是，那些愁苦总很容易被忘记，记住的，总是快乐，满足。

闻着海的味道，吃着海鲜面，一茬茬人老去，一茬茬人长大，一茬茬人离开故乡，比如我。有一次，在香港维多利亚港坐船，忽然闻到一阵香味，那是老家久违的海鲜煮年糕，和记忆里的一模一样——鲜香里透着年糕微微有点发酸的味道。海浪晃得我胃发酸，眼睛发酸，心也发酸。海浪里浮现出儿时一家人围坐在一起吃面的场景，母亲总是最后一个坐下来吃，一坐下，就把自己碗里的蛏子、虾什么的都夹给我们姐弟几个，一家人，便你让我我让你。海风吹过，香味倏然消失，我下意识地踮起脚尖用鼻子去寻，如同思乡的人顺着月光去攀缘故乡的月亮，如何够得着？

离乡二十多年，让我吃出海鲜面里别样味道的，是婆婆。公公婆婆就如同现在的我，大学时代起就离开家乡玉环，辗转西安、东北、成都读书和工作。退休前，他们毅然放弃成都舒适的生活回到玉环岛，如两片执着的叶子，被思乡的风带回了根。因此，他们也许比我父母更懂得我的故乡情结。

婆婆是个做菜高手，从她那里，我深切体会到菜是要靠爱来做才更美味。尽管婆婆做的菜是我吃过的最好吃的菜，但我更爱海鲜面。自从发现我是个“面桶”，每次回到家乡，婆婆总会在做了一大桌子菜后，特意再为我烧一碗海鲜面，我说不用，她仍然会做。有一次，她做了一碗面，只有青菜，没有海鲜，一碗面看上去有点凄凉。我有点伤感，不是因为没有海鲜，是因为，婆婆最近老说她老了，不会做菜了，也爱忘事了。我还发现，公公下象棋时，捏着棋子的手微微颤抖，迟迟不落子，看不出是在思考还是在发呆，我的父母，还有曾经和祖父祖母们分海鲜的叔伯姑姑们，头发也都更白，更少了……祖辈们早已故去，与父辈们永别的日子越来越近的慌乱，瞬间烫着了我。岁月怎么只有昨天和今天，中间那些日子呢，怎么这么快就都过去了？多少年后，当我回到故里，他们在哪里？还有谁再为我烧一碗海鲜面？

突然，婆婆伸过一双筷子，在我的碗里翻搅起来，连说，忘

海鲜面的味道，就是故乡的味道。

摄影：苏沧桑

了忘了，鱼和虾先盛出来的，都在面下面藏着呢哈哈。

心里含着泪，我吃光了面，喝了很多汤，喝下了爱的味道，也喝下了难以消化的离愁。

后来。

后来，在离故乡三百六十公里的杭州，不会做菜的我，偏执狂似的“制造”着各种家乡的味道。

我用母亲酿的黄酒，做家乡的红糖酒蒸糯米。起锅了，糯米饭散发着琥珀般诱人的色泽，浓香四溢，撒上一层红糖，用勺子舀着吃，香糯无比，据说孩子吃了很补身子的。我跟来自千岛湖的阿姨说，你也吃，趁热吃。阿姨说，我不吃，这是你们老家的吃法，我不喜欢的，你多吃点。是啊，你的最爱，对于他乡人，也许难以下咽。

我用鲳鱼烧绿豆面年糕，请朋友们一起吃，他们一开始特别担心会腥气得不得了，后来却吃得不亦乐乎，看不出我心里的失落：鲳鱼、年糕、雪菜都是老家带来的，可是，水，火，调料，葱姜蒜，都不是，一碗年糕，无论如何烧不出老家的味道。母亲说，别说杭州了，就是咱家院子里的井水，买来的海鲜，店里的面，都不是从前的了，污染过了，似乎冰过了，不知是不是作过假了，总之，海鲜面，再也烧不出从前的味道了。

我不管。我仍然固执地每天吃一碗面；我请母亲、婶婶、姑姑教我做海鳗鱼圆、番薯粉圆；我在城市人愈来愈陌生的春分、谷雨、七夕、月半、冬至、霜降、填仓等古老节日里，吃老家过节必吃的食饼，饮酒，祈祷，庆祝，或祭奠……我偏执，不是真的要回去，像祖先一样讨海种田为生，而是，在人生无数个“回不去”里，死守着一个慰藉，试图浇灭那团越烧越旺的乡愁。

七夕中午，梦见一场太阳雨。梦里，我站在屋子中央，婆婆坐在一张旧沙发上，屋外雨声如鼓，却有阳光从天窗照进来。我仰望着窗，看见一根根银亮的雨穿透玻璃，和金色的阳光一起洒在我身上。我跟婆婆说，杭州很久没下雨了，这雨真好啊，也是你从老家带过来的吗？

醒来时，昏暗的室内仿佛有暮色正浓雾般涌过来，将一个人的心情慢慢染成黯淡。我想起，此刻，所有的亲人都离我很远，在境外，在远方。

想念一碗面，想念依从心灵的声音休养生息，想念曾经很容易的团圆，很简单的满足。

我在人生无数个“回不去”里，死守着一个慰藉，试图浇灭那团越烧越旺的乡愁。

摄影：朱拥军

# 海上千春住玉环

“玉环山……在海中，周回五百余里，去郡二百里，上有流水，洁白如玉，因以为名。”这是《太平寰宇记》卷九十九关于我的故乡玉环的记载。

玉环位于东海之滨、浙江之东、台州最南端，由楚门半岛、玉环本岛以及一百多个外围离岛组成，是徐霞客、谢灵运笔下的海上仙山、世外桃源。五千年来，兼有山仁水智的故乡人，依从心灵的声音休养生息，创造了农耕文化、海洋文化、移民文化水乳交融的独特文明。三十年前，我离开故乡到三百公里外的省城杭州读书并勾留至今。年岁见长，视力渐弱，故乡铭刻在嗅觉、视觉、听觉里的香味、色彩、声音却日渐清晰。

香味分别来自大地与大海。

大地上的香味，有的是生的，有的是熟的。浓郁的是漫山遍

又是文旦柚飘香的季节

摄影：郑达跃

野的文旦柚花，恬淡的是后山带雨的桃林，清新的是井水镇西瓜、阳光蒸腾下的稻浪、一年一场大雪后整个大地的气息……熟的香味是粮食、果实散发出来的，文旦柚飘香，番薯粉圆从锅里逸出热气，除夕前夜的手打年糕刚出石臼……

来自大海的香味更浓烈一些。海风每时每刻清冽得如同刚从云里出生，海蜈蚣、望潮、虾狗弹、水潺、牡蛎、梅筒鱼、岩头蟹、海螺蛳等等，刚打捞上来的小海鲜，散发着比海风更清冽的气息，煮熟端上餐桌时，才知什么叫“鲜甜”。每一个来过玉环的人都说，玉环人太有口福了。

来自大地的味道像母亲，来自大海的味道像父亲，香味渗透在世世代代故乡人的骨血里、精神里，将玉环女人滋养得肌肤白嫩、骨骼玲珑、气质灵动，加之见惯惊涛骇浪、生离死别，因而大气豁达，敢爱敢恨，敢做敢当，将玉环男人锻造得骨骼健壮，酒量惊人，聪明，豪放，幽默，自信，有本事。

故乡的色彩，则随季节变化而不同，但均如泼墨般磅礴大气。大片的蓝是天和海，大片的绿是郁郁葱葱但不太高的群山，大片的嫩黄是谷雨后的油菜花，大片的金黄自然是霜降后的丰腴。

奇特的，是黑沙滩、黑泥涂，缎子般光滑细腻，在阳光或月光下闪闪发亮，故乡人赤着脚，从黑色的泥沙中讨来大海的馈赠——鱼虾蟹海蒜牡蛎海苔等，还有盐。更神奇的是坎门后沙的潮水退去后，黑沙滩上会现出一幅幅“沙滩画”，有的像白桦林，有的像巨幅山水，有的像几棵白菜，有的像凡·高的星空。孩子们在吹泡泡、堆沙玩，恋人在拌嘴，老人在自拍。人们从东沙渔港的山坡拾级而上，站在古老的灯塔前眺望东海，观看或抚摸海洋文明留下的痕迹。黑沙滩，从前的讨海谋生处，此时的旅游怀旧地。

最斑斓的，是漩门湾湿地的花海。楚门半岛和玉环本岛之间的漩门湾曾经是一个鬼门关，渡船在惊涛骇浪和巨大的漩涡中行进，命悬一线。漩门湾大坝筑成后才变成了通途，如今，这里成了一个巨大的湿地公园，人与自然和谐共处的所在。小船静静划过碧水，白色的水鸟划开蓝天引路，一条黑色鲤鱼跃上船头时，一片广袤的花海如3D电影扑面而来，雏菊、薰衣草、格桑花……一望无际。我曾看见一位离乡多年的老人站在花海中久久不动，像定格在一幅油画里，然后，风吹落了他眼角的一滴泪。

还有一种少见的奇异色彩，是大片粉红到金黄的过渡，环绕着整个玉环岛：连绵不断的一排排篾席在海边依次排开，上面晒着各种鱼鲞，新鲜的鱼肉是粉红色的，经过太阳的暴晒，会慢慢变成金黄色。阳光将篾席和鱼鲞的影子投在地上，地上便像盛开

海蜈蚣、望潮、虾狗弹、水潺、牡蛎、梅筒鱼、岩头蟹、海螺蛳等，

刚打捞上来的小海鲜，散发着比海风更清冽的气息。

摄影：海天

着花朵，绵长的海岸线像印花彩缎，将玉环环绕成一个粉红色的、金黄色的“玉环”。

黑色的夜，璀璨的灯火，夜色中的玉环像遥远的天上的街市。千年古刹、文玲书院、楚洲文化城、龙溪山里、石峰山村曼里、干江白马岙交织着古老与新文化的华彩。我的母亲和姑姑姨妈们常怀着虔诚之心，去寺庙里住上几日。我的邻居老大哥、高中女同学、八十多岁仍风度翩翩的中学老师，常去书院、文化城看书、跳交谊舞、唱越剧，为《曲桥》文学杂志写一篇散文。而去“山里”看海，是故乡年轻人的新时尚，摊开四肢，躺在被重新赋予文化气息的村庄里，可俯瞰浩瀚东海、万亩盐田，可进书香亭读书，可在山顶找萤火虫，看一整条银河从海平面冉冉升起。来自五湖四海的音乐人聚拢而成的“放牛班”，以山里为家，创作、演奏、唱歌，为人们举办别样的“光阴故事”同学会，这些闲暇方式，原本都是别人的故乡才有的。如今，越来越多像“山里”这样深具人文气息的地方，正从沙滩边、泥土里冒出来。

五千年来，故乡不绝如缕的香味和色彩里，跳跃着一个个水珠般悦耳的声音，落进每一个游子的梦里叮当作响。流水声，风声，涛声，锄地当当声，扬谷哗哗声，船帆呼呼声，撒网唰唰声，哈哈大笑声，喝酒划拳“嗷魁嗷魁”声……

最有趣的，是听故乡人聊天。玉环由温州人、福建人移民而来，加上本地人，一个小小海岛便有三种完全不同的方言：漩门湾以北，是以农耕文化为主的楚门、清港、芦浦、龙溪等江南小镇，说的是台州方言，漩门湾以南是更靠近大海的海港渔村，说的是闽南话、温州话，大家交流起来居然毫不费劲，要么说对方的语言加手舞足蹈，要么讲玉环普通话，再也没有这里人那里人之分隔，早已是同舟共济的一家人。

外乡人的声音如一股细流，也慢慢融入了玉环的乡音里。一个叫洪世清的老艺术家，把生命里最宝贵的时光给了我的故乡，在孤岛大鹿岛上以石赋形，创作了近百件令世人惊艳的海洋动物岩雕，涛声里至今仿佛还回荡着叮叮叮的凿岩声。来自邻县却错将他乡作故乡的父母官们，青丝渐成白发，说起话来也“好用好用”(好的)的了。还有跨海大桥脚手架上穿橘红色衣服的毛头小伙们，玉环湖贯通工程的治水专家们、建筑工人们，骑着电瓶车穿梭在球阀厂、家具厂和大街小巷的四川人、江西人、湖南人，他们有的就租住在我娘家小院旁，门口晒着花花绿绿的衣被，门前扫得干干净净，低矮的房子里，飘出的不是玉环当地的台州话、闽南话、温州话，而是辣椒炒肉的香。

乐清湾跨海大桥，如同玉环岛拥抱世界的臂膀。

摄影：海天

站在大海边侧耳倾听，还会听到更多新的声音。

大麦屿港口，细浪拍打着“中远之星”号白色客轮，发出唰唰——哗的声音，又一次迎来了宝岛台湾的自驾考察团。大麦屿港是浙江离台湾最近的县级一类口岸，是浙江乃至华东地区赴台的最佳海上通道，也是台州继厦门之后，大陆第二、浙江第一个实现两岸车辆“登陆”的城市。如今客、货直航都已常态化运行，玉环人去台湾，真正成了说走就走的旅行。

乐清湾方向，传来轰隆隆和酷炫嗞嗞啦啦的声音。玉环连接温州等地的乐清湾跨海大桥即将完工，架桥机轰轰作响，焊接钢板火花飞溅处，有汗水滴答……当这些声音骤然停止，代替它们的是车轮时速一百公里的唰唰声，原本两小时的路程，只需二十分钟。而不久之后，玉环岛三个不同的方向，会响起更多轰轰隆隆叮叮当当的声音，一把铁铲，将第一次将“高铁”“轻轨”这些字眼种入玉环的历史里，三条高铁延伸段、轻轨和跨海大桥，如同玉环岛拥抱世界的臂膀、腾飞起舞的双翼。

我曾经很羡慕别人的故乡，故乡很富足，故乡人很自信，但曾处于交通末端的故乡像一个离群索居、不被关注的人，有着难以言说的自卑，如同多年前作为一个中国人，我走在异国洁净的街头时的复杂心情。而如今，玉环从孤悬于大海之上的小海岛，实现了向海湾城市的华丽转身，除了美，还帅，经济综合实力居全国海岛县首位。更难能可贵的是，故乡大地上弥漫着的，始终是蓬勃的气息，洁净的气息，故乡这棵大树上，正郁郁葱葱生长着新的骨肉和精气神。

“蓬莱清浅在人间，海上千春住玉环。”清代王咏霓在咏颂玉环时，不会想到，2017 年的谷雨来到故乡时，玉环岛被一场春雨变成了“玉环市”，人们被这场金色的谷雨淋湿，欣喜自豪，奔走相告，我也是其中一个。一字之差背后，是一个新的春天的开始，是千万个新的春天的开始。

小满时节，我又一次踏进了故乡的娘家小院，石榴树上传来一声青翠欲滴的鸟鸣，鸟鸣是树的内心，树的内心如同故乡的内心，青翠欲滴，从未老去。我将嘴唇圆成一个圆圈，像对一个刚刚诞生的婴儿，轻轻说了声：玉环市，你好！祝福你！

玉环日出

摄影：海天

# 十里神仙迷玉环

## 一

旭日为玉环岛披上了一层金色晨光，位于东亚至澳大利亚候鸟迁徙带上的漩门湾湿地里，披着金色晨光的每一只飞鸟，振翅飞翔时看上去会像金子般叮当作响，无数飞鸟落在无数棵树上，像开满金色的花朵。

一只孤独的飞鸟落在一片滩涂上。它来自西伯利亚，在更南的南方越冬后往北回迁，却落到了东海之滨的玉环岛，落在了一个叫“陈严雪”的观鸟人眼里，金色晨光般叮当作响。

于是，这个漩门湾湿地专职观鸟人的眼里透出了比金色晨光更明亮的一抹惊喜。这是四月的第五天，正是春暖花开大批候鸟北徙的时节，他一如往常头戴窄檐帽，身穿迷彩服，蹲守在湿地深处，一手望远镜一手专门“打鸟”的长焦相机。突然，他发现在一群红腹滨鹬中混进了一只另类——麻雀般大小，头圆腿短，萌态可掬，背部羽毛呈灰褐色，下体白色，胸侧有黄褐色纵纹，一把小铲子般奇特的勺形喙暴露了它的身份——世界极度濒危鸟类——勺嘴鹬——第一次在漩门湾湿地出现！

陈严雪的心怦怦狂跳。全球目前可繁殖的勺嘴鹬大概只有210对到228对，总数不到500只，远少于大熊猫。它们在俄罗斯东北部冻土层地带上繁殖，在东亚及东南亚湿地越冬，此刻，眼前这只勺嘴鹬就是其中的一只，它为何落单？为何选择在此停留？

怕吓到它，他不动声色地端着相机静静记录：这只孤独的勺嘴鹬看起来一点儿也不孤独，睁着两只乌溜溜的眼睛，摇晃着脑袋，脚步轻巧，姿态欢快，顾自在滩涂上像个“低头族”和“吃货”一样，不停地将喙插入泥水中，用宽扁的喙过滤出小鱼小虾和沙蚕等，大快朵颐。

如他所料，他看到了勺嘴鹬脚上的环志，编码为浅绿34，是2016年俄罗斯楚科奇繁殖地环志的野生雌鸟。他的心涌起隐隐的担忧。记载中，这只勺嘴鹬有一位雄性伴侣，环志编码为浅绿29，它去哪儿了？它们为何失散？看着它没心没肺的憨样，他想，

玉环漩门湾湿地的飞鸟

摄影：陈严雪

但愿它只是被这片湿地诱惑而来，等它在此加好“油”，会穿越春天，在俄罗斯与它的另一半重逢。

曾经是“鸟盲”的陈严雪，如今即使对第一次见到的勺嘴鹬，也早已了如指掌，他还知道，它们对栖息地环境要求非常高，它选中其迁徙路线上的漩门湾湿地歇脚，和这片海域和滩涂的广袤有关，也和近年来湿地在核心保护区内启动的水鸟栖息地改造工程有关，无数和他一样的湿地人，正用力用劲用情守护着这片海洋湿地的生物多样性。

眼下最要紧的事是，赶快为勺嘴鹬营造一个安全的迁飞停歇觅食补充地，并与相关的勺嘴鹬迁徙研究机构联系，报告勺嘴鹬迁徙停歇地，便于勺嘴鹬迁徙线路的统计监测和研究。

这个一年三百六十五天一天不落地追着鸟儿踪迹的“鸟人”，是玉环市漩门湾国家湿地公园湿地科普宣教科工作人员，从事湿地鸟类监测和鸟类栖息地监测修复工作。其实在七八年前刚入职时，虽是本地芦浦人，对鸟知识却一窍不通。本着对一份职业的尊重，而立之年的他像个小学生般，买来大量鸟类图谱，对比观鸟时拍到的照片和视频，白天看夜里看，实在看不懂了，便向省里的专家们请教。从开始的门外汉，到慢慢喜欢，到深深痴迷，湿地深处的每一个滩涂、每一片芦苇荡、每一只鸟以及陈严雪拍摄记录的 19 目 57 科 230 种鸟类、上万张鸟类照片，见证了这个 85 后从“菜鸟”变成同事们嘴里的“鸟人”。

“鸟人”常常搭着帐篷，整天守在芦苇荡里，用望远镜和相机一只一只“盯”着鸟，非要拍出高清“数毛版”照片才肯罢休。每天清晨，他驾车从家里出发，从分水山经过漩门二期塘坝到小青岛，大约六七公里的路，他走走停停拍拍看看，再从湿地内部道路绕回湿地科普馆，上码头开船在玉环湖上巡查一番，下午三四点钟时，又出去转一圈——这是他自己精心设计的鸟类监测线路。塘坝外侧的滩涂适合观测水鸟、鸻鹬类，塘坝内侧湖上适合观测猛禽、白鹭、琵鹭、雁鸭类，湿地内部道路适合观测常驻和迁徙过境的林鸟，这些线路既能和鸟儿保持不远不近的距离，又不会惊扰到它们。

一年三百六十五天，他从不请假，哪怕身体不舒服，哪怕家里有事，哪怕除夕和大年初一。六岁和三岁的两个儿子一致说：“我爸爸最喜欢的事是上班。”

## 二

向着喜欢的熟悉的气息，向着温暖，向着光，飞翔，繁衍，是一只飞鸟的本能，也是使命。十月，我如候鸟迁徙般又一次回到故乡玉环，在漩门湾湿地找到陈严雪，也巧遇了秋天的第一批黑脸琵鹭。

“太巧了！太激动了！今天刚刚到的，有十几只，从东北那边过来的，我等了好多天了，离它们上次来有半年多啦，就怕它们不来了，你看，水位刚刚好，半干半湿，它们最喜欢了！”

即便如此激动，坐在监控室里的陈严雪，就像蹲守在芦苇荡里一样，压低了说话声，好像怕惊着它们。监控屏幕上，一群黑脸琵鹭正在觅食，他说，等潮水退去，它们就会去海滩觅食。

我跟着他走上观鸟台时，一只飞鸟影子般飞快地从我们眼前掠过。他说，这是伯劳。

只是一个影子而已啊。

一阵特别悦耳的鸟鸣声响起。他说，是青脚鹬，叫声很好听，对吧？叫声特别好听的还有云雀。

似乎是对他的应和，左上方视线内的一棵云松旁，应声响起几声细弱清脆如金铃般的鸟鸣声，一只小鸟悬停在空中飞速振动着翅膀。他说，看，云雀喜欢悬停在空中鸣叫，像个歌唱家。

又飞过翠鸟，飞过红嘴蓝雀，等等，他都能一一分辨，如数家珍。我看不清他的眼神，我听着他低沉的声音和清脆的鸟鸣一

披着金色晨光的每一只飞鸟，振翅飞翔时看上去会像金子般叮当作响。

摄影：叶云飞

唱一和，如同它们已然一起融入了大自然恢宏的交响乐中，并且彼此听得懂对方的语言，或歌声。

他说，等稻谷割了，草割了，鸟最喜欢了，大雁天鹅也来，鸿雁豆雁也来，有六只被称为“鸟中大熊猫”的黑鹳连续七年都会来，如果鸟的数量很多，他会请求进行投料喂食，不能把它们饿跑了。

黑腹滨鹬是他的微信头像，相机和望远镜仿佛长在他身上的器官，45 度角仰望，是他的标配姿态，此时的他在我眼里，就像是一个“鸟保姆”。他每天整理上报鸟类情况，也会提出建议，比如清淤，疏通河道，营造环境，保证食物链。这个个子不高、平时话很少的人，提起建议来滔滔不绝，甚至很执拗很急切。本来，他只是单纯做观鸟记录的“观鸟人”，如今，他还要做野生鸟类疫源疫病监测报告、鸟类研究、迁飞候鸟保护、候鸟栖息地管护并参与鸟类环志、全球鸟类同步调查，为生态环境建设出谋划策，他已然成了“护鸟人”。

漩门湾湿地，是一个连春光都会迷路的世外桃源，走进这片广袤的空间，如同走进一个人的人生，无尽的苍茫伴随着时时的惊喜和惊艳。先民围海造田，近十年来玉环人持续开展退渔还湖、退塘还湿、疏浚清淤、水岸修复、生态绿化等一系列生态恢复工作，这里变成了一个农耕文化和海洋文化相互交融，具有独特美质的生态空间。沧海桑田，如诗如画，陈严雪已熟视无睹，在他的生活里，也没有“旅游”两个字，观鸟护鸟是他最专注的事，也是内心认定有意思且有意义并一直会坚持的事。

一个又一个春天，他一个人一次又一次呆呆地、长久地遥望着几千只反嘴鹬在蓝色天幕下如海浪般翻滚、起伏、翱翔，和它们在一起，他从不孤独。他也深知，在湿地深处，在玉环岛的无数个角落，有无数和他一样的年轻人，正在做着有意思且有意义的事。

## 三

跟随陈严雪的脚步走进漩门湾湿地一望无际的稻田时，一群白鹭在我身后腾空而起，我想起纪录片里看到的另一些鸟类。

西伯利亚的一百万只阿穆儿隼为了追逐猎物，会一起跨越十四个国家、两块大陆、一个大洋，最后到达印度东面一个偏远山谷歇脚。生存对于它们，意味着每年飞行两万五千公里。

美洲雕为了保持体温，每天要在成千上万条老鼠隧道里搜捕老鼠。落叶林里，雄性雀鹰从不休息，小小的身躯穿梭在森林中，每天要捕捉多达十只猎物。角雕哺育幼雏要花两年的时间，其间要抓捕两百多只猴子，并教幼雏自幼刻苦训练如何用利爪抓住沉重的猎物并带回家。北美有一种会一箭双雕的水鸟，它将面包丢入水里诱惑小鱼，如果碰到它无法吞吃的大鱼，它会把面包叼上来，等小鱼来了，又放下去……

人类视线之外，每一只鸟都在拼尽全力地活着，从不奢望人类的善待,但人类已渐渐懂得,善待它们就是善待自己。陈严雪说，鸟是有灵性的，赖在漩门湾湿地不走的候鸟越来越多了，纯色山鹪莺、白头鹎等十几种候鸟已不再迁徙，成了“留鸟”。

曾孤悬于东海的玉环岛，是一座远离尘世的海上仙山，亦是个“餐风宿水、百死一生”的倭患海隅，一个交通末端的海岛县。候鸟般从闽南、温州、台州或更远的远方迁徙而来的玉环岛先民，心甘情愿成了“留鸟”，祖祖辈辈玉环人刀耕火种，开山筑塘，围海造田，硬是创造出八千万方淡水域和十多万亩发展空间以及大片工业和民宅用地，玉环撤县建市五周年来临之际，乐清湾跨海大桥、高速国道已将天堑变为通途，温玉高铁启动建设，结束了玉环无国道、无高铁、无高速的历史。生产总值破7，达到711.4亿元，工业经济双破千，规上企业1031家，规上工业产值1027亿元，并跻身全国全体城乡居民人均可支配收入50强县（市）前二名，花园式港口城市的美丽蝶变，没有以人类与自然和谐共生作为代价。

近年来，我如候鸟般在杭州和玉环之间频繁“迁徙”，也认识了越来越多年轻的玉环人，包括一些外地留下来的新玉环人。

穿过立春后深夜的冷雨，85后潘黑黑带我走进仍灯火通明、脱胎于六栋老厂房的楚门3176文创园，一个包括设计、文创、摄影、美术、音乐工场等多种业态的“青年艺术集散地”，亮着灯的一间间办公室里，静静坐着很多正在加班的年轻人。她的拾方文化传媒工作室就在其中。

“别问我这个点怎么知道雪积起来的，抱着笔记本在老家磐安加班呢。”这是潘黑黑除夕夜凌晨一点二十分在微信朋友圈里发的。多年前的一个愚人节，传媒专业毕业的她懵懵懂懂地被一家红酒公司“骗”到了玉环，迷上了玉环岛独特的气质，迷上了玉环人勤劳豪爽热情幽默的性格，也迷上了坎门八角井同样爱好单车和摄影的他，从此成了“留鸟”。

“专注于高品质”，是十年来她心心念念的六个字。无论是策划拍摄制作专题纪录片、红色主题宣传片、企业MV/微电影、影视航拍，还是承制电视台栏目策划和执行，她和小伙伴们最擅长将创意结合本土文化，挖掘人物背后更立体的故事，提供更生动的视频概念和创意化的影视整合服务。年轻人独特的审美，新颖的镜头表达，记录和呈现着大美玉环的日新月异和动人故事，《红帆护渔》《不放弃任何一个孩子》《红色社工 plus》等作品屡获全国和省市大奖。

从小贪玩，晒得黑，大家都叫她“小黑”，潘黑黑是她的笔名，她本名叫潘玉梅。如今，她晒得更黑了，去街上修鞋子，修鞋人认出她写在鞋套上的名字，说，这不就是那个电视上的潘黑黑吗？她特别有成就感。镜头对于她而言，不仅是工具，更是她认识世界和新朋友的媒介。

越来越多的年轻人留下来，因为玉环独特的一方水土，优厚的人才政策，也因为爱情或梦想，更因为这片土地上古老的传统和崭新的活力交织而成的气象万千。年轻的“留鸟”们以梦想为羽翅，托举着它向着更光亮处飞。

在潘黑黑的视频里，我看到两个外省来的年轻男生，正骑着单车飞驰在玉环湖绿道上，逆着光，边说边笑，我眼前浮现了同样年轻的几张笑脸，他们来自宁波、温岭或更远的远方，也许有一天，他们会像候鸟般飞走，但此刻，他们是玉环奋力腾飞的领头雁。

雨水时节，站在漩门湾湿地观光农业园一望无际的农田里，一群又一群白鹭在我身后腾空而起，想起苏轼的一句诗“万家游赏上春台，十里神仙迷海岛”。我深吸了一口气——玉环岛雨水的味道里有植物蓬勃的清香，又仿佛有淡淡的稻香，稻香里有淡淡的海腥味，是我熟悉的味道，睽违三十多年的故乡味道，丰收的味道。我想，也许有一天，我也会留下来，做一只“留鸟”，当一辈子“神仙”。

乡野篇
方寸田野

# 云起时

## 梯田

在初夏与仲夏之间，某个下午的四点到五点之间，丽水云和的某一座山与另一座山之间，海拔两百米至一千四百米之间，有一个行人，想象自己是一朵云，从山坳渐渐升腾，慢慢行至山腰，冉冉升至山顶，然后，站到了山巅与天空那朵巨大的白云之间。

她想，“云和”这个地名实在是大美。据《浙江通志》载：“景泰三年，析丽水之浮云、元和二乡，县名曰云和。”这个地名让人觉得，古往今来，她足下的每一寸土地，每时每刻都覆盖着祥云朵朵，“九山半水半分田”中的每一个生灵、每一条溪流、每一道田畦、每一声鸟鸣和牛哞，甚至每一道炊烟，都受着祥云的护佑，仿佛从未经历过贫穷、战乱、瘟疫和死亡。

一个又一个行人，像她一样徜徉在山顶，俯瞰着脚下的万亩梯田。倒映着明亮天光的梯田，龙鳞般蜿蜒盘旋，闪闪发亮，绮丽静谧，如梦境幻影。在光晕的作用下，人们的眼前浮现了四季不同色彩的画面：“春来水满田畴，如串串银链挂山间；夏至佳禾吐翠，似层层绿浪排苍穹；金秋稻穗沉甸，像座座金塔顶玉宇；隆冬雪兆丰年，若环环白玉砌云端。”

文字中呈现的静态画面在她眼里渐渐动了起来，然后有了声音，气味，来源和去向。梯田中最明亮的部分是水，来自高山丘陵谷地的山林和竹海，来自潺潺溪流，来自瀑布，还来自梯田本身，蒸发而成的水汽，在风的引领下，变成云，变成雨，落入梯田，填满每一道干渴的缝隙。如此，缭绕，循环，往复，如一个生命体的呼吸。

犁铧是船，泥土是浪，由闽北迁徙而来的畲族山民，是云和梯田最早的垦殖者。山区田地金贵，如《云和县志》所载：“云以前，土广人稀，天多荒芜，谷贱伤农，粮多逋欠……由是垦辟众而田土辟也”，自唐起，畲汉两族农人先祖用锄头、镰刀、犁铧，用智慧和汗水，在贫瘠陡峭、高低错落的坡地上，伐灌木砍荆棘，挖乱石拣杂砾，筑田岸铲田坎，并修堤，筑埂，挖渠，一日复一日，一年复一年，一小块“巴掌田”叠着一小块“巴掌田”，硬是开垦出了依山就势、足有七百多层的万亩梯田。山有多高，水就有多高，涓涓细流在梯级田畔间萦绕流淌，“刻木定水”协商分配水量的民约亦如清流吟唱千年。

山歌响起，布谷声声，开犁了。古时，每年春耕时节，云和官民会一同前往“先农坛”，祭神田、分红肉、开山、赛歌、犒牛、下田耕地，祈求家畜兴旺、五谷丰登。

在遥远的澳大利亚蜥蜴岛，乌翅真鲨和参鱼会联合组织捕猎行动，为了捕食猎物，它们在浅滩上横冲直撞，冒着搁浅的危险。离蜥蜴岛不远的沙漠深处，70% 的土地几乎全年滴雨不沾，蜥蜴们为了存活，养育幼儿，创造了补水的独门绝技：在极其短暂的阵雨过后，会抢在水滴消失前，将脚趾全部浸入水洼中，它们的皮肤就像吸墨纸。在泰国湾，世世代代生活在这里的布氏鲸因海洋污染不得不到岸边觅食，居然掌握了全新的捕食方式：张开大嘴守株待兔。在生存的困境前找到一条生路，是所有动植物的本能，在茫茫宇宙中，延续生命和璀璨文明，是人类的使命。熵增是宇宙必然的宿命，生命以负熵为生，自一诞生便在顽强抵抗自身的熵增，即使像宇宙一样最终会走向无序和消亡，那又怎样？

云和梯田映照出的千年光亮，是顽强不息的生命之光，一个自然和谐的生态系统不仅是一场延续千年的生命接力，更是一部

倒映着明亮天光的云和梯田，龙鳞般蜿蜒盘旋，闪闪发亮，绮丽静谧，如梦境幻影。

摄影：苏沧桑

劳动者智慧与意志的壮美交响乐，与遍布在中国南方无数崇山峻岭之中的千万亩梯田遥相呼应。

清晨，行人在云和某个古村的民居里醒来，推开阳台门，撞见了万亩梯田向她奔涌而来的云雾，闻到了梯田最清新的呼吸。云海像浪，古村像船，她像行进在大海之上，令她想起东海边的家乡玉环，想起耕海牧云、出没风波里的先民们，想起云和诗人云伟编剧的那部云和抗战微电影。抗战期间，这个藏在白云深处的世外桃源曾作为浙江省临时省会所在地，遭日寇侵犯，生灵涂炭，不屈的云和人用血肉筑起了一道坚强壁垒直至抗战胜利。片尾曲一个稚嫩的童声唱起“长亭外、古道边”时,她的眼睛湿润了。

一个行人不比一朵行云知道得更多。人们为宛若仙境的万亩梯田美景所震撼时，蓄满雨水的一朵朵行云千百年如一日，俯瞰着这片古老的土地和匍匐其上的苍生，俯瞰着一谷一粟里浸漫的汗水、鲜血和泪水，它允许自己常常流泪，化作雨水护佑这片土地上的所有。

## 船　帮

我和诗人们坐在月光下的沙滩上喝酒聊诗，其实并没有聊诗。

月光将一叶帆船孤瘦的影子拓进瓯江没有一丝波纹的水面，静谧的山影已沉沉入梦。我时时回过头，遥望夜色深处离此不远的紧水滩，依稀听见从时空深处传来的激流声，与险滩恶浪搏命的人们的呐喊声。

所有的不凡，均由平凡成就，所有的传奇，均起源于尘泥。瓯江帆船，本是瓯江沿岸石浦、赤石、龙门、紧水滩等村平常百姓的谋生工具，却催生了瓯江流域独特的文化符号——瓯江船帮，成为流传千古的传奇。自我的脚步踏上瓯江边石浦村的鹅卵石巷道起，便如踏上了时光深处的一叶帆船，无数人的人生江涛般涌入眼帘。

一座老屋，一缕袅袅升起的炊烟，一面半人高的老墙上一盆长势很好的多肉植物，在静谧的午后，讲述着船帮人家后裔的日常生活。整个石浦村特别安静，千百年前，这里曾日夜响彻着叮叮当当的敲打声——造船。如同云和人依山势而造梯田，因瓯江上游滩多水急，沿岸人造出两头尖尖、木梭形状、身形小巧、结构特殊的“麻雀船”“舴艋船”，在八百里瓯江畅游了一千多年。

据载，春秋战国时期，瓯江便有木帆船通行，宋元时期，瓯江帆船兴盛，一艘艘小小帆船将龙泉青瓷和宝剑、庆元香菇、云和雪梨、景宁惠明茶、松阳烟叶、处州白莲、青田石雕等运往远方，把油盐酱醋等日用品运回山里，到了民国初期，“瓯江船只八千艘，每日到达永嘉终点船只平均二百五十艘”。千百年来，八百里瓯江不仅是海上丝绸之路中的黄金水道，还是运送文人墨客，运送陆游“又泛小舟到括苍”、孟浩然“借问同舟客，何时到永嘉”等山水诗的浪漫之舟。

泥地上静卧着一艘旧帆船，锈迹斑驳的船梁上，两道墨线若隐若现。天地不仁、人生无常，瓯江上行船是最危险的营生，因此也有了很多禁忌和习俗。新船第一次入水，不能叫“下水”而叫“上水”，帆船破损上岸修理才叫“下水”，修理时将船身翻过来叫“顺过来”，船上的碗和鞋都不能倒扣，如同海岛人忌讳吃鱼时把鱼身翻过来。船工的看家本领是看“水色”，判断航道安危、帆船吃水深浅。还有一个鲁班师“造船留墨线”的习俗：木船造好后，造船师要把用于取料标志的墨线清除，但保留前、后梁上的两条墨线。深深印在船梁上的墨线，是一道防护线，也是一道护身符，一切邪魔均不得越墨线半步，又如同船工出船前老母亲的一道道叮咛，深深刻在儿子的心上，护佑他平安归来。

一个古戏台，庭院内石阶下湿漉漉的青苔，高处的一串红灯笼，将我的听觉牵引到千百年前一个人声鼎沸的夜晚，袅娜的戏音在石浦村萦绕盘桓，仿佛想挣脱那些此起彼伏的叫卖声、吆喝声、酒令声，去追寻瓯江上的船工号子。紧水滩是一个险滩，行船人一路奔波历经艰险，过紧水滩前，要和船一起在石浦这个水势渐缓的平坦之地停泊休整几日，或养精蓄锐，或纵情狂欢，再将自己重新投入到无常的命运里。来的次数多了，他们渐渐爱上这里，爱这片山水的宁静，爱这片家园的祥和，也爱大红灯笼的声色，也可能爱上了这里的某个女人，有的便留下来，购田地，建居所，一代一代行船人将石浦村变成了一个店铺林立、商贾云集的船帮古镇。

“船帮”何来？行走瓯江，纵有一身看家本领，终是孤舟一片，举步维艰。急流险滩暗礁，是天灾；沿岸杀人越货的山贼盗匪，则是人祸，由此，青田温溪帮、松阳古市帮、丽水大水门帮、云和石浦帮等瓯江船帮应运而生，行船人结帮出航，或四五船为一帮，或一二十船为一帮，在帮头的指挥下，过急流，闯险滩，避暗礁，战山贼，拉纤推船……其中石浦船帮规模最大、名声最响，石浦村船帮会所旧址前，依稀还回响着当年船帮头目们议事交谈的窃窃声。

“报，报报报报报，有事前来报，无事不敢言，老爷夫人不好了！”

“何事惊慌？”

"两位小姐打将起来了！"

戏音袅娜，盘桓在石浦村每年农历正月十四到十六的日夜，石浦庙会中汀州吹打、鞭炮声此起彼伏，如果年份好，一场接一场的松阳高腔、包山花鼓、丽水鼓词、处州乱弹、木偶戏会从春节一直唱到清明，看过一场接一场戏文的船工们，在瓯江的风里浪里上演着比戏文里更跌宕起伏的人生。

一本史籍中储存的记忆，并不比一条江更多、更鲜活。我的脚步落在通往江边的鹅卵石路面上，没有发出一丝声响，耳边依稀响起多年前的恸哭声。瓯江船帮的千年史，也是一部与山贼、倭寇、贪官、劣绅、日寇斗争的血泪史。离石浦村十公里的一个山坳里，静卧着两座古墓，日夜遥望着千帆过境。当年倭寇进犯，瓯江船工与"戚家军"并肩作战、顽强抗击，一夜，一百多艘舴艋船趁月色顺江而下，突袭倭寇，致其死伤无数，却有两位船工不幸战死，遗体被运回石浦村时，涛声般的恸哭声和抽泣声将他们拥迎上码头，沿着他们赤足走过无数遍的鹅卵石巷道，送他们回家。

抗日战争爆发后,瓯江船帮成了浙南一带抗战物资运输的"救命稻草",船工们在"极度劳累","一饱都成问题，何论赡养家室?那更谈不上图些微利，以至船身坏了，无法修理，只好由它坏去"

的情况下，一次次用私人帆船将大批军粮物资运送到抗日前线，甚至“出卖妻子，来赔偿军粮损耗”。

此刻，诗人云伟坐在月下给我们讲述船帮的故事，云伟曾写过船帮，船帮文化展馆里大多文字介绍都出自他的笔下。迷雾般的月色中，我的耳畔传来清脆的鞭炮声，我的眼前时时闪现时空深处那些清瘦的、肌肉紧实、汗水淋漓、眼神无畏的脸，在抗战胜利的鞭炮声里终于舒展开眉头。

此刻，悬浮在月色中的那一叶帆船，像终于摆脱了命运沉重的枷锁，看上去很轻、很美。自瓯江航运因建造水库中断后，瓯江船帮也渐渐退出了历史舞台，舴艋帆船曾经一度消失，当它从时光深处重新回到人们的视野里，它像长出了一双翅膀，轻盈而美丽，不用再陷身惊涛骇浪，船工的后裔们作为非遗传承人，再也不用拿生命去换生计。而我们脚下的人造沙滩，像极了我曾经去过的马尔代夫芙花芬岛，巨大的阳伞，木质的休闲躺椅，孩子们玩耍的铲沙车，如果不是一阵阵散发着草木气息的山风吹过，提醒这是大山深处，我恍然以为自己身处南国的大海边。

我从云和带回一个叫作“大圣归来”的木制玩具，像带回走失很久的童年回忆。早在宋、元时期，云和的大批木匠便掌握了娴熟的木作技艺，在制作家具、农具时，也为孩子们制作踏碓童车、鲁班锁、七巧板、木陀螺等。造化给予这片土地上的人以险滩，以激流，以坡地，以荆棘，以战乱，以苦难，以碾压，以降维，云和人举重若轻，用智慧、用毅力、用才情完成了气质独特、几近完美的一个个创造。

千年不朽的不是星辰，也不是历史，不是河流，也不是人心，或许只是一条大江奋勇奔流的方向，是人类举起火把和锄头、绝不放下的那个动作。

# 闻风起

## 一

他向我递过来一饼刚从篾席上收回的粉干，像递过来一团盘得很细致的纱线，白露时节傍晚的暮光，为它涂上一层金色和银色之间的另一种颜色。他递过粉干时，也递过来浓烈的汗味，递过来他身后炉火的红光、夕阳的金光，以及光笼罩下的一片深绿色菜地。

我接过米线。视线最前端变得模糊，景深里最清晰的部分，是那团粉干后一个男子赤裸的上身，黝黑发亮、肌肉紧实、轮廓分明的胸肌和腹肌上，密布的汗珠随着他急促的一呼一吸，汇聚、滚落、流淌。在炉火的轰鸣声和火光的映照里，刚从锅炉前直起腰来的这个五旬男子，美如一尊古希腊雕塑。

他转身回到巨大的锅炉前，将一大块木柴塞进炉膛，并捅了捅里面的柴火，白炽状的熊熊火焰烤灼着他的脸，他眯着眼睛，皱着眉头，像是眼睛被火光灼痛，又像被额上淌下来的汗水渍痛。

东海边温州龙港余家慕村的白露时节，离寒起霜凝还很早，三十六摄氏度的气温里，他在锅炉和蒸炉之间穿梭，从凌晨三四点到夜里十点。

那时，我不知道他就是盛余粉干的当家人余德情，改良传统古法蒸笼粉干独创余氏制作新流程的人。那时，他也不知道我是谁，我偶尔来到龙港，偶尔听说余家慕盛产我从小最爱吃的粉干，临时起意请两位当地朋友美红海哨陪我到村里看看，偶尔路过他家门口，便踱进去东看看、西问问。对于我们这三位不速之客，他毫不防备、毫无保留地回答着我们的盘问，比如，粉干哪里都有，为什么余家慕粉干特别有名？刚听说你家粉干特别特别有名，为什么呢？

米第一要紧，如果用陈年米，最多也不能超过两年的。别家可能用一种米，我用三种米搭配，其中有稻花香米。

水也要紧，用山泉水。

火也要紧，烧柴火，不烧煤炭。

做工也要紧，我家的是双蒸，米粉蒸一道，压出的鲜粉干再

他向我递过来一饼刚从篾席上收回的粉干，像递过来一团盘得很细致的纱线，白露时节傍晚的暮光，为它涂上一层金色和银色之间的另一种颜色。

摄影：苏沧桑

蒸一道。余家嘉的粉干吃了不伤胃，不口渴，不反酸，从前温州人坐月子不吃粉干只吃面，现在也能吃。

蒸腾的热气和锅炉的轰鸣声里，时光回到了五十二年前，离此地十二公里的温州平阳南坡老街，一位母亲轻轻夹起一根浸透海鲜汤、细滑白皙、绵软柔韧的汤米线，放进了四个月大的女婴嘴里——吃了四个月奶水和米糊的我开荤了，人生第一顿正餐就是海鲜汤米线。四个月大的婴儿无疑记不住她在人间尝到的第一口荤腥，味蕾却替她永远记住了汤米线的美味，米线，也就是老家玉环人说的“米面”温州人说的“粉干”，从此成为我最喜欢的主食，没有之一。

早在北宋初年，温州粉干就已享盛名，家坊制作盛行。先人们将米用水磨磨成水粉，煮至半熟后用臼舂捣蒸，用水碓反复碾捣，再将粉团压出细如纱线的米粉，放在竹匾上晾晒至干。得天独厚的龙港美食无数，蝤蛑、梭子蟹、海蜈蚣、泥蛤、蛏子等海鲜自不必多言，妙的是龙港各种手工美食，红曲酒、索面、粉干、鱼干、鱼饼、百打糕、馄饨、炒盏糕、猪油糕、矾山肉燕、马蹄笋、金乡猪蹄、埔坪卤鹅、华阳牛肉、金砖豆腐、石乳饼等等，皆凝聚着龙港人的智慧，光一个“百打糕”，便能看出其做工如何的不厌其烦。余家粉干由北宋工部尚书余靖公晚年归隐创制，余北、余南两村粉干传统技艺四百多年来经久不衰，近百个粉干家庭作坊及工厂日夜流淌着粉干瀑布，流向全国各地乃至海外。

蒸腾的热气和锅炉的轰鸣声里，时光回到了属于余德情的二十年前。属于他的二十年，是一天一天一夜一夜熬过来的。当时，他生意亏本，家里一分钱都没有了，一个儿子一个女儿等着吃饭，东拼西借了两千元钱打算去菜市场卖菜，可摊位的价格远远超出他的想象，走投无路之下去买了米和简陋的粉干加工机器，两夫妻边学边做，开始一天做两百斤，做一天卖一天，到一天做三百斤五百斤，一天一天做，一天一天熬，直到如今一天能做三千斤。

老祖宗留下来的做法虽然好，但蒸笼做法数量做不起来，他一边做一边改，最大的改动就是将米粉做好后挂在杆子上再用锅炉蒸，质量和数量都上去了，村里人甚至外地人都来跟他学，这几天，宁波舟山的米粉厂天天电话催他过去当师傅，可他没空，下雨天也没空，别人家下雨天休息，他买了烘干机，天气不好就用烘干机，一天也舍不得休息。

那时我不知道，在锅炉和蒸炉之间穿梭着的这个浑身湿透的男人是一个老板，我问他什么时候不用自己亲自动手烧锅炉，他说，再做十年吧，十年后再请工人来做吧。

这意味着，这个五十岁的身体，还要在锅炉和蒸炉前再流十年汗水，来回穿梭千百万次。我想，哪怕到了花甲古稀之年，这个人也是不肯歇下来的，我仿佛看见，多年后，他依然身手矫健地穿梭在锅炉与蒸炉之间，继续着他一个人孤独的狂奔。

从余德情家出来，我们路过一幅“画”。一座老屋幽深的门洞内，一个女人正用一把巨大的剪刀将米粉机里吐出来的湿粉干剪断，顺手晾到架子上，然后用双手将米粉团归拢到米粉机孔里。在她身后，一个赤裸着上身看不清眉眼的男人，正用肩膀扛起一桶刚出锅的米粉往米粉机里倒。弥漫的蒸汽和夕阳的光影将他们定格成一幅油画。

闻不到炊烟和饭菜的味道，暮色中的余家慕村每一家敞开着的门洞里都喷着米粉干的味道，每一个人包括老人都在忙碌着。一个刚学会走路的女婴踉踉跄跄走到我跟前，突然从米粉干竹帘后仰起脸，冲我露出向日葵般明亮的笑容。

多年后，镌刻在这个粉干后代生命里异常勤劳的基因会让她成为谁呢？

## 二

潮水未涨时，龙港舥艚村的海风身上携带着两种浓稠的海腥味，一种是它经过黑滩涂往岸上走时，它自身的味道和泥涂的味道，是海洋和大地拥抱过后的味道，一种是干燥的温暖的诱人的香味，是晾晒在向晚的渔村里那些油鳗、鱿鱼、虾的味道。其实，它们的主人们一直在等待着秋后更猛烈的海风，更迅速地带走那些海货里的水分，那么，海货极致的鲜味就会被快速锁定，传达至远方的人们的味蕾之上时，会更直接地触及东海的味道。

这是九月的渔村，白露即将到来。海货的主人阿芬掰开一块油亮亮的蒸油鳗，一缕热气从一丝丝洁白的鱼肉间溢出来，钻进人的鼻孔里，舌尖瞬间涌起口水。微咸，极鲜，韧韧的，油滋滋的，吃一块，再吃一块，还想吃一块，像老家玉环人说的“赖根头”。

阿芬的丈夫将晒在门口的虾干扫拢，海风将虾干的香味吹进了沿街的屋内。我和美红、海哨围着一张凳子坐在矮竹椅上，将一颗又一颗虾米、一片又一片油鳗干、一块又一块鱿鱼干送进嘴里，根本腾不出手去捋拂被海风吹成狂乱造型的头发。

阿芬从早晨三点多起来忙到现在，剖鳗、煮虾、晾晒、收摊，还兼着卖，五六个巨大的冰柜里，是她和丈夫日夜辛劳积攒的海货干，没空吃饭时，便随手剥一颗虾米，喝点水。她烫着头发，文了眉，脖颈上戴着细细的金项链，和所有温州女人一样打扮时尚，她笑起来牙齿整齐洁白。

通往渔船码头的街巷寥无行人，偶尔有电动车飞速穿过，两个男人在渔需店门口将船缆绳拉成直线钉入地面，叮叮当当的声音仿佛在山谷里回响。其实沿街每家每户的门洞里都有人，他们默默忙碌着，补网、做编织袋、缝礼品袋、做小吃等等，一个大约三十多岁的微胖女人，扎着高高的马尾，穿着时髦的黑色T恤和牛仔裤，肩膀两侧露着碗大的洞，她坐在一堆绿色的渔网中间，旁若无人地织着渔网。

说龙港人是平阳最勤劳的人，勤劳得甚至都不怎么懂享受，只知道干活，所以，一个小小的渔农之村，硬是变成了一个富足的新型城市，就像一个奇迹。阿芬和家人及亲戚们世代住在舥艚港，捕捞作业，本本分分。白露过后每一个晴冷天，对于精于美食的温州人都是黄金时节，他们开始晒酱油肉、酱油鸭、酱油鸡和鳗鲞，龙港人也晒鱼干、虾干和鳗鲞，为的不是自己的口福，而是生计。女人们翘首等候秋风乍起，将鳗鱼、黄鱼、虾等晒满房前屋后，将海洋的馈赠贮存得久一些、更久一些。

## 三

海风从未带走过渔村深入骨髓的海腥味，也带不走东海岸人

娘家小院的桂花雨。染上秋阳的每一寸时光，

都微微沉了一点，仿佛真是金子做的。

摄影：海天

深入骨髓的勤劳和智慧。五十二年前，离舥艚十二公里的平阳南坡老街，母亲将四个月大的我背在背上，趴在床上无师自通地学做裁缝。在报纸上画画剪剪了无数次后，她决定放手一搏：她将父亲唯一一件呢大衣一针一针拆下来，用报纸画好样子，记住整件衣服的结构，然后到坡南街一家裁缝店里，等缝纫机空出来时，将整件大衣缝合如初。在往后的岁月中，母亲无师自通的裁缝手艺和父亲微薄的薪水，养育了三个孩子，并将我们一一送入大学。

“露从今夜白，月是故乡明。”白露时节的海风吹拂着龙港舥艚村，也吹拂着一海湾之隔的玉环岛。离舥艚村一百五十公里的玉环岛山后浦村，母亲仰头看见桂花树一夜间爆出了米粒般的花芽，她的脑海里浮现了这个院子里金色的秋日。桂花开的头一天，年近八十的她会矫健地跨过二楼阳台栏杆，站在平台上，找几枝从树下往上看不易看见的桂花枝，将桂花撸到篮子里，刚好一篮子，她便停手，舍不得撸多了。然后，她静静坐在院子午后斑驳的光影里，用一根牙签将桂花里的小花梗等杂物一一剔除，将一半鲜桂花直接拌进白糖里，一半桂花晾干，洒在她刚学会做的开花馒头上。当阳光渐渐变成越来越温柔的淡金色，她会筹谋着让父亲去菜场买最好的排骨和猪肉，或者虾，或者鲳鱼，她要做很多香肠、酱油肉、酱排骨、虾干、鱼干，给三个远方的儿女寄过去。

离山后浦一点五公里的楚门南门街，母亲最小的妹妹、我的小姨妈晓芳，暮春起便每日凌晨四点左右起床，做冷饮所需的所有配料，蒸糯米，煮花生绿豆，做杏仁片，做冰块等等，她家开着楚门最著名的冷饮店，最著名的一道冷饮是花生汤，花生酥烂软糯入口即化，用老家话说很“霉”，汤很浓稠，且有浓郁的牛奶味和猪油香。她做生意很“跩”，每天午后三点准时开门，不管门口早已等着多少老顾客，冷饮就做那么多，样样都要做好，宁愿少卖一点。这个外婆家最小最受宠的女儿，不知何时无师自通学会了各种美食的做法，每天汗水一抹一大把，夜里只睡短短的几小时，勤快得让家里人匪夷所思。白露过后，天气转凉，生意淡了，她也就“懒得卖了”，她的“懒”字里有一丝丝不甘，如同千年前的那个卖炭翁“心忧炭贱愿天寒”。

染上秋阳的每一寸时光，都微微沉了一点，仿佛真是金子做的。白露之三候为“群鸟养羞”，百鸟开始忙着贮存干果，百姓开始忙着“抢秋”“晒秋”，一只蜜蜂久久停留在它喜欢的那朵花上。据科学家研究，蜜蜂有访花恒定性，它们对颜色的敏感度远胜于花朵的形状，当它偶尔在某种颜色的花里寻到喜欢的花蜜，就会一直去寻找这种颜色的花。大地之上，无穷远方，无数人们，蜜蜂般飞翔着、寻觅着自己喜欢的某一朵花，一心一意专注于某一

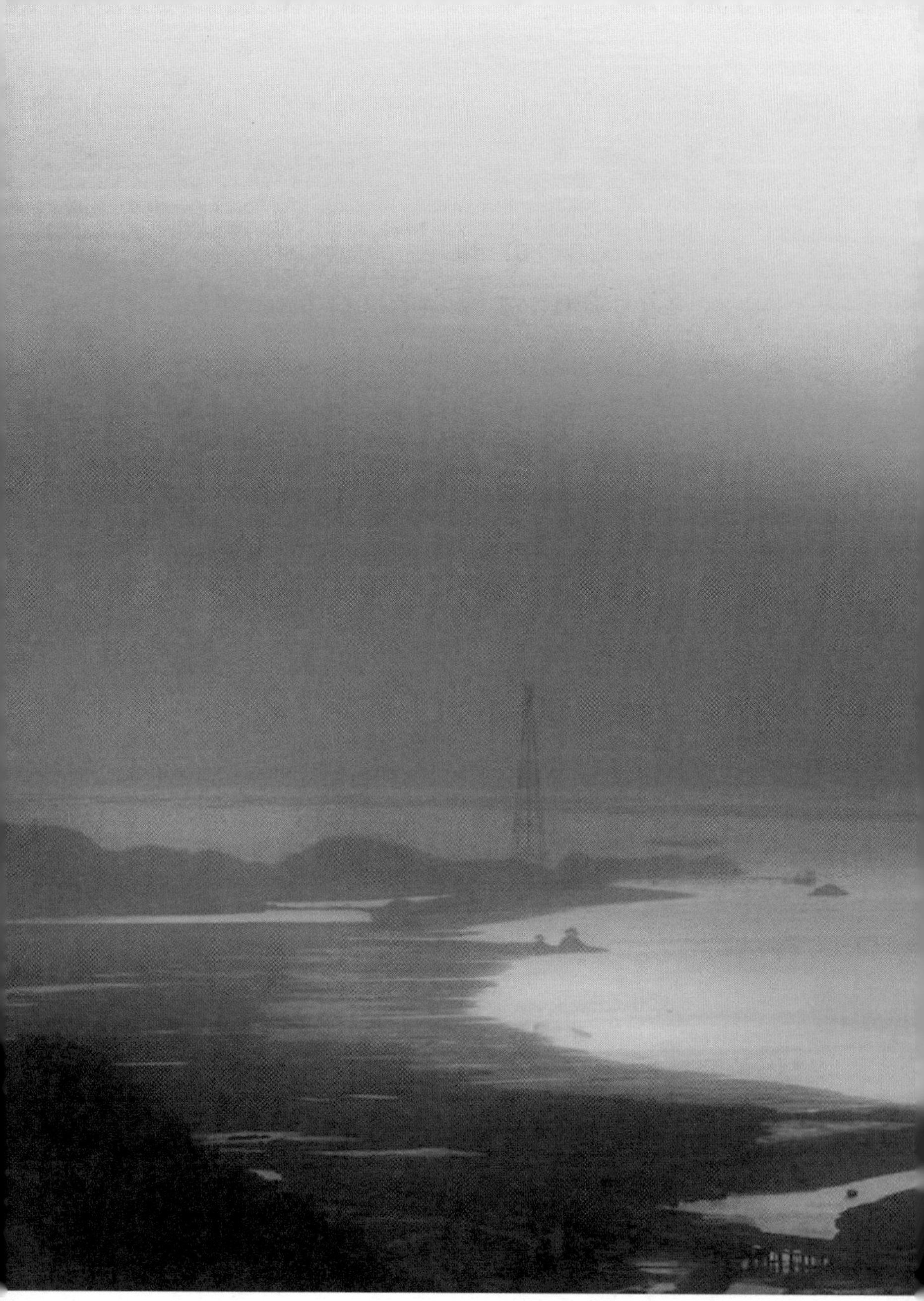

秋风起时，沉默的力量将无数岛屿变成一朵朵巨大的粉色莲花，

在东海蓝灰色的波涛间怒放，其实，那是果实。

摄影：海天

朵花。那朵花不是花，是一条生路，带他们飞的风不是风，是“穷不失义、达不离道”。

龙港舥艚村，阿芬等着秋风起时，晒出一年里最鲜美的鱼干。

龙港余家嘉村，余德情全家和毛小张夫妇等着秋风起时，晒出一年里最好的米粉干。

玉环岛楚门镇山后浦，我母亲在静静等待桂花开放，她最小的妹妹晓芳在等待秋风起时，终于可以歇一歇，骑着电瓶车到姐姐家赏桂花。

玉环岛坎门镇，每一个渔村、每一个海滩上都将铺满竹帘，晒满粉红色的虾干、鱿鱼干、墨鱼干、鳗鱼干、鲳鱼干、带鱼干……

于是，秋风起时，沉默的力量将无数岛屿变成一朵朵巨大的粉色莲花，在东海蓝灰色的波涛间怒放，其实，那是果实。

# 古村心跳

## 一

鹅从溪边一丛芦苇后露出橘红的冠，再露出雪白的颈，再露出雪白滚圆的整个身子，然后扑腾着湿漉漉的翅膀一摇一摆向我走来，水珠在初秋上午十点的阳光下，如一道道弧形闪电。

六十五岁的福珠站在我身后说，鹅每天上午自己去溪里洗澡，我还有一只鸡。

福珠带着我，转身穿过一道柴门，让我看鸡。鸡是乌骨鸡，有暗紫色的冠，正吃着玉米。福珠说，它会生蛋，这几天热，懒得生了。

我问她家里人呢。她说，老伴出去干活了，他比我大一岁。又说，鸡比鹅大一岁。

这是九月的松阳。一千八百年前，孟子、吕不韦、陈霸先、包公、刘基、宋濂等士族大家、英杰后裔及闽南族群先后落户于浙南山区的松古平原和高山深谷，一个个格局完整、建筑精美的村落像一片片叶子匍匐在大地之上、云端之下，成为江南的一个奇观。一千八百年后，我也像一片叶子匍匐在松阳一个个古老的村落之间，在一段段长久的静谧中聆听一些声音。

鹅的叫声，显然不是古村的第一个声音。古村的第一个声音，也许是犬吠鸡鸣，也许是柴门咿呀，也许是香火堂前谁轻轻插上一炷香后，双膝跪地的扑通声。

福珠住的敦睦堂外面，有一个指示牌，写着“江南客乡，水墨石仓”，旁边晾晒着她刚洗的衣裳。指示牌是给慕名而来摄影、画画以及像我这样偶尔驻足的游人看的，看似与福珠们的日常生活无关，然而指示牌的背后，是当地呕心沥血保护古村落的人们，他们用中医针灸、推拿般的手法修缮、改造、复活了一座座老屋，让古村的脉搏更强健、血液更新鲜，至少，一直活着。

柴火灶上有几个新鲜板栗，很脆很甜。福珠指指脚下的箩筐说，你看，刚采的，很多，拿去吃吧。福珠并不知道我是什么人，并不关心我为什么一个人在她的老屋里徜徉而没有跟着同伴们一起参观游览。她又拿起茶叶罐说，我给你泡点茶喝吧？我家自己采的茶叶。我连声说谢谢不用，捻起一片茶叶放入嘴里，嚼了嚼，有点苦，很香。

她对鹅对鸡对我的热情，大概缘于淳朴的民风，也缘于太过冷清。白墙黑瓦，翘角飞椽，曾经流光溢彩的建筑里，曾浮动着先人们的呼吸，此刻仍继续着依然朴素却比从前寂寥得多的日常。一个南瓜、两个南瓜，共七八个南瓜，依次从楼梯第一级台阶一个个堆到楼上，楼上是儿女们的屋子，平日里空着。不久以后的中秋节，福珠在城里的两儿一女会带着孩子们回来，寂寥的老屋里，会响起年轻的心跳声。

## 二

无声，是古村的另一种声音。

猫就这样四仰八叉地躺在“酉田花开”客栈长廊外的一张椅子上酣睡，任我怎么唤它挠它，它都不醒。我摸到它的心跳，确认它活着，肚皮上的花纹均匀起伏，确认它在酣睡。客栈仿佛建在云端，窗外有一朵巨大的白云正俯身向着山巅，另一朵更巨大的白云正俯身向它，两朵云像一条船的本身和倒影，静静停在静谧的时空。某一个一刹那，我的耳朵跌入了那个静谧的时空，听不到任何声音，而其时，同伴们正与猫聊天，与客栈的男主人林先生聊天。为了给小女儿朵儿一口纯净空气，他从省古建院辞职后把家从城市迁来这里。在松阳，有许多像他一样年轻的都市人，有的来了，有的正在来的路上。

我端了杯端午茶坐到窗台边，窗玻璃外的一丛狗尾巴草朝我点了点头。清凉的端午茶，是生于斯葬于斯的唐代道教宗师、享年一百零七岁的叶法善发明的，他天人合一、辅国功成的修身养生之道，千百年后依然如端午茶的药理，在人们的唇齿间和内心里流转。当年，他和唐玄宗聆听月宫天乐，使其得《霓裳羽衣曲》，莫非也如我此刻坐在云端之上幻听幻觉？

去一家叫“云里听蛙”的客栈吃饭时，路遇了另一只猫。它斜着身子半躺在矮墙旁一张晒着番薯干的篾帘下，一动不动遥望远山。篾帘漏下细碎的阳光，洒在它橘色的身上，像一只孤独的金钱豹，更像我自己常常幻想的隐居山乡、物我两忘的模样。番薯干是嫩黄色的，老屋的瓦片是砖红色夹杂着青色的，云是白的，山是青的，它是橘色的。这些色彩，在古村万籁俱寂的午后，像一群正窃窃私语的古代村民。我听见他们说：来吧，留下来。

猫就这样四仰八叉地躺在“酉田花开”客栈长廊外的
一张椅子上酣睡，任我怎么唤它挠它，它都不醒。
摄影：苏沧桑

## 三

秋虫的鸣叫，是夜的影子，与长夜分秒相随。

从大山深处的“云端觅境”客栈厅堂到那间叫“觅云起”的客房，要穿过山坡下的一条小径。一只许是迷路了的蚂蚱，从入夜到黎明，一直停在小径的路中间，一动不动，亦没有被人踩过。

唧唧复唧唧，不知道是哪一声虫鸣，将我从五点半的梦中啄醒。赤脚推开门，凉意和云雾瞬间将我吞没。群山静默，云海翻滚，天地间仿佛只我一人醒来，无数过往亦如云海翻滚——消逝了的童年，消逝了的青春，消逝了的无数岁月和人事，大地上正在消逝的古村，以及正在试图挽留消逝的美好的人们，包括我自己，也包括这家客栈的七个主人，他们是从天南海北聚到这里的七个设计师，像来到云端觅山觅水觅境的七个仙人。昨晚，我遇到了他们中的两个，一男一女，穿着很休闲，安静地给客人端茶倒水，擦肩而过时，我听得见他们年轻的心跳。

群山静默，云海翻滚，脑海里响起柴可夫斯基的《如歌的行板》。人类从森林到村落，从村落到城市，史诗般的迁徙就像一首首如歌的行板。村落最原始，曾经最热闹，如今最寂寞，随着老人们相继离去，一个个村落面前仿佛有个巨大的深渊，一不小心便会被时光吞没。未来，人类还会迁徙到哪里？未来，无论是高楼大厦还是茅草屋，令家园在时光中始终矗立的，一定不是建筑材料，那么，是什么？

## 四

小项师傅把我做的半截扎染丝巾浸到染锅里，另半截用手拎着，大约十秒钟后，又放下一小截。

三百六十五天里有二百多天云雾缭绕的“云上平田”客栈，已进入向晚时分，艺术家工作室的扎染坊里只有我和他，刚才和我一起做扎染的抗抗姐和小惠姐她们吃饭去了，我迫不及待想看到自己的作品，便央他先帮我染。

他坐在一张骨牌凳上，染锅在地上，他得一直俯着身子，看上去有点吃力,但我听到了他从容的呼吸。他说,松阳是中国绿茶第一市，我们还用茶叶做扎染，色彩很清雅。他很年轻，和“云上平田”的主人叶大宝一样年轻，在这深山老屋里，他们要待多久？能待多久？

叶大宝拂开夜色和如夜色般迷蒙的一条条扎染丝巾向我走过来，美得像仙女一样。她头发很黑很长，声音低柔，眼神明亮，

无声，是松阳古村的另一种声音。

摄影：叶高兴

服饰永远是红白两色的中国风长裙。她原来在杭州工作，有一天突然想回来多陪陪父母，也想做点自己喜欢做的事。这件事很简单，也很难，就是让松阳的古村里多一些年轻的心跳声。

她做到了。一个两个三个，一共十三个80后90后，与她一起住进了深山老屋，有的早上来晚上走，有的一住一整月，将古旧的村落变成了一个享誉中外的“云雾上的天堂”，可吃，可住，可耕种，可扎染，可看云，可摘星……身心俱疲的都市人来了，会觉得自己真能变成仙人。

叶大宝站在随着夜色愈来愈浓的云雾里与我们挥手告别时，美得像仙女一样。

## 五

即使夜深人静，站在松阳西屏老街，仍能听得到古往今来汹涌的呼吸声、心跳声。

作家鲁晓敏站在老街的红灯笼下，为我们讲述一爿爿百年老店鲜为人知的历史细节，他是古民居保护的发起人和践行者。在打铁声、制秤声里，在煨盐鸡和炭火烤酥饼的香气里，在偶尔飘过的一两声松阳高腔里，不断有电瓶车急急穿过，有老街人驻足某家小店，买点生活用品或工具，再聊会儿天。拐角的农具店摊前，摆放着锄头、镰刀、柴刀、耙……每一种农具都在夜色里闪闪发亮，以静默的姿势坚守着什么。

诗人何山川曾在诗里写道：

打铁的还在打铁，煎中药的还在煎中药
祖父在蝉鸣中酣睡
而雪，继续落在雪上的那个童年
……

这是一条活着的古街，古老的、年轻的呼吸和心跳都在，生生不息。而在老街的一条条辐射线里，摄影主题休闲园、写生创作基地、养生休闲园、大木山骑行茶园连绵起伏的茶垄间，穿梭着更多年轻的心跳。

鹅、鸡和福珠夫妻住着的敦睦堂不远处，是余庆堂，九厅十八井的巨大建筑里住过两百多族人，无论是横梁、牛腿、窗棂甚至椅背上，都雕刻着“耕读传家”的图案，松阳无数本厚厚的家谱都无一例外记录着“务耕读”的家规。每一座老屋的中轴线上，都是供奉祖先的香火堂。祖先杳然，人们供奉的，其实是敬畏和虔诚本身……

松阳的古村，是中国无数古村的缩影。越来越多鲜活的心跳和年轻的呼吸，正领着自古以来活在板栗、茶叶、南瓜、稻谷里的神灵、祖先、阳光和月光，从村口归来。

# 玉苍山南

缘分，有时是一场漫长的相认。千山已暮雪，风雨已一生。

五十年前，讨海的姨婆用一长条蓝印花粗布将我缠在她背上，深一脚浅一脚地走在黑滩涂上，蓝色粗布，蓝色海水，摇篮般摇着我。

四十年前，卖鱼的祖母从碗柜深处掏出一只蓝花边粗肤碗，盛起一碗热气腾腾的海鲜面递给我，又掏出一只画着公鸡的粗肤碗，盛起一碗番薯丝饭给她自己。

时光穿过半个世纪，在与家乡玉环岛隔海相望的苍南，我第一次与它们相认。原来，植物染就却有着大海颜色的蓝印花粗布叫“苍南夹缬”，曾是浙南民间婚嫁必备用品，而盛满田园气息和海洋味道的粗肤碗，来自匍匐在玉苍山南的“碗窑村”。

盛夏午后，龙窑如一条沉睡的巨龙匍匐在碗窑村心脏的位置。熄火多年的一孔孔碗窑内部，窑壁经高温已呈琉璃状，在窑孔外漏进来的阳光下焕发着异彩。六百年前某个深夜，群山寂静，云雾袅袅，东海之滨一个叫“蕉滩”的深山野坳里，火光冲天，依坡而筑、层层叠叠的十八个“阶级窑”蝉联成一条火巨龙横空出世，开始了它史诗般的旅程。

成千上万碗窑人和外乡人日夜不息，收集着太阳和月亮、土地和大海赐予的瓷泥、溪流、泉水、竹林、兰叶以及匠心与勇气，制成了一个个带着泥土气息、海洋气味，质地粗犷的大圈碗、小圈碗、点心碗、酒盏醋碟、调羹汤盆、中间画有青花“鹅头”常用来盛稀饭的“五奎”、文房四宝等等。

怎么运出去？卖给谁？碗窑人硬是找到了一条自己的“路子”，于是，千千万万摞碗盘乘上了竹排，顺着溪流，去了碗窑人都不曾去过的远方，甚至漂洋过海去了台湾和东南亚。最接地气的碗盘，终身携带着土气、水气、火气、豪气的基因，深藏着苍南人的智慧、敢闯天下的气魄，在远方踏出了咚咚咚的响亮脚步声。

碗窑人阿泽端上一碗撒了虾皮紫菜榨菜的秉记豆腐脑，对我说，古龙窑烧起来特别壮观，二十几个窑口同时出火，好看极了。小时候一到冬天，就盼着有烧窑，开窑后里面还热热的，大人小孩拿着水桶到里面洗澡，一点儿都不冷。

阿泽又说，我最大的梦想就是有生之年能再次看到古龙窑点火。

从阿泽的秉记豆腐坊木窗向外望，古戏台和三官庙默默相对。戏台下的竹椅上，坐满了摇着蒲扇凝神看布袋戏的游人。我看见盛夏的阳光下走来一个一百年前来此购碗的外乡人，穿着长衫，背着褡裢，提着一只夹缬布袋，从竹筏上轻轻跃下，布鞋蹭掉了青石板上的一块青苔。他穿过芭蕉叶般覆盖着山岭的一扇扇屋檐，一座座吊脚楼，悄悄在古戏台前最左边的空竹椅上坐下，跷起了二郎腿，瞬间被台上的戏吸住了眼球。

同样穿着长衫、摇着蒲扇的阿泽祖父笑呵呵地走上前，问，人客你从哪里来呀？先喝一杯我家自采的红茶吧！

碗窑手工出品慢，商人们为了囤足货，常常一住半年。于是这个地图上都找不到的小小村落一度客商云集、客栈林立，古戏台上夜夜好戏，名动江南。《平阳县志》载："民国九年（1920），碗窑所产土碗旺销，至民国十九年，最高年产量达三十一万六千八百筒（每筒十碗）。"阿泽祖父是碗窑最大的东家，负责十八条龙窑一半的销售量。

古戏台的飞檐上，泥塑的上古神兽们日夜聆听着古戏台上的布袋戏、渔鼓、提线木偶剧、越剧、昆曲，鼓乐之音在巧夺天工的藻井间回旋，代替人们感谢神恩，祈求消灾避邪，也见证了碗窑最后一次熄火。

每天清晨，回乡继承父业五年的阿泽都会离开城里的家，沿着石头路上来，将秉记豆腐坊的门板一爿爿卸下来，然后去“巡山”——他的碗窑博物馆、艺术馆和手工作坊，像当年的父亲——碗窑最早的解说员、终身文保员——给寥寥几个游人介绍碗窑历史一样，把碗窑的前世今生讲给纷至沓来的游人们听，把父亲捐的一只只碗盘引给游人们看。黄昏时分，阿泽将门板一爿爿装回去，关门，下山。周末，女儿会缠着他上山学做碗，她喜欢和泥土混在一起。

碗窑村每户人家都会在自己的物品上用红墨水写上记号。“秉”字，是阿泽祖上的一个记号，比世世代代转动着的水碓还要古老，水碓吱吱呀呀地说，阿泽，“秉”的意思，就是你要拿着，不要放下啊。

碗窑村的阿泽们于是不放下。

下山时，阿泽常心疼自己夕阳里瘦瘦长长的影子，看上去有点累，像多年前和小伙伴们打完雪仗后那么累，又那么快乐，钻进窑膛取暖，听老人讲鬼怪故事，爬上碗窑的穹隆顶棚，对着群山大喊大叫。生命里的上山和下山，都是一场修行，阿泽们走过的每个脚印，都在向碗窑承诺着：不离不弃。

那双被泥浆包裹着的手，灵动而有力，与碗坯浑然一体，散发着最原始的魅力。

摄影：周如钢

黄昏时分，我与碗窑的一个个“独门暗器”相遇。

那双被泥浆包裹着的手，灵动而有力，与碗坯浑然一体，“手随泥走，泥随手变”，像不断变幻着形态、兼具柔美与刚毅的雕塑，散发着最原始的魅力。然后，它捻起一枚柔细的水草，双手拇指与食指合拢，四个指尖轻轻捏着水草两端，将水草轻轻贴向碗坯口。柔细的叶子与湿泥最轻柔的摩擦，在碗口泛起一道道光滑的柔波，涟漪般扩散。这一枚细叶来自溪边，在制碗匠人的指尖下，变成了世世代代父教子传的传承。

碗窑传统工艺分十八道工序，道道艰辛。“鸡未头啼就爬起，天天爬尽无头岭”，说的是采土和挑土；水碓碓坭要碓至一定的细度，制碗人便需半夜三更起来巡视、翻土。淘漂、晒泥的一双双粗手，最后都长成了一个样子，手指满是皴裂的口子，老茧厚得像脚后跟。拉坯工序最有看头——拉坯师傅用铜刮子、篦弓、销角，来切离成型坯器与泥坨，拓展坯器，修饰坯器内表。那根细柔的水草，就是最后用来修饰碗缘光整度的。

寒冬腊月，滴水成冰，碗窑人使出另一个“独门暗器”，在陶钧旁支起一个小铁锅，整日烧着热水，匠人们时时把手放进去热一热，以免冻僵双手。

晾晒碗坯最怕雷阵雨。碗窑村世代有个不成文的行规，暴雨一来，不管哪家手头忙着啥活都得放下来，帮着“抢坯”，哪怕是冤家对头的。

然后，女人们登场了。她们穿着粗布衣裳，静静坐在工坊里绘花、浸釉。碗窑粗瓷制式以青花瓷碗为主，绘蓝、红、绿墨花饰，动物有龙凤、麒麟、鸳鸯、鸡鹅、游鱼等，植物有松竹梅和牡丹、莲花、兰花、灵芝、瓜果等，辅助纹饰多为卷草、莲瓣、古钱、海水、回纹、朵云、蕉叶等。总之，都是吉祥喜气的物事。阿泽的母亲十三岁起画花，一画就是一辈子。

“独门暗器”“三足凳”是烧窑师傅专用的。烧窑一般需七天时间，师傅们废寝忘食是寻常事，实在累了困了，便在窑边歇歇，他们坐的不是一般的凳子，是三足凳，一足短，二足长。依坡而坐时，不可走神，不可打瞌睡，否则便会跌倒，与古代读书人的“悬梁刺股”有得一拼。

终于等来出窑、开碗的丰收景象。妻子用錾子开碗，丈夫用草绳将碗一摞摞捆起，清脆的叮叮声，有节奏地回响在工坊里，夫妻们忙碌着，藏不住心里的美，忍不住相视一笑。

碗窑人阿堡的记忆里，定格着父亲多年前制碗拉坯的神情。父亲端坐在陶钧前，双腿自然分开，搁在陶钧两侧的枕木上，右手中指食指并拢，插向陶钧边沿的小凹孔槽一扒拉，陶钧便飞速转动起来。每当一个碗坯出型，父亲的头便微微歪着，双眼微微眯起，嘴角微微翘起。简陋的工坊棚瞬间变成一个仙境，父亲沉浸在他自己创造的仙境里，脸上发着光，透出内心无限的满足。

年幼的阿堡长久地、静静地看着陌生的父亲，那是他记忆里最美好的画面，也是无数碗窑人记忆里最美好的画面。此刻，轮到他们自己，阿泽阿旺阿钊阿堡阿德阿腾……传承并超越，把更美好的画面带给更多远方来的客人。

霞关的夕阳下，我咬开一只刚出炉的戚继光饼，听到了早已远去的金戈铁马之声。一柄夹缬创意团扇，轻轻摇动着，驱散了盛夏的暑热，蓝底白花间两只对称的小鹿，美好如我初见的苍南。和我的家乡玉环岛一样，苍南自然条件并非得天独厚，且一度为防御倭寇的军事重镇。兼具江南灵气与东海豪气的苍南人总是别出心裁，物尽其用，一只碗、一块布、一座矿、一方印章、一枚校徽、一爿书店、一碗肉燕馄饨和鱼丸里，都自有大乾坤。我想起阿泽说，古龙窑不可能点火了，我在与多方对接，想法再造一条龙窑，让当年烧窑的壮丽景象得以重现。

我端起酒碗，敬浙江最南端升起的初月。月光落入粗瓷碗，听见东海的涛声在碗底轰鸣。

# 时光裂缝

## 一

我们拎着烙煎饼往石坡下走时，山谷里忽然响起笃—笃—笃的敲梆声，山谷如深井，梆声如涟漪，而回音里似有金石之声，如铁花飞溅。

这是辛丑年的惊蛰，山东淄川土峪村，没有雷声，地上也未见一只昆虫，杏树含苞，柳叶新萌，满山的柿子树和榆钱树还困在冬梦里。敲梆声的来处，是对面的陡坡，八十五岁的姥姥娘衍英家豆腐做好了，让村里人去买，她六十岁的儿媳妇翠珍站在院门外的杏花树下敲着槐木梆子，她笃笃笃敲几声，鹅们就嘎嘎嘎回应几声。

衍英弯着腰背想将自己挪到豆腐挑担前，挪不动，顺势坐到

衍英奶奶弯着腰背想将自己挪到豆腐挑担前，挪不动，顺势坐到了大水缸沿上，她弯腰捧起一块豆腐，像捧起一枚勋章。

摄影：苏沧桑

了大水缸沿上，她弯腰捧起一块豆腐，像捧起一枚勋章，让我想起刚才六十岁的素英捧起一张刚从鏊子上揭下的烙煎饼，像捧起一顶皇冠。母性的裂着口子的大手，捧着煎饼豆腐的大手，将儿女们喂养，送他们去了自己从未去过的远方，而今手捧的，是毕生唯一的荣耀。

去年霜降砍的柴，惊蛰采的香椿，春分翻的地种的小麦玉米大豆，芒种收的麦，清明时用豆糊苦菜蒲公英做的渣豆腐，立夏打的槐花……她们聊天时顺口而出的生计里，带着一个个节气的名字。

煎饼卷着腌香椿和腌胡萝卜，很咸，舌尖上的感觉让时光倒叙，老家玉环岛上锡饼的滋味百转千回。“万物皆可卷”这句话在玉环岛上体现得比此地更极致，锡饼也用鏊子摊，用面粉淀粉加上鸡蛋和成糊，比山东煎饼软糯柔韧，卷上五花肉鸡蛋鱼虾贝类和各种做成丝条状的蔬菜，腌酸菜、绿豆芽炒米线则必不可少，锡饼筒小的比甘蔗粗，大的有碗口粗，逢年过节，家家户户老老小小捧着锡饼筒吃，令无数游子一想起就垂涎欲滴。我深知，再美味的食物，对于素英、翠珍们而言，都比不上煎饼卷大葱。

杏花错落的枝丫间，我们对视着彼此的人生，天下起了小雨。我在心里对大手上花朵般绽开的血口子说，满山杏花盛放，都不如你们灿烂。

## 二

每天晌午时分，我从“青未了”客栈出发去土峪村里散步。当我走在村里，总觉得是走在玉环岛我娘家的山后浦村里，虽然它们相隔千里。

这是一个我完全陌生的地方，这里没有一个我之前认识的人，包括邀请我来这里小住几日的黄菊，她走过很多地方，采访过很多人，写过很多有意思的文字，今年每一个节气，她都会以“行李”公众号的名义，邀请海内外一些创作者驻村小住，我很荣幸成为这个美好创意的第一个受邀者。

土峪村是个古老的石头屋村。白墙黛瓦的山后浦村像一条青鱼匍匐在东海苍黄的波涛中，土峪村则像一条黄鱼匍匐在群山的苍黄中，夕阳西下时，鳞次栉比的石头屋像金色的鱼鳞闪闪发光，传说“土峪”这个名字最早叫“土鱼”。这里曾是济南到青州的必经之路，这里的黄土拥吻过无数脚印，这里的树洞深藏着无数秘密，如同漫山遍野的柿子树结满红柿时，正好遇见一场雪。

会笑的黑山羊

摄影：苏沧桑

每天晌午时分，我一个人慢慢从鱼头走到鱼尾，一一遇见它们。

一棵遒劲苍老满树花苞的老树，卧在路旁似乎废弃已久的柴堆上，所有的枝丫都奋力倾向路对面的石头屋檐，像时刻躲避着被柴火焚烧的噩运。我问它，你是桃花还是杏花，它不回答。这于南方海岛来的我，是一个谜。我说，我每天都会来看你，一眼一眼把你看开，直到看到谜底。

炊烟的味道里，响起羊的咩咩叫声。是一只会笑的黑山羊，时时歪着头，露着六颗门牙，像人类在笑，或许它和这里的狗们鸡们鹅们一样，对陌生人表达着愤怒和恐惧。当我第三次遇见它时，它向我躺倒身子，在我脚下打起滚来，像我家的猫小野和猫银河。

下坡时，一位老人说，那两棵杏树开花了。老树的谜底就这样被轻易揭开，是杏树不是桃树。我凑近一朵花闻了闻，果然和桃花不同，有微微的辛辣味，一只蜜蜂飞过来停了上去。

村里最新的一片绿横卧在溪涧上。三棵被台风摧残过的老柳树像残肢断臂横七竖八，所有新抽的枝条直冲云霄。一棵更大的柳树倒伏在溪涧上，唯一的一根枝条上萌出了毛茸茸的新绿。

从山后浦村口走到村尾，会遇到两口井，其实有更多井藏在院落里。从土峪村口走到村尾，会遇到两眼泉，也许还有更多藏在别处。第一眼泉叫风泉，说大风刮一晚上，泉水就会涌出来。

有一个阴天，我在客栈后墙外听到了一些细碎的鸟鸣声，循着声音，我惊奇地发现，后山坡上的林子里停着无数只蓝尾巴的鸟。荒草丛生，天光惨淡，它们在我的注视下一一飞走，林子回归寂静。后来几天都是晴天，我再也没有看到那些鸟儿，它们像是从未来过。

对于山后浦，对于土峪村，我注定是一只不肯停驻的飞鸟，直到风雨落幕。因此，我敬重留在村里的每一个人。

## 三

在土峪村走路时，我每时每刻都在回望山后浦村。那里曾经是一片汪洋，沧海桑田，丫髻山北面山脚的滩涂变成了南浦渔港，也就是如今的山后浦，山后浦后的金鸡岭曾经驻扎过一个海盗山寨，他们劫富济贫的故事在戏文里经久流传。

和在山后浦一样，我遇到的村里人大多是老人，我把他们分为大妈和老大妈，大爷和老大爷，年纪六十到八十不等，脸上瞬间会绽开敦厚的笑，说起话来声调微微上扬，从容笃定，他们在山顶遛狼狗，石头屋后挖菠菜，烧树叶，在杏花树下用玉米秸炖柴鸡，扛着楮树枝在山道上健步如飞，说柴火蒸的馒头有木香……与我同龄的海英像一个来自古代的女侠，爱花爱酒，去年台风把公路刮断了，通信也断了，她带着邻里把路修好，把村子收拾得和她家里一样干干净净。当我们在“青未了”客栈围着炉火朗读我的《听见·春分》时，她的眼里闪烁着泪光，临走时悄悄带走了我的书。

来此之前，我在山后浦娘家小院的草地上遇见了一只黑色蚂蚁，我问它你要去哪里？它吃了一惊，迟疑了一下，又顾自在对于它来说如同森林的草地上穿行。它那么自信，像村里所有我遇见的人，像浩瀚宇宙中小小的人类。

## 四

从椅子上起身时，手机掉落地板，屏幕摔坏了，与世界失联的午后，我睡在石头屋里，梦回到另一个刻骨铭心的惊蛰——雷电在空中炸出无数条紫色的树枝插入大地，我们去殡仪馆痛别一位亲人，这是一场猝不及防的告别，她只比我大一岁，有一段时间，她每晚眼睁睁看着天一点点变亮，终于有一天选择了最决绝的方式放弃了与世界的任何沟通。

在苏格兰高地的天空岛，我曾听见风中的蓟花唱出了风笛般的苍凉孤独。它无时无刻不被寒风撕扯，孤独，倔强，渴望阳光，却沉默不语。

在新疆喀纳斯，我曾长久地注视过孤立在湖面的一棵树，残破的它自成一岛，看起来并不孤单，与周遭万物契合。我试着将它身边的一切幻换成一座城市里的某条街道时，它在我眼前轰然倒下。

加拿大游吟诗人莱昂纳德 · 科恩在他的 *Anthem* 里说："万物皆有裂痕，那是光进来的地方。"物理上，裂痕可能是一道伤口，是山谷，洞穴，深井，孤岛，腹地……生命中，裂痕可能是一道缝隙，是某一个地方，某一个人，某一段时光，比如土峪村，比如山后浦，比如我在此无所事事的五天四夜。我们必得多给自己和他人找一些缝隙，留一些缝隙，它是痛与痛之间的间隔，喘息，蛰伏，疗愈。有时，它甚至是救命的。

## 五

炉火前，程远朗诵了《山林的最后一季》节选，他组织过很多次世界沙漠超马赛事，长跑时，他不仅要准备吃什么，还要准备想什么，比如今天想想父亲母亲，明天想一遍所有要感恩的人，后天想一遍读过的俄罗斯文学作品，大后天想一遍自己所有的感情经历。

在土峪村，我遇见了很多程远一样年轻的人，像是眼前打开了世界的另一扇窗。黄菊，程远，旅行作家子超，回到淄川致力乡村建设的哲野，云南来的婉君，他们都是足迹遍及世界各地、才华横溢、富有情怀的80后，还有被哲野他们喊回家乡的90后小伙俊瑞、振华，还有什么苦都愿意吃什么累都愿意受只要能让他当厨师的小牛，腼腆的晨晨，常被喊成“吉祥”的如意……山村里回荡的大喇叭声，最让哲野念念不忘，他一趟趟在北京的家和土峪村之间奔走，他对我说，我一定会守护好这片美好不被打扰。

我的眼前浮现了山后浦村的深夜，路灯昏黄，每一片文旦树叶上都已停满夜露，一些年轻人骑着电瓶车穿过雨巷，消失在一爿爿低矮的房门内，屋里瞬间响起孩子的欢叫声。他们大多是来海岛打工在山后浦租住的江西人、四川人和贵州人，他们的屋里散发着山后浦从前没有的炒辣椒的呛人香味。我与他们擦肩而过时，会默默感谢他们，他们使一个古老的村庄显得如此年轻，哪怕只在夜里。

每个人，都是一座孤岛，时光的裂缝里，谁也不知道会和谁狭路相逢，一起蛰伏，彼此照亮，各自出发。

石头屋“在华”的挑窗外，路过两个声音——小女孩问，妈妈，青未了是什么意思？母亲说，青山连绵不绝。小女孩说，可是这儿……母亲说，快了。

挑窗内，我应俊瑞之请为后来客写了一段留言：窗棂以木香陪你，石头以静默陪你，阳光或雨水，会送你抵达格外黑甜的梦境。是的，就是这里。我是作家苏沧桑，辛丑年惊蛰，我来过。青未了。在华，我来过。土峪村，我来过。一棵杏树，两棵杏树，四棵柳树，无数棵还未从冬天醒来的榆树柿子树，鸡鸣狗吠，会笑的羊，客栈后山坡上晴天会消失的鸟群，豆腐姥姥娘家回荡在山野的敲梆声……初遇，宛若重逢。时光静谧的缝隙里，得自在安宁，你一定也会。祝开心。

这些话，也说给一个和我同龄的杭州女子听。她正在一个困局里，惊蛰无法如约前来，我们很少联系，但彼此都在心里。我相信，等她走出困局，一定会来。

我还画了一张每天的散步地图，为它取名“沧桑小道”，这是黄菊和我的约定，也是此行她对我们唯一的小小请求。她和后来者的约定是：给这里的每一座山取一个温暖的名字。

# 夏履之履

沿着一条古道上山，并没有什么让人震撼的景色。初次见面，感觉绍兴的夏履镇像一壶温和的黄酒，也像一个爱咪两口黄酒的温和的江南人。

刚从泥里翻出的红薯，浸泡在溪水里，呈现丹霞地貌雨后的质地，薄透的胭脂红，是我见过的几乎最美的红。溪水在红薯凹凸的表面激起浪花，琉璃般的波纹里浮现一张女童的脸，她用筷子偷偷蘸着姨公的黄酒喝，脸颊飞起两朵胭脂红。是岁月很远很远那一头的我。

晨光呈现黄酒的质地，琥珀色，透明澄澈，竹林浸泡在晨光里，呈现最纯粹的绿，像一个呱呱坠地的婴儿第一眼看到的江南。往高处再走几步，晨光已长高，变成金色阳光在竹林间跳跃，如奔走着无数匹少年的鹿。

鸟鸣是这个隐秘之地的呼吸，清洌如黄酒的成色，让我想起昨夜淋到的这一年的第一场秋风，秋风从后山竹林泅过来，从夏履镇双叶村周家祠堂的雕梁画柱间流下来，又从每个人的脚底心盘旋而上，裹着越剧的袅袅之音，问候了端坐在祠堂里听戏的每个人，重点问候了《爱莲说》作者周敦颐年迈的后裔们。我用毛衣抱紧自己，想起这一天是鲁迅先生的祭日，我是应该带一壶烈酒上山的。

我们沿着一条古道上山，前往夏履唯一未通车的自然村——双叶村的叶家山顶，山不高，路有点陡，古道边有不少怪石，让我震撼的，是骡子。

第一次遇见时，骡子正在下山。从古道口望去，石阶绵延而上，隐没在高处的竹林间。随着哒哒哒哒的蹄声，古道尽头出现了一个牵骡子的中年男子，披着迷彩上衣，口里叼着一根烟。一头白色的骡子，然后是一头棕红色的骡子，再然后是三头黑色的骡子，排着队慢悠悠地从古道上下来，轻快的蹄声，温顺的眼神，湿漉漉的鼻子，轻柔的呼吸，像一群害羞的少年。这是江南难得见到的景致。它们的身后，古道蜿蜒着通向透着亮光的山顶和山顶上那个古老的村落。

早在新石器时代，夏履一带便有人类活动，后因《吴越春秋》

骡子排着队慢悠悠地从古道上下来，轻快的蹄声，温顺的眼神，

湿漉漉的鼻子，轻柔的呼吸，像一群害羞的少年。

摄影：海天

载大禹治水“冠挂不顾，履遗不蹑”而得名，有勾践“栖兵于此”的越王峥、陆游晚年“卜居遮翠岭”的车水岭等古迹。海拔四百多米的叶家山顶，则因一千多年前宋南颍太守叶石令辞官来古越龙山隐居而闻名于世，至今留存了许多遗迹，如鼓楼和下七间民居，采石造屋的一字岗，生产鹿鸣纸的作坊。传说曾有一位造竹纸的先人，常常又累又饿在石臼旁或烘室里昏睡过去，竹林间的梅花鹿便会呜呜长鸣来唤醒他，后人把这种竹纸叫作“鹿鸣纸”。千百年来，叶姓一族在此繁衍生息，自己筑水库，用竹管引水到家，造纸，辟茶园，编竹筐，种香榧，种高山蔬菜，高山云雾茶，晒笋干，自给有余，也挑下山去卖，或送人，一如他们的姓氏般枝繁叶茂。

一位久居都市的叶家山顶人曾在一个网站留下过他的童年记忆，引起了无数人的共鸣和向往。他说，儿时出门有三条岭，一是倒挂岭，通向型塘、柯桥；二是干岭，通向店口、诸暨；三是双桥岭，通向夏履、萧山。倒挂岭最险最难走，他和姐姐小时候上外婆家，都是先由父亲背下去，回来时，父亲背不动，他们就爬。父亲总是说，前面有亮光的地方就到山上了，于是姐弟俩追赶着竹林斑斑点点的阳光，不时抬头仰望光亮，直到脖子发酸才到家。下雨天，小伙伴们钻进祠堂捉迷藏，偏房里放着柴草和老年人为自己百年之后备用的棺材。他们打赌躲猫猫，他躲进棺材里，小伙伴们翻遍柴草也没发现，直到他被母亲从棺材里揪着耳朵拎出来。

和无数中国村落一样，如今叶家山顶住的大多是老人和狗，不同的是叶家山顶长寿老人特别多，最高寿者已有一百岁，八十岁以上占全部人口一半以上，秘诀呢？除了山好水好空气好，老人们有“三能”：能吃，大碗吃饭大块吃肉；能喝，每天绿茶不离身，黄酒也都能喝点；能干，天蒙蒙亮就上山割草、种地、背毛竹。

两扇敞开的雕花木窗后，九十九岁的阿婆正在灶台前切芋艿做饭给儿子吃，儿子去地里干活了。她耳朵聋了，使劲侧过头倾听我们的问话，听不清，便害羞地笑，满脸的皱褶里盛满阳光。

八十七岁的老翁腰间扎着一根布带，肩上斜扛着七根粗毛竹，神情专注地在一个斜坡上健步如飞，拖在地上的毛竹梢在山道上哗啦啦响了一路。六十一岁的叶江夫和他打了一个招呼，低头默默往山下走，他是这个村里有名的孝子，在山下上班，几乎每天都要给九十多岁的老母亲洗脚。

土灶里火光熊熊，几位老人坐在祠堂外的门廊前晒太阳，另几个老人在对面自家门口谈笑，择菜，一只白色小狗绕着他们的腿撒欢。我坐在祠堂里喝茶，凝视阳光一寸寸在幽暗的祠堂天井

八十七岁的老翁肩上斜扛着七根粗毛竹，神情专注地在一个斜坡上健步如飞，拖在地上的毛竹梢在山道上哗啦啦响了一路。

摄影：海天

里前行，看到了天黑下来后老人们披着棉衣坐在黑暗里的样子。秋风起时，雪落时，村里某个熟识的老人故去时，他们会伤感吗？会更想念外面的儿孙吗？门口经过来此寻找童年记忆的城里人，他们高兴吗？如果叶家山顶被改造得更美，越来越多的外地人来玩，甚至住下来，他们欢迎吗？

此刻，他们看我们的目光里盛着笑意，我感觉他们是愿意的。

坐在叶家山顶午后的阳光里，像被裹进了绍兴黄酒馥郁的香味里，昏昏欲睡。绍兴黄酒越陈越香，所以称“老酒”，这个古老的村落，也像喝多了老酒的垂暮老人，让人担心它这一睡再也不会醒来。

下山时，第二次遇见骡子，我觉得我的担心纯属多余。

先听到从山脚传上来的哒哒蹄声，明显比之前下山的蹄声沉重很多，断断续续，像一阵阵急雨。终于，它们出现了，骡背上装满黄沙的竹筐，地球引力，山的坡度，合力几乎要摧毁它们。它来了，原本走在最后的那头小个子黑骡，昂首拱背往上猛走几步，每一步都像有千钧之力在往后拽它，它停下来张大着鼻翼和嘴，呼哧呼哧急喘几口气，又昂起头，抬起似被无形力量捆绑着的腿，挣扎着往上迈步。当我们擦肩而过，整个山谷里万籁俱寂，只听到它呼哧呼哧的喘气声，它暴突的青筋和眼珠，喷出的热气，被汗水黏在眼角的鬃毛，让我的脑海里闪过一个可怕的念头：它会不会猝死？

据说骡子合群性强，胆大，机警，勇敢，活泼，性情执拗。此刻，它们每挪动一步都竭尽全力，但看见我们几个下山的人，居然主动挪开步子避到一旁。牵骡子的那个人走在最后，嘴里发着啾啾的声音，并没有大声呵斥或鞭打，它们却只停歇那么几秒又自觉地继续前行。我呆立很久，觉得它们特别可怜，同时心里生出敬意。多么像负重前行的人们啊，多么像夏履镇想把自己的家乡建设得更好的人们啊。一筐筐黄沙，一根根木材，一块块砖石，都是运到山上用来改造村落的，帮古老的村落舒筋换血，返老还童，让它们不要老去，不要睡过去。

小溪，竹筏，水仗，在夏履，童年离我们如此之近。从竹筏的缝隙间看下去，水深处隐隐有水草，有神秘的生物从水底滑过。我想起一个纪录片，世界上最勇敢的鸟，是非洲中南部的水石鸻，把巢建在尼罗鳄巢边。尼罗河巨蜥偷取雌鳄刚产下的蛋时，水石鸻会为尼罗鳄报信，而作为回报，尼罗鳄从不吃水石鸻，还甘当卫兵，水石鸻和鸟蛋受到攻击时，它随叫随到。万物相生相克，大地之上，一切生存繁衍，需要智慧，更需要勇敢。夏禹治水，勾践复国，钟灵毓秀的绍兴乃非常之境，多非常之人，“横眉”“俯首”的鲁迅，陆游、黄宗羲、陈洪绶、秋瑾、蔡元培、周恩来……绍兴人睿智、圆通、内敛，最突出的性格是坚韧，他们认定一件事，会执着到底，越挫越勇，夏履人自然不例外。

“履”的字形，多么像一头骡子在负重前行。“履”是鞋的意思，也是行走、实行、担任的意思，和它相关的很多成语，此刻一一来到眼前，仿佛都和夏履有了某种关系：安常履顺，步履维艰，履险如夷，戴天履地……夏履是一杯温和的黄酒，却有着比烈酒更猛的后劲，这股后劲，才是夏履这一杯老酒里的风骨，醇厚，绵长，带劲，回味无穷。

# 手艺篇

## 执灯与流浪

# 酿 泉

## 一

日出之时，一个精灵悄然潜入了山里村的每一个缝隙。它比光走得更远，潜得更深，光无法渗透的地方，它去；光无法抵达的地方，它在。

冬至后小寒前的这一个清晨，山里村感觉自己从里到外被那个小小精灵暖透了。它探身俯瞰，看见沉睡的东海已被橘红色的曙光笼罩，山崖下传来隐约的涛声。山里开始冬酿了。

我从楚门镇山后浦 15 号出发，过南塘头路，进山谷，沿山路盘旋而上，看到了晨光中正在醒来的东海，又依次看到山腰上一间叫“古早”的农家厨房，一间叫“花涧堂”的民宿，一个叫“光阴故事”的地方。那个小小的酿酒坊，就窝在庙垟塘山坳一棵巨大的香樟树下，正被那个无孔不入的精灵——蒸腾的糯米饭香笼罩。

糯米从泉水里捞出来，倒进木蒸桶时的样子，像江南临近年关的一场小雪，薄薄的，瘦瘦的，哑光的。又像屋檐下的青苔，毛茸茸的，随时被一场春雨惊醒。

半小时后，糯米从木蒸桶里倒出来时的样子，变成了江南的另一场雪，那是立春时节阳光下的积雪，停在河堤上，雪白的，厚实的，一层一层的，细看，有雪花六角花瓣一片挨着一片的痕迹，每一个极细微的镂空处，都住着一朵晶莹的阳光。

糯米饭的香气，浓郁，湿润，温暖，让人觉得熟稔，安心。它来自土地，来自阳光，本就是光的孩子，此刻，太阳向古老的山里村洒下万道金光，它与母体重逢。

炊饭，拉开了山里村冬酿的序幕。做酒人在木蒸桶底部摊上一块白纱布，倒入浸好的糯米，盖上竹斗笠，打开六点钟就开烧的锅炉，蒸汽从木蒸桶下汹涌而上，将糯米“炊”熟，黏度恰到好处。

酿酒坊的老师头伊海伯说，要雪白的糯米，一粒坏米都不要。

酿酒坊的总管灵江叔点点头说，对，雪白的糯米，宁可贵点。

泉水在一道斜坡下面，一眼泉亘古不断，即使山下的楚门镇旱了，稻田全部开裂，这眼泉也从未断过流。浸米，洗米，炊饭，淋饭，用的都是这眼泉。

伊海伯、灵江叔等七个做酒汉子在蒸腾的热气中穿梭。蒸汽升到屋顶，凝结，雨一样滴落到他们头上，悬停在眉睫上，停不住，顺着脸上的沟沟壑壑往下淌。像蒸汽雨一样淌下来的，是七个男人的汗水。

七个做酒汉子，在热气蒸腾里默默配合着彼此，最大的七十岁，最小的四十九岁。

## 二

灵江叔将铁锹斜着插进糯米饭里，用力抬起，翻倒进大木桶里。铁锹收回，在一旁的小水桶里蜻蜓点水似的浸一下，以免糯米太黏，又插进糯米饭里，如此反复，使的是巧劲，腰、右胳膊、右手腕用劲最大，从六点到十一点，一刻不停。

一桶饭一百四五十斤，一锹约十一斤，一桶饭约十二锹。深蓝色的工作服上，汗水印子从脖子后面往四周扩散。没有人说话，或许有，他耳朵有点聋，听不清。

个子最高的做酒师傅全于，用带把的小水桶从地上的大水桶里舀起泉水，淋在糯米饭上，要五桶半冷水。然后从温水桶里舀起温水再淋四遍。必须是五桶半冷水，温度是否刚刚好，关键在那个半桶。他个子高，拎起水桶像拎小鸡一样看起来不费力，喧嚣的蒸汽声里，还是能听见他的气喘吁吁。

米好水好，还要手艺好，最要紧的在拌曲。

上午九点钟的阳光照进酿酒坊，落在十几只巨大的褐色发酵缸上，泛起黑亮的光，落在稻草盖子上，泛起毛茸茸的金光。一个上身黑色背心、下身青色牛仔裤、脚上黑色套鞋的平头壮汉，他在巨大的发酵缸边威风凛凛拌酒母。四十九岁的永青伸出粗壮的手臂，将绛色的酒母撒到糯米饭上，然后一把一把将糯米饭搂近自己，他用两个手掌连同手腕不停翻炒、抖洒，将结团的饭团揉松，否则——酒母渗不透，饭会馊掉。然后，他将糯米饭从缸底一直沿着缸身搭好，用竹刷子刷平，湿漉漉的糯米饭服服帖帖的，像一群被他哄睡了的孩子。然后，他在缸底掏出一个小碗大的窝，轻轻盖上稻草盖子。

他在最后一只缸的缸底掏出最后一个小窝，轻轻盖上最后一个稻草盖子时，上午十一半点的太阳从云层后一跃而出。他抬起头，闻到了糯米饭香里夹杂着另一些香味，有麦曲香，酒香，樟树香，还有饭菜的香。

一小束极细微的阳光，穿透稻草盖某一个极细微的缝隙，潜入了酒缸内部，看见了一眼泉的胚胎。那眼泉，此刻如日出般静谧，即将如日升般盛大，日落般浪漫；那眼泉，源于远古时代树洞中变质的花果，遗落在山野的粮食，或动物的乳汁，以最清冽、最奇妙、最醇厚、最残酷、最美好的形式，潜入时光之河流淌千年，潜入人类历史的肌肤、血液、心脏、灵魂，见证甚至参与过多少风云变幻，多少沧桑传奇……人们爱它，恨它，离不开它。

另一些极细微的阳光，照见了酿酒坊雾气蒸腾里一个个男人健硕的半裸体，一个个曾在风浪里讨海、庄稼地里风吹日晒的身体。他们正脱下湿透的上衣，用淋过糯米饭的温水冲淋着自己，米汤从头倾泻而下，抚遍酸痛的四肢，进入饥渴的嘴。光影变幻中，雾气蒸腾，肌肤黑亮，像另一幅油画。

油画里响起了男人们的歌声和说笑声，从冬至时节到次年四五月，山里村的酿酒坊瓦片上会飘出蒸腾的热气，亦会飘出一两句嘶吼：

“九月九酿新酒，好酒出在咱的手哇……”

随之飘出的，定是一阵哄笑声。

## 三

水是血液，曲是骨头。月亮闲挂在大樟树上，看见小屋通往酿酒坊的斜坡上，摇摇晃晃走来它熟悉的守夜人，酿酒坊唯一的守夜人。

六十九岁的伊海伯半夜一次次爬起来听酒，听曲的作威作福，听曲的浅吟低唱。他敞着棉大衣，趿拉着棉拖鞋，红通通的脸，睡眼惺忪，两百步的路，他的鼻子一直使劲吸溜着。

他吸溜着所经之处的每一丝香气。从小屋到酿酒坊一百多米的斜坡上，他依次闻到了冬菊花的香，大樟树干燥的树皮香，冰冷，清冽，孤独，和春天开花时浓郁的樟树花香截然不同，和白天酿酒坊蒸腾的糯米饭香气也截然不同，他都喜欢。走近酿酒坊，则有一种奇异的他无比熟悉的香气，如多年来他深爱的女人，牵着他的手迎他回家。而迈进家门的瞬间，他的耳朵如雷达般启动。

他蹲下身子，将耳朵贴紧发酵缸，一个缸一个缸地听，捕捉着每一个细微的声音，是那种“节节声”——像初春打在文旦树叶上的小雨声，很细很急。像他小时候夜里到屋外撒尿，从笼子里逃出来的青蟹在灶台下吐沫。又像一个还不会说话的婴儿，嘤嘤嘤嘤哭着笑着，告诉它自己饿了，困了。

婴儿说，这缸料厚了，温度高了，难受！

他就赶紧打开稻草盖子，耙几下，把气排出去。一共二十几个缸，耙个把钟头，等婴儿们安静了，他就回小屋睡一会儿。虽然每天酒喝得迷迷糊糊，脑子里却有一根筋吊着，会准时醒来，一两点起来一次，两三点起来一次，哄它们睡。有时候，婴儿们“补吃多了”，闹得太猛，“发高烧”，直接泛出酒缸，水舀都来不及舀，他就得每一个钟头都爬起来，一夜四五遍，等酒缸里“潜实”了，他的心才安稳，这时，天也亮了。

伊海伯是玉环岛第八代做酒人，三角眼人，祖辈从清朝开始做黄酒卖黄酒，最擅长做双缸酒，也就是第二遍加饭时，本该加水，他们加五坛老酒，味道更醇厚香甜，最适合女人和不太会喝酒的人喝。从前从三角眼到楚门镇，要渡水，一家人摇着橹，船里满载黄酒过来卖给楚门人。后来，大伯和父亲先后成了楚门酒厂的掌门人，再后来，酒厂合并了，改做啤酒了。

海岛少年伊海继承了一手酿黄酒的好手艺，也继承了好酒量，十四岁时一天吃过十二斤黄酒，现在还是一天五斤黄酒，当水喝，白酒一天可以吃一斤多，没酒吃不行。从醒来到睡下，到半夜起床，他都要喝酒，一天吃十几次。喝多了趴桌子上睡，醒来又喝，但他从不糊涂。他喝什么酒都觉得不好喝，就喝自己做的酒，哪里做的菜都不爱吃，鱼头牛肉都自己做。

有一次他去宜兴，酒馆里的黄酒卖 35 元一瓶，他品来品去，觉得酒瓶是好看的，但才七两半，舌头都没打湿，农民们哪里吃

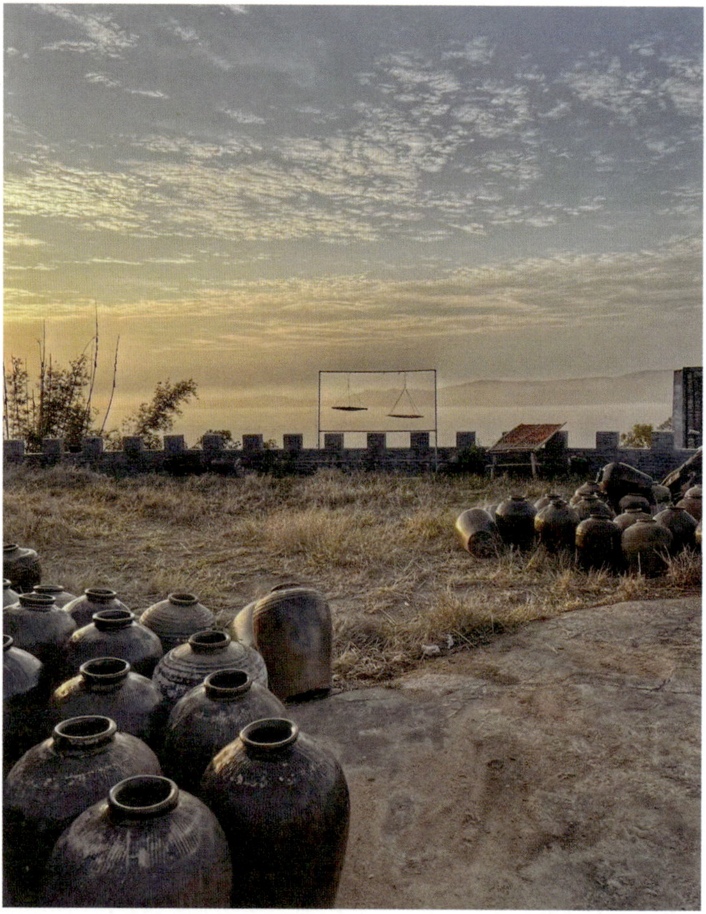

那眼泉——酒的胚胎——此刻如日出般静谧，即将如日升般盛大，日落般浪漫。

摄影：海天

得起？回来就拉着哥们说，我们自己做酒吧。

## 四

现在，伊海伯爬上五米高的酿罐，打开铁皮盖，看到烟雾袅袅的酒的前身，仿佛他身后烟波浩渺的东海。

酒婴儿吐着一缕缕袅袅白汽，被山岗后吹过来的海风瞬间带走。一个多月后，酒婴儿将长大成人，变成琥珀色的，海岛少年般澄净、醇厚的黄酒。

伊海伯将目光收回，盖上盖子，看到了梯子下一只只废酒缸里的花草，都枯了，在海风里瑟瑟发抖。那些花都是他种的，这阵子太忙，顾不上，只有一株红石榴，还结着几颗瘦弱的果子。

不做酒的时候，他种花，酒是他的最爱，花也是。他将一个个废酒坛叠在一起，下面挖个洞，满上土，从山里挖点野花，问农家讨点花枝，或从家里带点花籽。他会给树做造型，比如那棵石榴，像一只鸟。家里有一棵龙柏，他从山里挖来的，已经种了十五年，一有空，他就修修剪剪，楚门镇来人想买，他不卖，后来政府还奖励了他五千元,说是他种得好。做什么,他都要做得好。

糯米完成发酵后，抽灌到这五只巨型酿罐里，三四十日后，先是变成豆青色，再变成琥珀色，变成金黄色则最好。至于如何变成金黄色，他说不清，按照家传的酿酒“老古法”，从浸米开始，一步一步做好。他是老师头，大家都听他的。

小寒即将到来，一口装满酒的井，泛着微微的寒光，蓬勃的香气穿透寒意沁人肺腑。伊海伯手拈着酒舀三米长的铁丝长柄，将酒舀伸进埋在地下的酒井里，像从井里打上来一舀月光，抑或童年。

这是一舀新酒，他品出的却是老时光，他不知道关于酒的历史文化，他不关心老板老章他们把酒叫作玄和酒还是仙泉酒。传说玉环岛最高的大雷山头，从前有个和尚叫玄和，有一手酿酒绝技，后人就把他传下来的黄酒叫作玄和酒。他只知道，自己做的酒，不只海岛人，外地人也喜欢，不叫别的名，就喜欢叫它“山里的酒”。

他也不关心怎么卖，谁来买，他只管把酒做好，他自己吃着有数，好酒总有人要的。

## 五

灵江叔炒钉螺时，蓝色工作服的后背冒着清晰可见的袅袅热气，在冬日正午的阳光里，显得飘飘欲仙，又有点滑稽。作为仙泉酒庄的经理，按山里村原村长老章的话，他一点都没有领导的样子，只管自己做事情。除了锹饭，他还要买菜洗菜给大男人们做午饭，完了还要洗碗收拾，喂四只小野猫。酿酒时，几个老哥们也不开会，说几十年了都这么干的。的确无比默契，像他们得空时，坐拢来晒太阳打打牌一样默契，像和当地山民一样默契，敞着仓库，也从没人会来偷酒。

男人们洗好澡在小屋对面的大樟树下聊天，等吃饭。来不及洗澡的灵江叔先炖上排骨插上电饭煲，再起油锅炒菜。用的是泉水，吃的是自己种的大白菜、盘菜，还有从山下带上来的鸦片鱼头、钉螺、龙头鱼，还有老章特意去栈头码头买的刚下船的梭子蟹，喝的自然是自己酿的黄酒，一坛一坛码在屋脚，一直码到伊海伯的床头。

自称“吃饭第一”的伊海伯，已就着昨天中午剩的螃蟹脚喝上了。

十一点二十二分，背上仍汗气蒸腾的灵江叔冲着大樟树喊，吃饭啦！

窗台外的一只母猫和三只小野猫闻声喵喵叫了起来。

## 六

永青递给我半酒瓶盖子酒汗。70 度的酒汗。

舌尖被小小地辣了一下，从舌根到食道到胃，一股热流一路山呼海啸，如山里的日出，从初升到辉煌，只用了一秒，一秒后，人进入难以名状的仙境。

“酒汗”，酒的精华，煮酒时一根管子通到一个小陶缸里，酒蒸汽凝结而成。永青他们煮了一万瓶黄酒才积聚成一小瓶酒汗，度数很高。温州瑞安有专门做老酒汗的，在晚清时曾列为贡品，出酒量仅百分之一，闻之，清冽醇芳，喝之，口鼻生香，通筋活血、清心祛邪。

煮酒也叫煎酒、榨酒，还是这七个男人，“一条龙”。整个下午，整个山里村笼罩在浓郁的酒香里，直到傍晚时分，男人们坐车到山下，回家。

老章时常羡慕把日子过得“像蜜一样”的这帮老哥们，又恨他们啥都不着急。老章不做村长，做物流了，放不下酿酒坊，有时会过来转转，老章想在楚门和沙门菜场门口开个卖酒的店，把山村里的好酒和好山水一起分享给更多人。

做酒的男人们不关心老章的想法，也不关心环保的事、卖酒的事，那都是他一人操心，他有时觉得自己就是他们的保姆。这帮大男孩只管“一老一实”把酒做好，有时还不听他的，比如死活不肯加任何添加剂。伊海伯说他的手艺能保证把糯米自身的天然色素释放出来，他的酒，有世界上最漂亮的颜色。

老章走上斜坡，踏过大樟树覆在地上的影子，听见了永青的大嗓门，然后听见了男人们喧腾的笑声，正在老去的男人们，快活得像一群少年。

他想，日子不就应该这个样子的吗？

# 纸　上

## 会呼吸的纸

十月，霜降。

阳光从天窗倾泻而下，像一场金色的雨，落在富阳元书纸古法造纸第十三代传人朱中华身上。站在浙江图书馆地下一层古籍部金色的雨里，隔着一层玻璃，他看到另一些金色的雨，落在阅览区的仿古书柜和桌椅上。影影绰绰的光亮，清晰的咚咚咚的心跳，都仿佛来自另一个时空。

一双戴着白手套的手，将乾隆版《四库全书》中的一函徐徐打开，两百多年前的旧时光呼啸而来。两百多岁的书，新得跟婴儿一样，闪烁着玉石般的润泽。

鼻尖传来一缕熟悉的气息，是他已闻了四十八年的气息，空谷、阳光、雾气、溪流、毛竹的气息，一张竹纸的深呼吸。

朱中华手心发热，耳朵里嗡嗡作响，眼前飞速交叠着一些幻象——龟甲、青铜、竹简、丝帛……荒野中，一个无名氏从一张破竹帘上轻轻揭下一层被太阳晒干的纤维物，惊异地发现可以在上面写字……灯影下，一个叫蔡伦的男人，用树皮、麻头、破布、渔网等原料，挫、捣、抄、烘，成全了人类历史上第一张真正的纸……船一样的纸，承载着唐诗宋词书法绘画，悬浮在浩浩荡荡的时光之河……一千多年前的某个元日，北宋皇帝庙祭，风轻拂真宗手里的祭祀纸，散发着竹子的清香。这张从江南富阳跋涉千山万水抵达京都的元书纸，在风里舞蹈，召唤着祖先、神灵，以及大地上的一切……

“我能把手套脱了，用手摸一下吗？”

一段短暂的沉默。

“好。亲手摸过，说不定您真能把修复纸重新做出来。”

轻轻触及纸页的一刹那，食指中指和拇指指尖上传来丝绸般的凉滑，轻轻摩挲，则如婴儿的脸颊，细腻里又有一点点毛茸茸的凝滞。

“的确是清代最名贵的御用开化纸，洁白坚韧，光滑细密，精美绝伦。”

《四库全书》从修成至今已有两百余年，七部之中，文源阁本、文宗阁本和文汇阁本已荡然无存，只有文渊阁本、文津阁本、文溯阁本和文澜阁本传世，分别藏于台湾省、北京图书馆、甘肃省图书馆、浙江图书馆，其中文澜阁本屡经战火，后递经补抄，基本补齐，就是此时此刻眼前的这一部。然而，当年所用的开化纸，世上已经没有人能做得出一模一样的了。

可他觉得，这张消失在历史深处的纸离他无比的近，像他失散多年的一个亲人：是一个婴儿，也是一个饱经沧桑的老人。

"它离我不远，我会把元书纸做得像它一样好。我尽力。"

富阳大源镇朱家门村，逸古斋古法造纸坊。四十八岁的朱中华站在站了四十八年的纸槽前，听见隔壁传来淅淅沥沥捞纸的水声，回响了一千多年的水声。

"京都状元富阳纸，十件元书考进士"。曾经，富阳的山山水水里，镶嵌着无数手工纸槽。元书纸古称赤亭纸，是以当年生的嫩毛竹作原料，靠手工操造而成的毛笔书写用纸，主要产于浙江富阳，北宋真宗时期被选作御用文书纸。因皇帝元祭时用以书写祭文，故改称元书纸。又因大臣谢富春倾力扶持，又被称之为谢公纸或谢公笺。

朱中华家族中最辉煌的时期是抗战前，太公朱启绪拥有八个纸槽、五十个工人。而此时，曾经日夜回响着淅淅沥沥捞纸声的朱家门村，朱中华成了最后的、唯一的坚守古法造纸的人。

朱中华从裤袋里摸出一盒烟和一只打火机，点燃了一根烟。阳光从屋顶的塑料棚布间漏下来，将一个中年男人不高但很壮实的身影投到积水的地面上。深秋的寒意从脚底升起，他只穿着格子棉衬衣和单裤，却一点都不觉得冷，这几乎是他常年的衣着，砍竹、捞纸、晒纸、送货、谈生意，都这么穿。其实他最喜欢的是那套米色的唐装，穿起来站在纸堆里写字，很像一个文人，但他怕村里人“晕倒”，从来不穿出门。烟雾绕上他长着老茧的食指和中指，绕上鬓角的白发，绕上紧皱的浓眉，挡住了他看向纸槽的目光，如时常挡在他眼前的一个个“难”。

朱中华相信纸是会呼吸的，有生命的，甚至相信，纸是有灵魂的。据《天工开物》记载，从一根竹子到一张纸，要经过砍竹、断青、刮皮、断料、发酵、烧煮、打浆、捞纸、晒纸、切纸等七十二道工序，耗时整整十个月，像孕育一个胎儿。一张纸，从诞生的那一天起，便承载着生死悲欢，沧海桑田，那么重，那么痛，那么美，它怎么可能顽同木石？

朱中华所有的努力，就是想用竹子做出世界上最好的纸，让会呼吸的纸和纸上的生命留存一千年、一千零一年、更多年。

可是，很难。如今的人们，往往只关注纸上的字，关注是谁的画谁的印章，是否有名，有谁真正注意过一张纸本身，它来自哪里？如何制造的？能活多少年？谁在担心一张纸会永远消逝，一门古老的手艺将无人传承，一种珍贵的精神将永远绝迹？

如果一张元书纸开口说话，它发出的声音，一定是水的声音，水声里，是比古井更深的寂寞。

《四库全书》的触觉还在指尖萦绕，他掐灭烟，将双手慢慢伸进纸槽，看到遗失在时光深处的老精魂，在纸浆水里渐渐醒来。

## 一些竹和另一些竹

五月，小满。

穿过荒草的时候，九岁的朱中华和双胞胎弟弟朱中民同时瞄见了三颗鲜红欲滴的覆盆子躲在一棵毛竹的根部。覆盆子的鲜甜同时抵达两个男孩的舌尖时，他们听到了小满节气后父亲的第一声砍竹声。

当当当当当……

一共十刀。

唰啦啦唰啦啦……

一小片天空被毛竹梢搅动了几下，随着一棵毛竹慢慢倾斜、倒下，一小片天空就大出了一点点，这预示着一棵毛竹在天空中消失，投胎到大地上做了一张纸。毛竹倒下时伸出绿色的手，和其他依然挺立的家人说珍重，然后嗙嗙嗙投入了山涧——朱中华的父亲和伙计们早已铺设好的竹道上。

“斩竹漂塘”是《天工开物》中古法造纸的第一步。芒种前后上山砍竹，每根竹子截成五到七尺长，然后就地开挖水塘，将竹段在水里浸一百天，取出时用力捶洗、软化。竹子与木材造出来的纸张，最根本的不同是，木材纤维中的木质素会氧化，纸张会泛黄，添加酸剂则更严重，而竹纸纤维密实，薄如蝉翼，柔如纺绸，易着墨不渗染，写字则骨神兼备，作画则神采飞扬，耐贮藏不招虫，这些特性，使竹纸成为纸中上品，得誉“纸中君子”“千年寿纸”，是文人墨客的最爱。

小满前三天，九岁的朱中华兄弟穿着蓑衣戴着斗笠，看见父亲不高但很壮实的身影穿过细密的雨丝，很快消失在一大片绿色的寂静里。父亲同样穿着蓑衣戴着斗笠，脚上是草鞋，绑腿的布袜是母亲用厚实的布条子细细缝制的，防止荆棘和蛇虫。

古老的造纸图谱上，砍竹人都是壮年男子。砍竹是有诀窍的。

有经验的砍竹人，要提前看山势，为毛竹快速顺势下山找好一条路，用几根老毛竹铺在坡上，方便竹子滑动。砍竹时，第一，要找那种竹梢刚冒出笋头的嫩竹，如果青叶都长出来了，竹子就老了，胶质包浆少，纸的紧密度就不够；第二，砍竹时，每一刀都要均匀，竹根要砍平整，硬纤维都要砍断，否则刮竹皮的人是要骂人的，不仅要花工夫清理，还会伤手；第三，要让竹子往一个方向倒，方便集堆打件；第四，打件时，要仔细，上面一人砍，下面一人将三四根竹梢头捆在一起拖向山脚，如果打不好，竹子滑到中途就散掉了。

矮矮壮壮的父亲放下砍竹刀，走到溪边，双手掬起溪水喝了几口，抹了把脸，向山脚张望了一眼。晌午到了，该是女人们送饭上山的时辰了。从小满到夏至一个月左右的时间，无论阴晴，朱家门村的后山上一直会回荡着当当当当的砍竹声。一个月里，父亲身上没有一天是干的，或被雨水淋湿，或被汗水浸透。家里穷，只有两套衣服，夜里等炭火烘干，第二天接着穿。

覆盆子的酸甜里，朱中华兄弟年年跟在父亲身后做小帮手，但没有想到，父亲当当当的砍竹声在他们十二岁那年戛然而止——在一场农事中，父亲不幸触电，留下妻儿撒手人寰。

十六岁，兄弟俩师从二伯做纸。从此，村里人说起双胞胎兄弟，眼前会浮现日夜穿梭在造纸坊的壮实身影，还有两双一模一样的、黑亮的、忧郁的大眼睛。

十九岁，兄弟俩一个人砍了一万斤竹子，自己刮皮，自己做纸，借用别人家的纸槽、晒纸房，做出了属于他们自己的第一批纸。

多年后，朱中华陪同中国科技大学专家考察浙江民间手工造纸时，在温州泰顺一个很深的山坳里，突然看到了年轻时的自己——那个和他同龄的造纸人，一个人砍竹，一个人刮皮，一个人捞纸，一个人烘纸，所有的工序都只有他一个人在做。空山寂静，朱中华站在远处点起了一棵烟，静静看着夕阳下那个弯腰捞纸的剪影，眼眶渐渐湿了。

“老哥们，多吃点酒，多吃点酒！”

大年初一，堆满元书纸的厅堂中央，摆了一张圆桌，圆桌上堆满丰盛的菜肴。一桌年纪与他相仿的砍竹人围桌而坐。朱中华线条圆润的国字脸上堆满了笑意，一手香烟，一手一碗自家酿的葡萄酒，一扬脖，酒碗就空了。春寒料峭，他仍然只穿着格子棉布衬衣。

如果朱中华是海底的拳击蟹，这些人就是被他牢牢“抓”在手里当拳头用的海葵，是砍竹、刮皮的伙计，也是几十年的兄弟。

从小满到夏至一个月左右的时间，无论阴晴，朱家门村的后山上一直会回荡着当当当当的砍竹声。

摄影：王开

农历新年的第一场酒，只是个起头，一年里要请他们好多次，过年吃一次，开工吃一次，上山前吃一次，上山后天天吃，家里做好酒菜，碗筷酒盅全套备好连同一人三包香烟，一拨送到山上，一拨送到山脚。

朱中华脸上的笑，是真诚的，心里却是酸的。此时，在他左手边吆喝着划拳的四个同村兄弟，是从小一起长大的，说是来挣钱，其实是来帮他。砍竹的壮年人越来越难找了，兄弟们也都年已半百,一人一天只能砍一两千斤。而技术性更强的捞纸、晒纸，会做的人更少了，工人工资越来越高，人越来越难找。也有年轻人想来当徒弟，过来一看，村里别人家都造了高楼别墅，朱中华兄弟俩还住着旧楼房，觉得没啥前途，说“再说再说”，就再也不见踪影了。再过几年，恐怕连给竹子刮皮的人都请不到了。

一场酒接着一场雨，第一场春雨后，头一茬新笋一冒头，朱中华就得挨家挨户找人了。嫩竹越来越少，有的竹林长久没人打理，春天一来，笋就被挖掉了，能长成嫩竹的寥寥无几，同样面积的竹林，能用的嫩竹只有从前的十分之一。有的竹林主人以为朱中华挣大钱了，便不肯按平常价格卖给他。

求人，全是求人。

有什么办法吗？有。降低要求，批量生产，成本就少了，钱就能多赚一点。可是,怎么能眼睁睁把会呼吸的纸做成死的纸呢?不行，要做，就做最好的纸。

2017 年小满前三天，朱家门村后的山里，又一次响起了砍竹子的当当声，又有一些竹子，将带着一种使命滑向山脚，如同多年前双胞胎兄弟曾经采摘覆盆子的那棵竹，只剩下一截短短的竹根。再过一个月，山谷会安静下来，更多新鲜的断竹根会和它不远处很多枯黄的断竹根一样，在竹节里盛上一场雨，映入整个天空和竹林，像一只只深情凝望的眼睛。

一棵竹，在一个个深情凝望里，经过整整十个月的孕育，将以一张元书纸的生命形态重新启程。洁白的纸上，会长出一轮一轮的年轮，在许多生命无法抵达的时空里，继续延绵一千年，一千零一年，更多年。

## 酿一坛酒

江南的大寒节气，通常并不像这两个字眼那么凛冽，然而，假如冷空气从北方长驱直下，到了夜深人静时，隆冬就会在每一个村口提前降临。

都睡了，连狗吠声都已潜到夜的深黑处，而一场三个人的煮料大战正如火如荼。

朱家门村石桥下，二十五岁的书画专业硕士生朱起航双手紧紧抓着破裂的橡胶水管，感觉到十个脚趾正传来一阵阵刺痛。从煮料皮镬里抽出来的水不时从破裂的水管里喷出来，已将他一身运动服浇透，灌满了球鞋，在寒冷里开始结冰。他的平头短发上停满了水珠，像一丛雨后的剑麻，白皙瘦削的脸上，是比脸色更白的嘴唇，一对黑色的眸子在黑夜里闪闪发亮。每一秒，他都想将水管扔掉，飞奔回家冲到热水龙头下。可是，不知为什么，水管像长在了手上。

他咬了咬嘴唇，一声不响，就像平时跟伯父朱中华学捞纸、晒纸时一样。

《天工开物》中制竹纸的第二个步骤是“煮楻足火”。将竹料去皮，拌入碱性的石灰水，发酵后，一捆捆码在巨大的锅中，足足六层，蒸煮八个昼夜，除去木质素、树胶、树脂等杂质后，放入清水中漂洗，再浸石灰水，再蒸煮，如此反复进行十几天，直到竹纤维逐渐溶解。

在伯父朱中华眼里，纸质的根本不同，就在这发酵和煮料里。

“酿酒”，是伯父常用的一个关键词。像做酒一样，古法造纸也有极高的科技含量，比如烤竹料时，温度不超过九十度，要花三天三夜慢慢烤熟。发酵时，需天时地利，更需虔诚之心，就像小时候，奶奶只准他将耳朵贴在酒缸外听，不能出声，不能惊动酒神。

他常看到水汽弥漫的竹料池边，伯父掀开一层层塑料薄膜，满脸喜色地掰开一团竹料，抽出一瓣竹片，在阳光下举起——一团洁白的、毛茸茸的菌丝，慢慢舒展开身子，像一个婴儿第一次舒展手脚。他说，这就是纸的胚胎，纸的精灵。

他看菌丝的眼神，像看一个襁褓中的婴儿，比看他这个侄儿，看他在外地读书的两个亲儿子的眼神更加温柔。

“玉化”，是伯父形容一张手工元书纸生命过程的另一个关键词。机器做的纸和手工做的纸，到底哪里不同呢？机器造纸，没有经过石灰水的浸泡，是不含钙的，而手工竹纸经过石灰水浸泡，纸浆用手工一下一下打出来，使得纤维帚化，产生叉状的不规则花纹，形成活性状态的碳酸钙，于是，一张纸便会呼吸，便会产生光泽，一个生命体就活了。而机器是造不出这样的纸的。“纸寿千年”说的就是手工纸。

伯父说，一粒捞纸房的灰尘里，就有一万个生命体、一万个宇宙，一门古老的技艺里，有难以言传的玄妙。越钻进去，他就越觉得自己能力有限。可是，“就算只能做两刀纸，也得用完整的古法技艺做出来！”

伯父对朱起航说这些话时，有时正蹚在溪水里翻洗竹料，有时正挥汗如雨地斫着竹料，有时就站在大雨里一捆捆码竹料，有时在纸槽前捞纸，有时正往炉火里扔一块柴。

水抽完了，朱起航抬起冻得发麻的双脚，跳进了两米多深的皮镬，像跳进一口井，抬头看见了一个浑圆的天空，天空中出现一双手，捧夹着一捆竹料向他递过来。仰头，伸臂，接料，弯腰，码料，如此反复，整整五层，一层五十三捆或五十七捆，要先盘算好，一圈一圈码紧，否则煮的时候会散掉。两个伙计递料，他码料，要一整个半天近五个小时。腰、手臂开始痛的时候，朱起航忘记了脚上的痛，也忘记了自己还是个大学生。

皮镬下第一朵火焰蹿上锅底时，朱起航像被这个寒夜唯一的暖意舔了一下。煮料的火是要持续的，先烧六个小时才能将水烧开，这六个小时里，人不能离开，要弓着腰不停地往炉里添柴。

伯父让他守的这团火，曾经熄灭了整整一年。

原材料不够、人手不够、经费不足、了解手工竹纸的人太少、市场太小，都是朱中华的一个个“难”。一年忙到头，产出的手工竹纸只有五百刀、五万张左右。

六年前的初夏，朱中华天天淋雨砍竹子，终于病倒了。在医院躺了一个月，再次回到朱家门村，朱中华的脚步在捞纸房前犹豫了片刻，转身往家里走。家在一个斜坡上，平生第一次，他觉得脚步被什么扯住了，很重很重，把心都扯空了，走几步便停下来，手撑着腰大喘几口气。太难了，太累了，算了，不做了。

那一年，朱中华总觉得自己的耳朵出了什么问题，夜深人静时，耳边会响起一些声音：当当当当、唰啦啦唰啦啦、叮叮咚咚、淅沥沥淅沥沥……暗夜里坐起，点燃一根烟，没有一丝风，长长的烟灰会突然断落，他想，那些声音是真的来过。

一年后，在一家光线暗淡的素食馆里，一个比朱中华小五岁的兰溪男人坐到了他面前。两个人吃了简单的素食，喝了很多茶。朱中华聊纸、聊茶，兰溪人聊文房四宝，聊自己白手起家的事业，谁也没有提“帮”这个字。

朱中华说，我的祖宗用了一千年的时间，才将火烧纸变成文化纸，却从我手里断送了，我也不想，但真的做不下去了。

兰溪人说，我从小喜爱文房四宝。一幅字画能传得久远，首先纸要好，但现在多少古字画都只有摹本了，太可惜了。文化是要靠实物传承的，比如纸，比如建筑，假如我造的房子，最多只能存活一百年，那我岂不是罪人？

“请您继续做下去吧。”兰溪人说。

不久，这个从来没有说过一个“帮”字的兰溪人，将一笔经费打过来，定制一大批元书纸。此后，他们每次见面依然淡淡的，并不亲近，但朱中华觉得生命里多了一个兄弟。

弟弟朱中民从南京打来电话，说:“中华，经费有困难，我来。找人有困难，我把儿子起航交给你！”

砍竹声再一次在朱家门村后山响起。

又有一天，来了另一个外乡人。中国科技大学历时九年调研中国传统造纸术的汤院长，让朱中华又一次深切感到“高山流水”遇知音的幸福。在浙江几十个纸种的调研中，朱中华免费给他当司机、翻译，车开了四万公里。他循着那些叶脉一样的公路，慢慢触摸到了古人留在大地上的根，找到了造纸术百变不离其宗的奥秘。而汤院长在他眼里，是老师，亦是兄长。

在朱中华最为艰难的日子里，支撑他的，还有一帮意想不到的“兄弟”。一个秋天的下午，他自己设计的晒纸用的烘缸从外地运到了村里，三千多斤的钢板，从路口运到老房子里，有五十多米的距离，需要在地上垫四根钢管当滚轮用，几个人分别扶着烘缸两边，其余的人在后面往前推进。这是一项很危险的活，如果用力不均，三千多斤的钢板便会倾斜，砸到人，以前出过这种事。那天朱中华叫了六个伙计一起，心里有点担心人手不够，但还能叫谁呢？烘缸从拖拉机卸下时，令他终生难忘的一幕发生了：正在村口闲聊着的同村人，呼啦啦一下子拥了过来，有七十多岁的老人，有二十多岁的小伙，一共十五个人，都过来相帮了。两个老哥经验丰富，在前后指挥，其余的都卷起袖子，六个人在两边扶，七八个人在后面推。这些人，平时跟他并不亲近，好像有时还能感觉到他们目光里的鄙夷。五十多米的路，烘缸艰难地挪动着，朱中华感到眼眶一阵一阵发热。

烘缸安放好了，朱中华招呼大家留下来吃饭。他们摇摇头笑笑，说，不用，你忙。

水终于开了，朱起航感觉特别饿，从柴火堆里扒拉出一块烤红薯。火光映照着袅袅的白气和红薯瓤的美丽纹理，让他想起儿时记忆里一张最美丽的纸——堆满元书纸的堂屋前，两个长得一模一样的双胞胎兄弟，同时将手里燃着的香烟搁到了烟灰缸上，四只长满老茧的大手，一起徐徐铺开了一张大纸，竹纸晶莹剔透，薄如蝉翼，纸下的图案一清二楚，而纸的表面在窗口透进来的微光中，闪烁着玉石般的光泽。

“这张纸起码有四十多岁了，当年有人临摹《兰亭集序》，用的就是这类纸。”伯父朱中华说着，将鼻子凑到离纸一厘米的地方，深深吸了口气。

“我能做出来。”父亲朱中民说着，也将鼻子凑到离纸一厘米的地方，深深吸了口气。

他们嗅着纸，像两个犯了烟瘾的老烟枪。

他们谈论纸，如同在酒桌上谈论一坛刚刚启封的陈年佳酿。

## 水 在 滴

冬至。有两种水声。

中午十一点半，人走空了，都吃饭去了，捞纸房像被突然摁进了寂静的井底。

泥地上站着一些正方形的阳光，是从木窗跳进来的；捞纸架的枯毛竹上，站着一些细碎的阳光，是从顶棚的瓦片间跳下来的；还有一束光柱从两扇旧木门间挤进来，浮沉着几粒灰尘。冬日的阳光意图明显，想驱逐捞纸房的阴冷，却将原本幽暗的东西衬托得更加幽暗。

六十岁的捞纸师傅徐洪金回家吃饭去了，出门时，遇到了八十三岁的老捞纸师傅，高声交谈了几句。

侬好哦?

阿拉蛮好个。

老师傅早已不再捞纸，徐师傅便成了作坊里年纪最大的捞纸师傅了，也是最瘦的捞纸师傅。他个子很高，进出低矮的捞纸房，不低头的话好像会碰着门框。因常年在纸坊里劳作，他看上去与常年在地里干活的农人们的肤色截然不同，哪怕喝一口酒，也会看得出脸红。他灰白的头发软软地紧贴在头上，像常年不见太阳有点缺钙。

四十五年来，除了过年放假，朱家门村的田埂上每天清晨五点钟就会出现徐师傅高高瘦瘦、有点飘忽的身影。中午十一二点，田埂上又会出现他急急赶路的身影，腰间通常还戴着围裙，听得到他跟人打招呼的声音，呵呵呵的笑声有一点点尖细。傍晚七点，田埂上会再次出现他的身影，相比清晨，干了一天的活后，他的步子明显慢了，腰板似乎也驼了一点。

有两种水声，在午后空旷的寂静里，缠绕，回响。

第一种，滴答，滴答，滴答……如秒针，不急不慢，不变的节奏和密度，这是榨纸声——徐师傅上午做的几百张湿纸抄在杉木仝板上，摞成一尺多高、质地如年糕的湿纸垛，用千斤顶压上去，把水榨出来，半干的纸在晒纸房里经过晒纸的工序，就成为一张真正的元书纸。

此时，水顺着纸垛边缘滴下来，滴在铺在底下的竹帘上，迅速汇集在竹帘的四角，滴落在青石板上。滴答，滴答，滴答……让人想起赤脚踏在青石板上的脚步，想起南方屋檐下慵懒的雨滴，想起小满时节前三天的山林，嫩竹拔节，万物萌动。

雨滴在每一棵竹子的头上，被它们吮吸进身体，满山的嫩竹——元书纸的前世——的身体里便流动着雾岚的气息，草木的幽香，覆盆子的酸甜，笋的鲜涩，流动着砍竹的当当声，竹子顺着坡道滑到山脚的哗哗声，杀青的唰唰声，砍竹人的咳嗽声，路过的山民呼出的烟草味，他或她的汗味，饭菜的味道，家的味道，年的味道……一棵竹，裹着整个山林的日月精气，一张元书纸的胚胎，在滴答声中渐渐成形。

另一种水声，是流水声，像婴儿的呼吸那么细弱，又像婴儿的哭声那么清亮。它来自幽暗的捞纸房某个更幽暗的角落，那里蹲着一只装满纸浆的槽缸，水从槽缸里溢出来，无声地淌过发亮的棕黑色缸沿，匍匐进地面，匍匐进比地面更低的某个通向屋外的暗沟或缝隙，几近难以察觉的流水声，被午后无边的寂静扩大了。水声泠泠，像由远及近的银铃声从云霄洒落大地。

这两种水声，在此地，这个叫朱家门村的地方，已经回响了一千多年，也许更久远，春去冬来，世事更替，水声从未停息。改变的，是水声渐渐从繁密到稀疏，到朱中华深深忧虑的再也听不见。

此时，在朱家门村的另一头，徐师傅端起了饭碗，用那双在纸浆水里浸泡了四十五年的手。他的手掌比白纸更白，已看不出掌纹和指纹，老茧连着老茧，有些地方已经开裂，又被纸浆水浸泡得更白。这双手，放进发酵捣烂的竹纸浆里，不细看根本分辨不出来。

已经不痛了，但很怕冷。数九寒天时，一天十几个小时，在结冰的纸浆水里进进出出，冷到骨头里的冷。

冷了，就往电饭煲热水里蘸一下，暖和一下再做。冻得实在受不了，就到晒纸房里躲一躲，再做。

痛的是肩膀、腰。一站十多个小时，一抬臂二十公斤，一天几百上千次。捞纸得用巧劲，抄得轻，纸太薄，抄得太重，纸又会嫌厚。每一张纸，重量误差不超过几克，要有手法、经验和耐心、细心、用心。

痛，得忍着。小时候，家里穷，要吃饭，得忍着。如今，老

他手持纸帘浸入水浆，纸帘随手腕晃动，使浆液匀开，

慢慢向前倾斜，晃出多余的水浆，那层浆膜就是一页纸。

摄影：刘晓月

伴生了癌，一只腿一直肿着，走不了路，看病钱要靠自己挣，更得忍着。想好了，忍到六十五岁，就不做了，真的做不动了。

有一些阳光在吱呀一声里改变了形状。捞纸房的门被推开了，徐师傅回来了。中午又喝了一点小酒，苍白的脸色微微泛红，透着与阳光质地相似的温暖。

“摇头晃脑”的下午开始了。刚才缠绕回响着的两种水声迅速遁迹，代之以一些更清晰明亮的声音——淅淅沥沥、叮叮咚咚的滤水声，竹架子的咿呀声，一个老男人偶尔的咳嗽声。

“摇头晃脑”是每个上年纪的捞纸师傅的习惯，自古以来，纸乡的捞纸房都是敞着的，一个个捞纸师傅一边摇头晃脑捞纸，一边和路过的人打招呼，说笑话。《天工开物》记载的“荡料入帘”就是捞纸。

他手持纸帘浸入水浆，纸帘随手腕晃动，使浆液匀开，慢慢向前倾斜，晃出多余的水浆，那层浆膜就是一页纸。随着倾斜、上提、放纸、揭帘……这些动作的起承、转合，他低头、转头至右边又转到左边，然后点头、抬头，一气呵成。纸帘提拉出水的最后一下，他的头点得很快，像在用劲儿，又像在对自己说，对，对，对。

午后的捞纸房，淅淅沥沥叮叮咚咚的水声是唯一的声音。他喜欢安静，连收音机都不愿意听。

他并不关心纸是不是有生命，是不是有灵魂，他听不懂回归、传承、玉化、情怀这些字眼，他不知道那些纸去往何处，纸上会被写下或画下什么，哪怕是一个沉重的嘱托，一张生死状，一个孩子的梦想，或是一个罪人的忏悔……“做生活，不管喜欢不喜欢做，总归要好好做。”这“生活”关系他一天有多少收入，关系老伴的药费，他的小酒小菜，他们平淡无奇却无比重要的日常，更关系到心里安与不安。

偶尔，他也会想，接替他操起这张竹帘的会是谁？他没有徒弟，年轻人都不学这个了。自己两个儿子不愿意学，做了别的事，收入不高，能自己养自己，他也不愿意带他们，太苦了。

刚才，穿过村庄回捞纸房时，他碰到了一群人，一个在外地做生意回家过冬至的邻居，叼着烟，眉飞色舞地说着在新马泰旅游的事。邻居以前也做纸，后来和村里大多数人一样，出去挣钱了，再也不碰纸了。徐师傅与他们擦身而过时，听到了“泰国人妖”和一阵哄笑。他一点也不羡慕，因为他和老伴一起去过普陀山，还去过杭州的灵隐。

他呵呵呵笑了几声，头也不回走上了通往捞纸房的田埂，重新将自己安放进淅淅沥沥叮叮咚咚的水声里，感觉世界又回到了他喜欢的样子。

## 铁熇弄孵出的爱情

那时候，晒纸不叫晒纸，叫烘纸。

那时候，晒纸房叫铁熇弄、熇弄。

那时候，他十六岁，她十五岁。

熇，是富阳土话，用火烘干的意思，铁熇弄也就是烘房，专门用来烘干手工竹纸的房子，格局狭小，称为“弄”。外墙用砖头垒砌而成，中间夹缝里是一个巨大的烧火灶，房里安放一道几十米长的焙壁——长方形的盛满水的铁柜，俗称烘缸。柴火日夜燃烧，一百度的水温传递到烘缸上，晒纸人将半干的湿纸从板上“牵”下来，托到烘缸壁上，用毛刷横竖刷扫，十来秒钟后，将烘干的纸揭下来，便是一张元书纸。

那是一个奇怪的洞天，常年没有冷暖，常年弥漫着水蒸气、纸的味道、汗的味道。那又是一个热闹非凡的社交场所。那时候，生产队集中做纸晒纸，村里老老小小不到天大冷就过来烤火取暖，其实为了聊天凑热闹。早晨，田埂上便排着队过来一个个拎着手炉捡炭火的孩子们，有了手炉，在学校读书时手就不冷了。

焐弄外，柴火终日噼啪作响，焐弄内，欢声笑语比水蒸气更热腾，烘出了纸，也烘出了姑娘小伙水润的肌肤，筋道的骨骼，以及爱情。

多年前一个春天的清晨，朱家门村造纸世家后人、十五岁的晒纸姑娘美容走进了离家仅三百米的焐弄，看见了一个猫一样敏捷的身影。晨光从天窗漏下来，照见他紧抿的唇、黑亮的眼睛，他赤裸着壮实的上身，汗水在他黝黑的皮肤上闪闪发亮。他用木制的“鹅榔头”在压干的纸筒上横竖各划了几下，被压实的纸便发松了。他用食指和拇指撮住纸叠右上角捻了一捻，使纸角微微翘起，再鼓起嘴轻轻一吹，粘在一起的湿纸便张张分开了。然后，他揭起一张湿纸，一手托着，一手连同晒帚垫着，迅速托到了烘缸壁前，将纸贴了上去，随之右手里的晒帚快速将纸张刷平实，又回转身去牵纸……后两张纸刷上去后，第一张纸也干了，他转身将纸揭下，轻轻放在一叠新纸上。

他的一牵、一托、一刷、一揭，轻盈迅捷，一气呵成。

美容的祖辈都是做纸的，父亲手艺高超，远近闻名，从小跟着大人在纸槽间出没的美容，早就潜移默化无师自通。“透火焙干”是《天工开物》中竹纸造法主要步骤里的第五个。一般人揭纸就要学整整三年。父亲说，牵纸时，动作要轻巧柔和，不使硬力，否则半湿的纸会破。刷纸、揭纸一定要快捷，稍慢一点的话，纸就煳了。晒纸看起来简单，其实是个“巧活”。

这个熟悉的身姿，不能说已炉火纯青，但在生产队的年轻人里，已经算学得精到的了。

当他停下来，端起水碗喝水，她轻轻走了上去，接过了他——朱中华手里的纸刷。他刚才晒的那一堆湿纸，是废纸，是拿来练手的。

十六岁跟师傅学做纸的朱中华兄弟，是村里最能吃苦的人。生产队里共十六七个年轻人，分成了四组，天天在焙弄里学晒纸，但每一组分到的时间只有三个半小时，朱中华像一枚针一样，哪里有空就插到哪里。

不知几时起，蒸汽弥漫的晒纸房里，人群在朱中华眼里渐渐模糊，视线里只剩下一个个子小小的仙女，红润的圆脸，被蒸汽熏得湿湿的眉睫，嘴角往上弯起，不爱说话，总是羞涩安静的模样。她轻轻接过他手里的纸刷开始“轻歌曼舞”，当然并没有歌声，但他在心里听到了，并且，他觉得这个歌声是暖的，这份暖，一直绵延他凄冷的梦里。

不知道从哪天起，她在哪里，他就会在哪里。一个烘纸一个揭纸，指尖会相碰，目光会相撞，几年后，他们成了一家。

成了一家的人，远远不止他们两个，村里几乎所有年轻人的罗曼史，都是从焰弄开始的，热气腾腾的烘纸房，像一个孵蛋器，孵出了一个个造纸人家。然而，三十年后，这些夫妻里，只剩下他们俩的身影还在焰弄里忙碌。

有一些阳光钻进了密不透风的晒纸房，美容轻轻牵起一大张半干的元书纸，往一百摄氏度的壁上贴。贴纸，刷纸，揭纸，旋转腾挪，曼妙如蛇舞。她手上的每一张纸，都来自五百米外的捞纸房。隔了五百米，她仍能听见丈夫朱中华捞纸时淅淅沥沥叮叮咚咚的水声。真热啊，真累啊，恨不得像一滴汗水一样落到地上就彻底躺下来。她咬咬牙想，我晒的每一张纸，都是他捞的，他捞的！

五百米外，朱中华把快要冻僵的手伸进电饭煲的热水，白色的热气里，浮现了妻子忧伤的面容。她的笑依然很好看，嘴角弯弯的，露出半截雪白的牙齿，她晒纸的“舞姿”也很好看，她的声音也很好听。从前每晚临睡前，她会轻轻告诉他，今天的纸厚了或是薄了，还会跟他说，今天儿子乖了，或是调皮了……如今，曾经红润的脸，在和从前一样的光线下，却透着疲惫。她看纸的眼神，不再和他一样像看一个孩子，而是透着深深的厌倦。寂静的午后，小土狗趴在浆槽边发出了梦呓，汽车车轮声在门外沙沙碾过。隔了五百米，他听见晒纸房里妻子汗水滴落的声音，滴答滴答，空洞的回音，像一个甜蜜而忧伤的入口。

千百年来，富春江千帆过尽，船到大源镇，便能见芦苇丛中纸槽如花朵般遍地绽放。风吹皱了江水，吹走了那些花朵，也吹老了两个做纸的少年。工人可以说走就走，他俩没法走。工人多少能赚得到钱，但老板赚不到钱。他知道她心里一天都不想干了，却从来不埋怨他一句。

年关近了，她淡淡说了一句："又要借钱过年了。"

要做最好的纸，就得提升，还要去研修、调研，要自己设计制造热量更均匀的电热烘缸，烘出更薄更好的元书纸，都得花钱。

小满近了。朱中华五月十五号要去参加北京的一个研修班，而十六号就要开始砍竹子了，怎么办呢？

她又淡淡地说了一句："放心去吧。"

朱中华是放心的。千里之外的课堂上，他像个小学生一样端坐在第一排。五月的微风从窗外经过，绿影婆娑中他听见了朱家门村后山响起的当当声，看见妻子喘着粗气爬上山坡，笑意盈盈地给兄弟们端上一碗碗亲手做的热饭菜、一杯杯自家酿的葡萄酒。汗水像雨水一样在她通红的脸上流淌，湿透的头发像湿帽子服服帖帖扣在头上，十几根被她拔掉又新长的白发像刺一样迎风而立……

他听见老教授在说，看人和看纸是一样的，不能光用眼睛，要用时间和心。

## 纸 孩 子

一岁，他静静站在纸槽边的木站桶里，父亲捞纸的水声淅淅沥沥,异常单调,是他的催眠曲。醒着的时候,看见人来,无论是谁，他都会哭着伸出双手要抱抱。父亲捞纸，没空抱他，母亲在别处晒纸，也没空抱他。

两岁，冬夜的焙弄温暖如春，他静静坐在纸堆里看母亲晒纸，看着看着，就蜷在纸堆里睡着了。醒来的时候，天已经亮了，母亲还在晒纸。

三岁，父亲常常抱起他，往湿纸垛的榨水板上一放，又顾自捞纸去了。他静静坐在上面不敢动，因为，他是一只压水的“千斤顶”。

六岁，夏日的焙弄像个火炉，可他不愿离开母亲。母亲就派他回家拿冰箱里的饮料，叮嘱他，到家后先喝一瓶，只能喝一瓶，要慢慢喝，不能喝坏肚子。

八岁，他和奶奶睡在老房子二楼的木雕床上。夜很静，他也很静。黑暗中，他睁着和父亲伯父一模一样的黑亮的大眼睛，想念着在南京建筑工地上奔波的父亲母亲，默默流泪，但他不哭出声。他是纸堆里长大的孩子，像纸一样安静的孩子。

此时此刻，父亲伸出手，将铺在湿纸上的纸竹帘抚摸了一下，又一下，很轻，像抚摸一个哭了一夜的湿漉漉的孩子。轻的程度，让朱起航觉得，他不是用手，而是用指肚上的老茧在抚摸。

“一晚上没做了，摸一摸，让它先醒来，它才有感觉。”

这是正月初一的清晨，二十五岁的朱起航跟在父亲朱中民后面走进了捞纸房。他将双手插进结了一层薄冰的纸浆水里，狠狠打了个喷嚏，但有一股暖意在他身后一米的地方，正通过零度的空气一直传递到他胸口。身后一米处，是大年二十七从南京赶回来过年的父亲。从赶回来那天到此刻，除了家里，父亲哪儿也没去，一直在老房子里做纸。此时，朱起航回头看到父亲像抚摸一个孩子一样，正抚摸着竹帘，忽然有点恍惚，朱中华、朱中民哪个更像他父亲？长得太像了，站在纸槽前的一举一动都像。一模一样的两双手，一沾上纸，就仿佛通灵一般。

和朱中华一样，双胞胎弟弟朱中民从十六岁起开始学做纸。

揭纸揭了两年，再学捞纸、晒纸，还跟着师傅学做竹家具。那时候的他，每一天都是焦虑的，不知道自己手艺如何，担心自己做得不如别人好。十八岁那年，二伯父把他叫过去说，从现在开始，家里纸槽做的一半纸给他烘。他惊住了，因为二伯家是村里做纸规模最大的。三年后，村里最好的捞纸师傅说，他捞的纸都让他烘，工钱一天三十元，而那时木工的工资一天只有两元。他知道自己并不是最好的，却是最认真的。那一刻起，他感觉到从骨子里透出来的自豪，也从骨子里爱上了做纸。

然而，那么爱，还是放手了。为什么呢？可以说为了生计，为了看看外面的世界，或许也为了一份虚荣，也或许，是为了能给“一意孤行”的哥哥一句踏实话：“中华，有啥困难，我来。”

年关将近，一踏进村口，朱中民的双脚就会不由自主被通往纸槽的小路牵引着，小路认得他的脚步，但纸槽纸帘不认得他的手了。这双手捞起来的纸，连家里人都不愿意晒。十几年来，每个春节回家，他都想与“纸情人”鸳梦重温。但亲朋们来来往往吃吃喝喝，它们仍然不认他的手。今年春节前，朱中华说，过年了，工人们都放假了，有几种特别难做的纸，怕是赶不出来了。朱中民便对哥哥说，中华，不急，今年春节，我闭门谢客，帮你赶出来。

前三天，做的纸全是废纸。三天里，睡觉时手和脚都没地方放，特别的痛。一个个被疼痛叫醒的深夜里，他想，在城市待了多年，自己真的退化了，不能这样下去了，他得“回来”。

三天后的正月初一清晨，当他从结冰的纸浆水里捞起第一张纸，忽然感觉有如神助。大嫂美容扫了一眼纸，笑说，这回总算好了，可以烘了！

更让他暗暗高兴的是，跟着朱中华学了三年做纸的儿子起航，学起来比他年轻时还主动。他总是那么安静，不，是安详，他触碰纸，像触碰佛祖一样恭敬。

触碰纸，像触碰佛祖一样恭敬，像触碰婴儿一样小心。在朱起航心里，每一卷元书纸，都是儿时最亲的人。

自父母去南京后，他便跟着伯伯伯母过日子，他们将他与两个亲儿子一样看待。老大朱起杨只比朱起航大两个月，三兄弟睡在一起，吃在一起，玩在一起，每一道做纸工序都学过一点。但父母远离的日子里，常常独自躲到库房里与纸为伴的男孩，与纸结下了一种奇妙的缘分，多年后，朱中华的两个儿子都去了省外读书工作，反而是侄子朱起航攻读书法美术专业，并一直跟着他学做纸。

一个同学来家体验做纸，做了不到一天就跑了，说太枯燥、太寂寞了。起航想，寂寞吗？没觉得啊，只觉得心里很安定，抚摸着纸，很亲。

一个同学来跟他上山砍竹子，从山上扛了一根竹子下来，就再也扛不动第二根竹子了，说，太累了。起航想，累吗？是挺累，但可以坚持啊，砍竹子，扛竹子，刮竹皮，从早到晚，一天，又一天，又一天，就习惯了。

“划船桨”，是伙计们给他起的外号，意思是什么都会什么都能搭把手，就像麻将里的财神爷，也像万金油，但还没法单飞。

一辈子待在村里做纸，是我要的人生吗？朱起航有点纠结。无疑，伯父是个有情怀的人，但朱起航觉得自己比他现实——如果继续做纸，就必须先解决生存问题，才谈得上理想、精神。如果像伯父那么难，我能坚持吗？

仿佛是天意，一段话、一只陶罐，来到他的生命里。一个叫苏艳的南京画家朋友请他用元书纸写一段话，放进她自己做的陶罐里送给顾客。她是一个完全按照自己想法制作陶罐的人，成品中，只有百分之七八是好的，其他都是废品。她发来的话是这样的：

> “横溪建柴窑已有两载，取名‘望山’，源于一句大道至简的俗语‘望山跑马’。烧窑如同修行，但知行好事，莫要

问前程。孤傲消解物欲，信念融化质疑，屡战承接屡败。人生不易，心中需有猛虎，更需细嗅蔷薇。承蒙收藏，特以此文为证。

文／苏艳　书／起航　丁酉年立春　南京望山窑”

“但知行好事，莫要问前程。”这句年少时读过的诗，此时击中了他心里的结。找个好工作，养活自己，其实很容易。但我为什么不去做更有意义的事呢？

伯父朱中华也在想这个问题。六年前的那场大病，使他不得不仔细考虑手工造纸的传承。他希望两个儿子和侄子继承自己的事业，但也很担心他们的生计。最近几年，关注的目光多了，他也越来越有信心。他跟起航说，在农村里造纸，是边缘的、被瞧不起的行业，却引来最专业的大学项目合作，受到尊重，为什么？一个几近没落的行业，却在古籍印刷、国宝级的珍贵文物修复上起到作用，不就是我们做人做事的价值吗？别的年轻人不想学，自己的儿子不学，谁学？跟书本视频学，和有人手把手教，是不一样的。要手传给手，身体传给身体。我们不来传，谁传？

他大概也是这么跟大儿子起杨说的。一个平常的毫无征兆的一天，朱起杨从外省回来了，和朱起航一起，专心学起了古法造纸。

在捞纸房的砖墙外，竹林深处的荒草中，躺卧着一只六百岁高龄的石槽。朱起航看见伯父将微凸的小肚子收起，努力蹲下去，用手指轻轻抠着青石板缝隙里的青苔。这是整整五代人用过的纸槽，最多时有六个，十六岁的伯父第一次跟师傅学捞纸时用过，三十年前被废弃了。就在这只纸槽前，伯父听说中国文物修复纸都要从日本运过来，就暗暗许下心愿，一定要重现手工元书纸的辉煌。现在，这个夙愿传承到了孩子们身上。

一阵风过，朱起航看到伯父抬起头，从落叶的沙沙声中投过来一个他无法形容亦无法拒绝的目光，沉沉地落在自己右肩上。

# 湖　上

“早春花时，舟从梅树下入，弥漫如雪。”

西溪如一个透明的结界，由水、空气、绿意构成。前往西溪，像前往另一个人间。

我一直在等一场雪。我曾与船娘虹美相约，乘她的摇橹船看雪落，梅开，吃火锅，喝酒。

普鲁斯特说，生命只是一连串孤立的片刻，靠着回忆和幻想，许多意义浮现了，然后消失，消失之后又浮现。此刻，雪停了，炭火的吱吱声、雪压梅枝的吱吱声高低错落，水上的往事一一浮现。

酒酣的两个同龄女子坠入了时空深处，水天一色，人舟一体，“我”是沧桑，“我”亦是船娘，抑或是千百年来湮没在湖光山色里的她，他，还有它。

西溪静默，“我”开口说话。

# 酒窝囡囡

谁也不知道，船是什么时候漂走的。

一万道阳光盛满我左脸颊的酒窝，一万道油菜花的光芒盛满我右脸颊的酒窝，两万道金光结成一个梦魇，将九岁的我罩住，只留下耳蜗里的一些声音。

鱼跃。

枯叶碎裂。

白鹭惊起，芦苇被它蹬弯了腰，低声叫。

渔网撒在水面上。

船过的欸乃声。

捣衣声。

越剧。

老人轻轻咽下最后一口气。

太阳炉火般轰鸣。

每一个梦的拐弯处，都藏着一声声清脆的鸟鸣，娘声嘶力竭的呼喊被挡在梦的外面：

虹——美！虹——美！你在哪里啊？！

“松木场入古荡，溪流浅窄，不容巨舟，自古荡以西，并称西溪。”与西湖一山之隔的西溪，是“芦锥几顷界为田，一曲溪流一曲烟”的江南水乡、城中湿地，自古和西湖、西泠并称“三西”。明清时，以十里香溪、百家庵堂、明月蒹葭著称于世，与灵峰、孤山并称杭州三大赏梅胜地，也是无数文人墨客和达官贵人隐居的世外桃源，留下过苏轼、秦观、唐寅、张岱、顾若璞、李渔、厉鹗、洪昇、钱谦益、柳如是、康有为、郁达夫等无数名士的足迹和传奇。

深潭口，古往今来赛龙舟的地方，也是我祖祖辈辈的家。早春直至霜降，每天凌晨三四点，娘就把我们三姐妹喊起来，摇着小船从深潭口出发，去武林门或笕桥割草喂鱼喂羊。小船穿破曙色，穿过一座座拱桥，一个个芦苇荡，由古荡至松木场，停泊在京杭大运河北大桥。

娘静静摇着橹。橹在水里搅起一轮轮鱼尾形的波光，倒映在娘的脸上，如掠过一片一片羽毛。摇船的娘，比山山水水还要好看。

九岁的我坐在船头，将右手垂到水面。“溪鸟吾前身，溪花吾故人”，我用指尖轻轻弹拨着一轮轮波光，一一问候我的“前身”和“故人”。

先问候水花生，水葫芦，金铃花，梭鱼草，空心莲子草，还有香入肺腑的白姜花。岸边匍匐着一丛丛湿漉漉的蕨类，卷曲的、毛茸茸的芽上，露珠一明一暗眨着眼。

我也眨眨眼，一睁一闭间，就会看到无数双黑亮的眼睛，嗖地一下亮起，又嗖地一下全都藏进绿色深处。我跟妹妹说，那是西溪精灵们的眼睛。妹妹不信。

船出了深潭口，我问候了宋高宗赵构。南渡时，他见西溪“其地丰厚，欲都之，后得凤凰山，乃云‘西溪且留下’”，这一留，就留了一千年。

船过杨圩时，我问候了宋代曾权倾朝野的杨统制，他“功成名遂身退”，说服兄弟一起在西溪各置一圩之产，晴耕雨读，直至九代同堂。

明清易代之际，众多隐士隐居西溪。船过秋雪庵，我问候了第一个将西溪比作“桃花源”并题写“秋雪庵”的明代隐士吴本泰。明亡后，七十余岁的吴本泰卜居西溪蒹葭深处，“性淡泊，无嗜好，绳床棐几，朝齑暮盐”。秋雪庵附近有一个庄园叫泊庵，是明代三个邹姓兄弟建造的，他们耕读艇钓，最喜欢在梅树下置放蒲团，吟诗作画。

船过以梅花闻名的安乐山，我问候了明末清初“西溪二隐”孙蔗田和包太白，两个才华横溢、喜好吟咏的钱塘（杭州）人，常结伴登山临水，选胜探幽，著有《采薇子》和《蔗田集》。

船过一座古桥，小伙伴们玩倒栽葱跳水的地方，我问候了两位同名同龄的本地人“西溪两晴川”——经学家孙晴川和家有藏书楼的沈晴川，两家一河之隔、一桥相连，志趣相同，家朋长聚，著成《南漳子》，详细记载了西溪的一切，一个写书一个作序，人称“河渚陆地仙”。

清末太平军攻占杭州时，家有万卷藏书的丁氏兄弟携书避居西溪，为抢救《四库全书》呕心沥血。父母过世后，兄弟俩索性舍弃红尘，在西溪停放父母灵柩的家祠盖了一座风木庵，布衣草履，终于此庵。

……

这些人，这些事，都是精瘦精瘦的单爷爷告诉我的。单爷爷摇着橹，晃着看上去很轻的脑袋，说，虹美啊，这些人，这些花啊草啊鱼啊鸟啊，都是咱们的先人。你在心里时时念着，你的先人就不会死，西溪就不会死。

那时候，我不知道，他说的“你”是泛指。我当真了。

可是，那么多先人，哪一个是我们吴家的祖先呢？反正搞不清，就全都问候一遍吧。反正这里的山，这里的水，这里所有的一切，我都觉得亲。

娘一下一下摇着橹，橹是不是也在问候一个个祖先？娘用橹问候着祖先们，用橹延续着祖祖辈辈的生计，延续着早已铸入一代代西溪人基因的深居淡泊、与世无争。

北大桥到了。晨曦中，排成一串的进香老太太们每人背着一个黄香袋，叽叽喳喳穿过油菜花田，前往一个个庙宇——她们的渡心之船。娘带着姐姐妹妹上岸割草，让我看船。

“君家何处住，妾住在横塘。停船暂借问，或恐是同乡。”

一位面目模糊的白衣少年，站在一条小船上迎面而来，船与船擦肩而过时，我脱口而出：

哥哥，把船停一停好吗？你家在何方？我家住在西溪深潭口，听你口音，我们是同乡呢！

两千年前《长干行》里摇船的女孩，一定像我——壮敦敦的小身板，黄喇喇的羊角辫，圆圆的脸，大大的黑眼仁，一笑两个酒窝，那么傻，那么天真。

可是，少年是谁？为什么他的面目如此模糊？

虹——美！虹——美！你个囡囡啊，吓煞我哉！

阳光刺痛了我猛然睁开的眼，一张大脸盘正怼着我的鼻尖——娘泪水汗水横流、红通通、怒气冲冲的大脸盘。

湖面上远远过来一叶小舟，她望望摇橹人的姿势，就知道是他。

摄影：海天

起得太早，太困了，我躺在小船上睡着了，谁知船绳没有系好，小船随着微波沿着古运河，从北大桥一直漂到了武林门码头。娘急死了，一路狂奔一路呼喊，一路打听一路找，终于看到自家的小船，在两块油菜花地间的水面上打转转。

我说，娘不怕，我要是掉水里，闭着眼睛都淹不死，要是迷路了，闭着眼睛都能把船划回家！

## 龙舟伢儿

造物深藏着一个个伏笔。当小船载着我一次次从他家门前的河埠头经过时，我从未想过，那个低头默默刻着龙舟的少年，会是和我风雨同舟一生一世的那个人。

“桥门印水，幻影如月，舟行入月中矣。”

船走在开满紫色水浮莲花的水巷里，穿过一座又一座拱桥，仿佛从一个开满鲜花的月亮到另一个开满鲜花的月亮。月亮脚下窝着一座老屋，老屋门前的水波里，一个少年默默刻着龙舟的倒影，总让我想起西溪传说里的一个少年。

西溪是佛教胜地，明清时有曲水庵、秋雪庵、云溪庵等一百四十多座寺庙。传说清光绪年间，东天目山昭明寺的年轻居士惠仁奉方丈之命到西溪代为探望老友，遇见了一位在云溪庵竹林深处吹笛的素衣少女，一见如故。每日午后，两人一个在船上，一个在竹林，隔水相望，聊天，吹笛，听笛，整整四十一天。令惠仁不解的是，素衣少女的笛声依旧，话一天比一天少，话音一天比一天弱。

第四十二天，素衣少女再也没有出现。惠仁苦苦等待，等来了一个噩耗：少女早已身患重疾，家人送她来云溪庵静养，希望有奇迹发生，无奈红颜薄命，临终前，她对家人说，原以为就这样走了，却遇到了惠仁，给了我两个月最美的时光。

为了纪念她，惠仁打造了一口铜钟，送到了云溪庵。如今庵堂不再，据说有人在昭明寺里发现了一口古钟，静静悬挂于寺院正殿，夏日阳光透过枝叶洒在古钟上，散发着金色光芒。

我的惠仁是谁？在哪里？有一天，我会离开西溪远嫁他乡吗？

老屋河埠头前的那个少年，瘦瘦的，不高不矮，白白净净，他总是低着头，默默刻着龙舟上的部件，有时是龙尾，有时是龙头。村里人说，沈家的独生子玉法特别老实，不爱说话，要是他主动理你，太阳就从西边出来了。

他侧身刨着木头，刨花卷起来，替他说话。

他刻过的龙舟、花板，做过的八仙桌、藤椅、木桨、橹替他说话。

摆在西湖二码头展示的龙舟也经过他的手，也替他说话。

龙舟会上，他坐在最漂亮的龙舟上，使出全身力气敲锣打鼓，鼓点锣声替他说话。

都替他说好话。

媒人把十九岁的玉法带到十七岁的我面前，说，这小伙子一点儿都不像咱农村人，特别有涵养，到人家家里做木匠，有烟酒招待，他不吃不拿，不打牌，就只会干活。

他仍然不说话，干净的眉眼、指甲，指肚上厚厚的老茧替他说话，我听进去了。

从此，他天天来，一声不响地坐着，看见有什么活，就上前默默帮着干，不卑不亢，不管做什么事，好像心里早就打定主意。多年后，他说他早就看上了我——斗笠下油菜籽那么黑亮的短发，一笑，映山红那么红的嘴唇，河蚌里壳那么白的牙，漩涡那么圆的酒窝，蜜蜂那么纤巧又壮实的身材，脏得分不清颜色的粗布衣裳，天天摇着船从他家河埠头经过，那么好看，那么勤快，那么……通情达理。

好看吗？单爷爷说过，张岱的《夜航船》里说天上有一颗小星星叫“始影”，女人在夏至夜祭拜它，会变得美丽。与它并排的一颗星叫“琯朗”，男人在冬至夜祭拜它，会变得智慧。我问他是哪颗星，我也要拜拜。他看看天，摇摇头，说他也不知道。过了一会儿他说，勤快的女子就是美的。

勤快倒是真的，村里人家里人都这么说我。有田要种，有猪羊鸡鸭鱼蚕要养，要没完没了地去割草喂它们，最远的，是走路一两个小时到桃源岭，翻过山到灵隐白乐桥的茶地割草，再挑着草翻过山回到家。半夜骑着三轮车，拖着鸡鸭鱼肉去菜场早市卖。

我问他怎么看得出我通情达理呢？他低头说不知道，就是感觉。

那一夜，二十岁的满是老茧的手，握住了十八岁的满是老茧的手，结着一层层硬痂的两只掌心贴在了一起，摩挲着，像小舟贴着西溪水走，无比熨帖。

眼前闪过无数双西溪精灵的眼睛，它们都弯成了月牙形，在笑，在祝福我。

我对它们说，这下好了，我不会离开西溪了。

谁能料到呢，多年以后，我会食言，会背井离乡，深潭口会成为最痛的伤口。

## 在 西 湖

二十岁，我成了玉法的新娘，也成了第一个西湖船娘。确切地说，是杭州解放后至上世纪八十年代末，西湖船队的第一个也是唯一的船娘。

朋友带我到西湖游船公司应征，说，你勤快，机灵，体力好，方向感好，应变能力强，当船娘自由、收入高。于是，我跟着住在岳庙旁的男师傅学看云识天气，学礼仪、救生、导游知识，还学英语、日语、韩语。从此，501 号船、一顶斗笠、一身米色粗布斜襟上衣和咖啡色粗布裤子，陪着我在西湖风里来雨里去，整整二十五年。

老话说，人生有三苦：撑船、打铁、卖豆腐。更何况女人撑船。

西溪灵气，西湖大气，湖面宽，水深，摇橹船和手划船都比家里的小船大多了，摇橹船可坐十个人，手划船可坐六个人。摇橹船的枇杷橹有三四十斤重，加上水力，人要使出浑身力气，脚步也要跟着橹走，一天下来，不知不觉走了千千万万步。

我不怕花力气，就想趁年轻赚钱养家，孝敬老人，生儿育女，让儿女圆我们的大学梦。

坐船游西湖，是自古以来钱塘（杭州）人的最爱。《西湖志》载，“西湖巨丽，唐初未闻”，后因白居易、苏轼等名士才名闻遐迩，“南渡后，英俊丛集，昕夕流连，而西湖底蕴，表襮殆尽。”南宋遗民周密在《武林旧事》中详尽描写了“西湖游幸 都人游赏”

的盛况。

无论春夏秋冬朝暮晴雨，杭州人无时不游湖。皇帝游湖，坐大龙舟。达官贵人和老百姓游湖，游船“皆华丽雅靓，夸奇竞好……龙舟十余，彩旗叠鼓，交舞曼衍，粲如织锦。都人士女，两堤骈集，几于无置足地。水面画楫，栉比如鱼鳞，亦无行舟之路……小泊断桥，千舫骈聚，歌管喧奏，粉黛罗列，最为繁盛”。

凡缔姻、赛社、会亲、送葬、经会、献神、仕宦、恩赏等，不管普通百姓还是达官贵人全都嗨翻了。千金买笑，豪赌百万，老小出游，私下约会，都喜欢来湖上，直到花影黯淡，明月东升，才点着大红的灯笼，乘着车骑着马争过城门。还没玩过瘾的，干脆点起绛纱笼烛继续浪。杭州甚至有“销金锅儿”的称号。

属于我的每一天，都是眼睛的天堂，身体的地狱。早晨六七点出门，傍晚收工，夏天有夜游，要到十点或更晚。最苦是夏天，衣服湿了又干干了又湿，如果突遇雷暴，湖上起大风，即使温度高达四十度，也要赶紧将篷拆掉，在二十分钟内顶着烈日拼尽全力将船靠岸。最累的是“十一”长假，当时我是唯一的船娘，生意特别好，每天累得腰酸背痛腿抽筋，脖子被衣领磨出血，脸和手臂晒得火辣辣的痛，一层层脱皮，一块块晒斑，整个人又黑又瘦。例假来了也不休息，想上厕所，忍着。不敢多喝水，渴了，忍着，饿了，忍着。抽空扒拉几口冷饭冷菜，又急又快，常常犯胃痛。有时饿极了，觉得那嫩绿的、软软的西湖水，就像凉米糕一样，恨不得切几块下来吃。

有一次洗澡，突然发现右手臂比左手臂粗很多，腋下也大一点，吓死了，去医院检查，医生问我是做什么工作的，我说摇船的。他笑了，说，没问题。

大多客人都客客气气，欢欢喜喜的，也有的客人不可理喻，能把人气死。一个冬日，一位外地游客上船听我讲解了几分钟，就说你不要介绍了，然后就不理人了。过了一会儿，又说，你怎么不介绍的？过了一会儿又说，你带我去钱王祠。

有些航线摇橹船是规定不能去的。我耐心跟他解释，况且湖上起风了，得赶紧回去了。

他站起来冲我喊，我花了钱，要你去哪里就去哪里！

我连说着不好意思，顾自把船划了回来。我不跟他一般见识，就当他是心情不好吧。游客是我的衣食父母，我怎么能跟“父母”吵架呢？吵架伤元气，伤和气，伤财气，还伤美景。

他骂骂咧咧地上了岸，没付一分钱，说，你等着，我要投诉你！

我将船带回船坞，又饿又累，想想白划了两个小时没赚到一分钱，心里憋屈。夜色像一个家人，为西湖脱去了喧嚣的外套，给了她一个幽宁的怀抱。此时的我也想要一个怀抱，而我咫尺之外的水面上，那个和我同龄的二十岁新娘，她也想要一个怀抱。

靖康之难后，赵构迁都临安建南宋。赵宋王朝延续的一个半世纪里，只有八位公主出生，且只有宋理宗和贾贵妃的女儿瑞国公主活到了出嫁的年纪。自然，为掌上明珠选婿成了极重要的事。宋理宗专门召集大臣开会，拟定将新科状元配给公主。一大臣看中来自安徽当涂的三十岁英俊男子周震炎，不惜私下给他透题，点为状元。然而，他年龄太大，公主不肯。

转眼公主已年满十八，拥立宋理宗为帝的杨太后选定了她的侄子、年轻武官杨镇为驸马。宋理宗明知这是一场政治联姻，他不敢说。瑞国公主也明知这是一场政治联姻，可父亲是她唯一的亲人，有苦难言，她不能说。

景定三年春正月，瑞国公主晋封为周汉国公主，出降驸马杨镇，出游西湖，场面极为隆重，杭城万人空巷，没有人看到新娘眼里的凄凉。

为了时时见到女儿，宋理宗在宫苑旁为公主建造了豪华府第，他常乘坐布顶小辇，从公主府的后门进出。可没过多久，公主就病了。传说有一天飞来一只簸箕大的黑鸟，停在公主家的捣衣石上，啼声凄厉。秋天来临时，公主便去世了，未满二十二岁。年近花甲的宋理宗失去唯一的孩子后悲痛万分，不到三年也病死了，本已内忧外患的南宋王朝也慢慢迎来了最后的厄运。1279 年 3 月 19 日，崖山海战，宋军惨败被围，左丞相陆秀夫背着年仅七岁的南宋末帝赵昺跳海而亡，十万军民也相继投海殉国，南宋覆灭。

惊涛巨浪里，又一次响起凄厉的鸟啼声。传说赵昺养的一只白鹇在笼中悲鸣奋跃，摇脱笼钩，坠入大海殉葬。

白鹇穿越时空化为一只白鹭，惊飞而起，刺破西湖越来越浓稠的夜色。我看见，那个集万千宠爱于一身的同龄女子已转过身，正目光灼灼地看向湖岸——一对夫妻携着三个孩子挤在湖堤之上伸长脖子眺望着她和驸马都尉，妇人极胖且容貌丑陋，夫君极瘦，却抻着瘦弱的胳膊，死命挡在胖妇人身前，生怕她掉入湖里。

她灼灼的目光里，是艳羡。

一辆破三轮车穿过夜幕歪歪扭扭停到了我面前。玉法从车上搬下来一大堆东西，船舱、船板、矮凳，都是他亲手做的，涂着清漆，摸上去光滑，清爽。

我坐上三轮车，将冰冷的双手伸进他的胳肢窝里取暖，听见他闷闷地说：

我也来做船工吧，两个人有个照应。

水面上，那个集万千宠爱于一身的同龄女子将灼灼的目光转

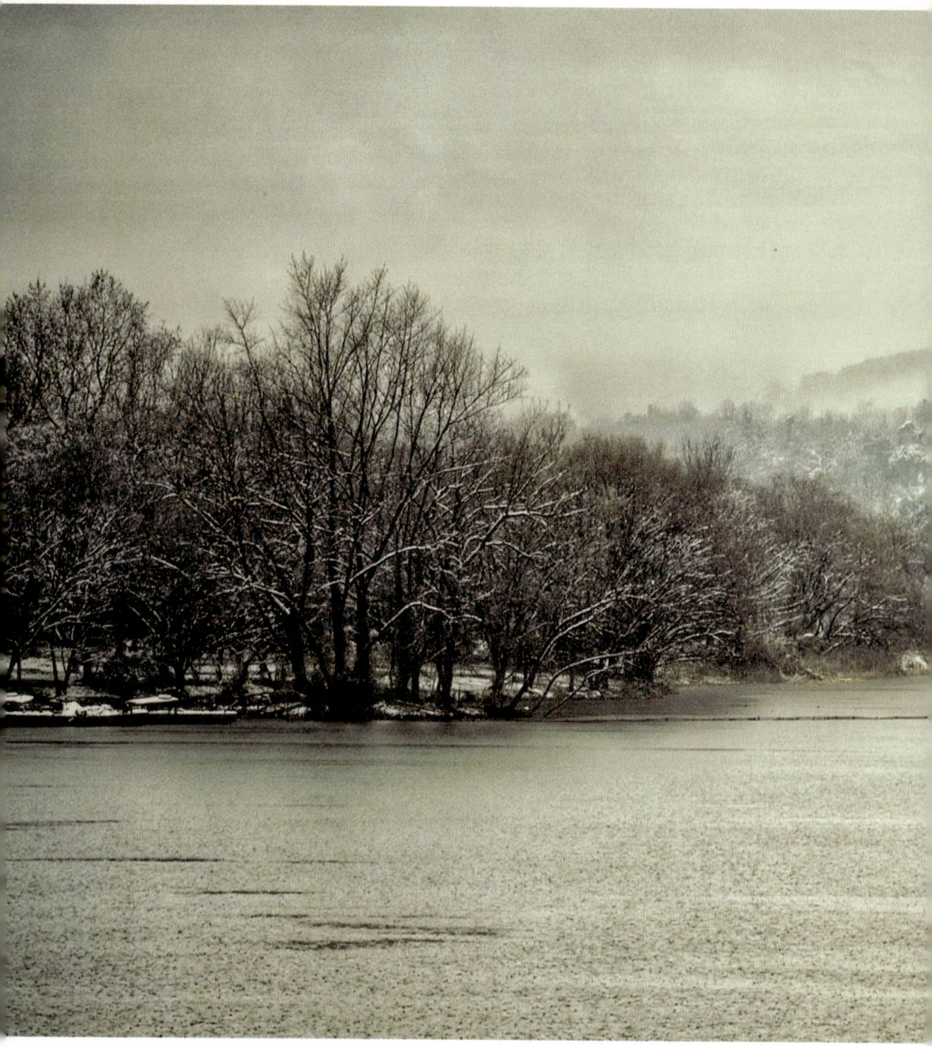

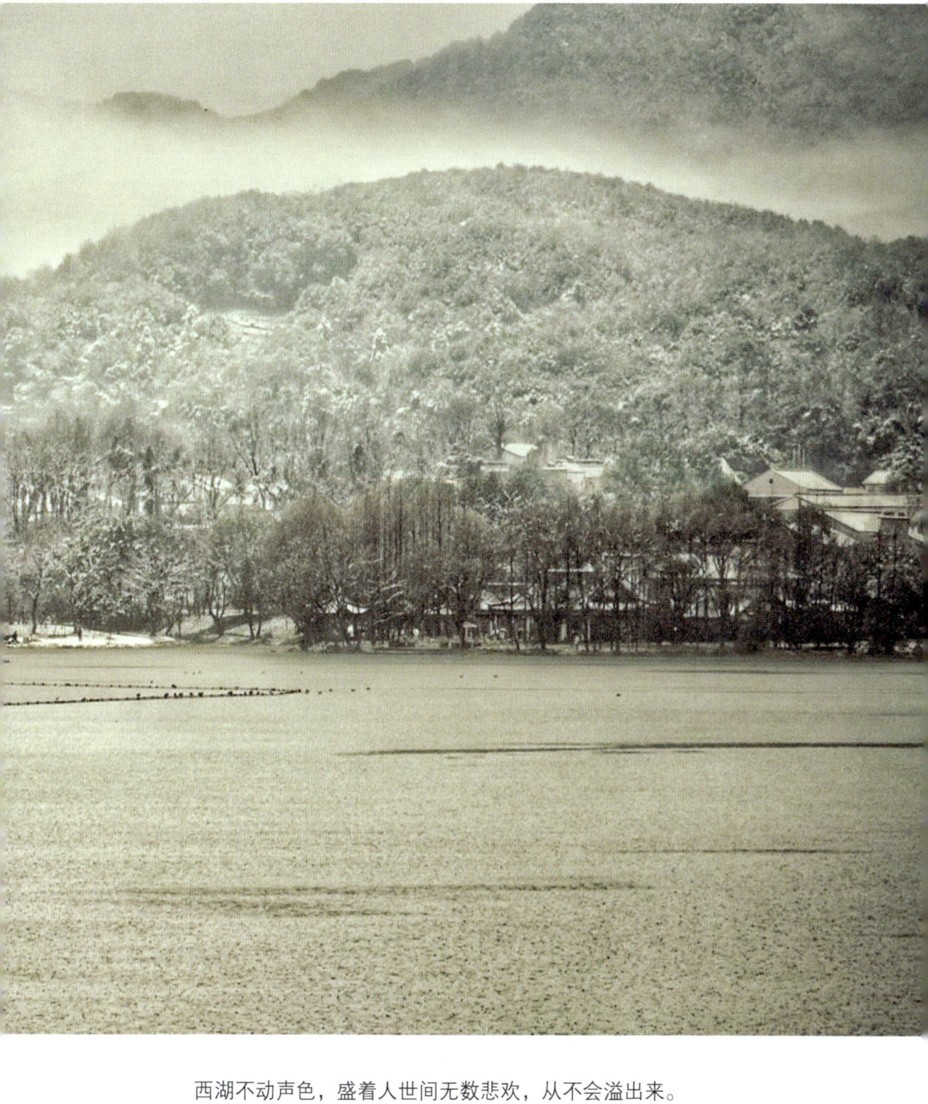

西湖不动声色，盛着人世间无数悲欢，从不会溢出来。

摄影：海天

向了我——一个累成狗的乡下丫头、一个满腹委屈的西湖船娘。

她灼灼的目光里，仍是艳羡。

我问她，我们俩换，你愿意吗？

她低头想了想，摇了摇头。

西湖不动声色，盛着人世间无数悲欢，从不会溢出来。西湖水日日融化着千千万万个过客丢给它的心事，融化不了的，就化成荷花、水鸟漂浮在水面上。多少年前，西湖在，我在哪儿？多少年后，西湖还在，我在哪儿？西湖于我是永恒，我于西湖只是永恒之一瞬。这么一想，还有什么委屈是过不去的呢？

关于西湖，有的，我说给游客听，有的，我藏进心里。潜意识里，我一直在等一个人，一个从古代穿越而来的谦谦君子，懂西湖风月，也懂西湖风骨，懂湮没在时光深处的那一个个灵魂，岳飞、于谦、张苍水……我会带他进入西湖的更深处，仿佛把偶遇的故人领进家门坐一坐。

我相信，每一个来我船上的人，都曾是西湖的一朵荷，一只鸟，一片云，一滴雨，一缕月光，一支香，一叶柳，一句诗。

我是时空之间的摆渡人。我愿我的船，和那些庙宇一样，是渡心之船。

# 擦 肩

湖面上远远过来一叶小舟，我望望摇橹人的姿势，就知道是他。两条船擦肩而过时，我朝他笑笑。他悄悄瞥我一眼，嘴角微微往上牵动一下，继续不急不慢地摇着橹，和客人讲解着。

像九岁那年做的梦。

玉法不做木工了，做了西湖船夫。漂在偌大的西湖里，我不再感觉孤单无助了。

如果他没在讲解，我会问他去哪里？几个钟头？几点下班？他会面无表情一一作答，生怕客人看出来什么。

有时远远过来的不是他，却有他的口信，说，几点下班，哪里等我。或者说，几点会起风，小心点。

像两只水鸟整日滑翔在水面上，日落时分或者更晚，在西湖某一个码头会合，有时他等我，有时我等他。有时风大，他帮我把船划回船坞，骑车带我回到西溪的家。

大儿子出生了，小儿子也出生了。除了我怀孕坐月子，三百六十五天有三百来天都出船，家里事全靠公公婆婆操心帮忙。天气好、干得勤，一年能赚不少。

心境不一样了，看西湖就更美了。春天的清晨，白雾慢慢升起来，太阳慢慢升起来，几只小䴙䴘互相追逐，拍打起一长串浪花。夏日空闲的午后，将船躲在阴凉的桥洞下打个盹，常被偷偷游泳者的跳水声惊醒。秋天叶落时，杨公堤旁的西里湖聚集着数不清的白鹭和夜鹭，光秃秃的树枝上全是黑乎乎的鸟巢和白乎乎的鸟屎。下雪的时候，船犁开薄薄的湖冰，湖冰碎成片片翡翠。

西湖也会突然变脸。如果风吹过来是阴的，就要注意了，船就要贴着岸走。浪特别大时，会卷上岸，甚至将岸边的船拍碎，如果在湖心来不及靠岸，会有快艇把客人接走，小船只能随风漂着，一路惊魂。每晚七点半的中央台气象预报，别人看的是晴雨气温，摇船人看的是风力。

一天傍晚，我把客人送到断桥边上岸后，刚把船划出去，天突然暗下来，风一下子大起来，把白堤上的柳树都吹斜了，声音呼啦啦很吓人。我赶紧掉头回岸，也就是两三分钟的时间，船却靠不上岸了，浪变成了白浪，船被浪推着走，一直往楼外楼方向漂，我两脚直立使劲想稳住船，船却在剧烈颠簸，好几次差点翻了。

所有的力气都使尽了，恐惧将我紧紧箍住，突然，不远处传来一个熟悉的声音：

别慌！我来了！

玉法看到西湖北高峰方向乌云骤集，感觉不对，赶紧将船靠岸往我这边赶，从郭庄一路跑到刘庄。刘庄的警卫不让他进，向来文静的他急赤白脸地跟他解释，警卫还是不让。谁也没想到，玉法突然一把推开警卫，一下子冲了进去，直冲到湖边，跳进水里，折腾了半小时，帮我把船拉回了岸边。

后来才知，西湖上翻了二十多条船，好多船互相挤压，一片狼藉。

一直忘了问他，那么黑的天，那么大的风，那么多小船，他是怎么认出我的？

（《船娘》节选）

# 戏　班

## 路　遇

父亲走在前面，领我穿过暮色四合的山后浦村，穿过村口的五六座老坟，走上通往关帝庙的山坡前，芒种后的第一场黄梅雨轻声下了起来，零星几点，像冬夜的星。

我们站在山坡下，犹豫了大约五秒钟。

父亲说，听踏三轮车的人说，不是玉环的戏班，还去吗？

我说，下雨了。

父亲说，来都来了，要不去看看？

我说，来都来了，去看看吧。

父亲知道女儿的心意。两个月前，我遭遇飞来横祸，头破血流，紧接着因闻所未闻的十二指肠憩室炎住院，五天五夜水米未进，虽侥幸未动刀，却也折腾得死去活来。身体虚弱的人，想法便少了，原本在意的一些事一些人便淡了，沉睡在心里很久的梦，便醒了，逸出来了，“跟着戏班去流浪”，就是其中一个。

父亲和我，一前一后走上山坡时，潘香和双菲正坐在庙门口一条长凳上闲聊。她们都化着戏妆，很白的脸，很红的唇，黑白分明的浓眉大眼。她们穿着白色小衣（穿在戏袍里面贴身的斜襟布衫）、宽大的红色灯笼裤，像两朵大丽花开在暮色里，鲜亮异常。她们的身后，是关帝庙的两层偏房，灰墙黑檐，门前一条绳子上晾着红红绿绿的衣服，有戏服，有花裙，有内衣丝袜，也有男人的衣裤。

我微笑着走上去，心里有点忐忑。

她们停止了闲聊，看着我们走上山坡，潘香先笑了，双菲也笑了。

戴眼镜、长头发、五十岁左右的潘香说，条来嬉啊（来玩啊）？

她一开口，脸上风生水起，嘴角向上弯起，眼角的鱼尾纹也向上弯起，眼神在厚厚的镜片后散发着溪流般的灵动，甚至有一丝天真。

我笑问，请问你们是玉环的越剧团吗？

她说，不是，我们越剧团是临海的，不过我们几个都是玉环人。我是老生，芦浦人，小生赛菊是漩门湾大坝老鹰窠人，另外还有两个也是玉环人。

她指了指身边的双菲说，她是临海人，我们老板老板娘也是。

潘香的声音中气很足，声调低沉柔和，有海水般深厚的韵味。她一说话就笑，有时会缩一下脖子，像有点不好意思。

双菲笑着点头。其实，她们可以不笑的，可以不理我们的。

黄梅雨越下越密，但她们似乎一点都没感觉。芒种来了，意味着仲夏时节正式开始，也意味着戏班即将封箱休夏，自正月以来长达半年的流浪即将结束。

一座庙、一个棚就是一座好戏台。请戏班到村里做戏，感恩祈福，求风调雨顺、四方平安，是老家玉环岛自古以来的习俗，也是台州以及浙江大部分农村渔村的习俗。每逢庙里神祇寿诞，家中婚嫁或造房子，开渔出海，村民、船主凑份子请戏班做戏，一般唱五天五夜，潘香她们从清港镇芳杜村过台到此，已是第三夜。

戏班十点半吃中饭，下午四点戏散后吃晚饭，此刻离夜场七点开场还有两小时，做戏人有的在洗衣服，有的小睡一会，有的在补妆。

我问潘香，来看戏的人多吗？

这里偏僻，下雨，只有几十个吧，阿公阿婆多一点。

人这么少，你们也要演三个小时吗？

潘香像是突然被我的话戳中，喘了一大口气，边摇头边拍着胸口，说，唉，我正心里难受，跟她在说这事呢。我们接了钱，就要认真演，演给观众看，演给“老爷”（对庙里神祇的统称）看，要对得起良心的。头天夜里雨太大，村里说人太少，你们演得短一点好了，有几段不太要紧的唱词就没唱，结果我心里就一直不舒服，特别内疚，现在还难受。

我心里一动。

她接着说，我们戏班很小，一场戏才六七千，有的戏班一场戏几万十几万，可赌博戏我们不演的。

我心里又一动。

父亲说，我们就住在山后浦，我女儿喜欢写文章，喜欢越剧，想来体验一下，不知找谁方便？

潘香说，哦——都方便的啊，喜欢越剧的人很多的，常来嬉嬉的，你来找我好了，我们都很随便的。

她其实没有听懂我们的来意，但那么盛情。

我说，谢谢，我回去请文广新局的朋友跟你们老板先说一声，再来打扰你们哦。

潘香说，不用，我们大家在一起都十三年了，跟一家人一样的，你跟谁说都行的，条来嬉，没关系的。

我后来才知，她不是随便就能这么说的。

告别她们时，我回头看见，不知何时，屋檐下坐了一个化着小花脸妆的清瘦女子，穿一条曳地墨绿色吊带长裙，一件黑色的丝质披肩，民国时期那种一浪一浪的短卷发，她身子往后靠在门框上，双腿优雅地交叠着，目光淡然，仿佛已穿过我们，正看向天边无尽的黄梅雨。黯淡的背景，明艳的身影，犹如梦境。

我后来才知，他们本来不是到山后浦做戏的，因之前连续大雨耽搁了别处的行程，封箱前要去坎门里澳村做戏，路过此地，就应邀留下来演五天五夜。走到哪里算哪里，演到哪里算哪里，这是常态。

于是，我们遇见。我想，这是我们之间的缘分。

戏班的名字叫“吉祥”。

## 戏 痴

民国二十二年深秋，一个令故乡人无比新奇的“的笃班”，带着它的戏具、戏服，它的小生小旦和一路风尘，走进了玉环岛，走进了小镇楚门，从此，越剧风靡了我的故乡。

哪个村做戏，哪个村的人就邀外乡的亲朋好友来住上几天，喝喝老酒，过过戏瘾，嫁出去了的女儿可乘机在娘家多待几日，说说贴心话。最高兴的是孩子，袅袅越音与炸油鼓、九层糕、凉菜糕的味道深深刻进了记忆里。

戏的开场总是喧闹的锣鼓，大大咧咧，没有一点江南风味，然而演的戏却极文雅极美，两者合一，就像故乡人的性格——刀子嘴豆腐心。演的大多是“路头戏”，仅有故事框架和分场提纲目表，演员自编自演。之前，师傅会传授一些“肉子”和“赋子”，戏有“路头”可循，如行路、宿店、花园、抢亲、公堂、探监等，有惯用的唱段对白，演员根据故事情节，移花接木，即兴唱做，但必须押韵，比剧本难得多。因此，做戏人“肚子要饱”，脑子里要有词库，特别是对手戏很见本事，用各种押韵即兴对唱，一来一往特别有味道，有的还很有文采。

锣鼓停了，戏开演了，成千上万的故乡人坐在自己带的长凳上或站在远处高处，在感受爱情的缠绵、复仇的痛快、忠君报国的悲壮时，对于半个多世纪前就学率只有百分之十几的故乡人来说，就像上着一堂堂有声有色的道德伦理课。戏团圆了，人也散了，人们在回味中检点着自己的内心。乡戏的灵魂就像故乡水静静滋润着故乡人的血液，滋养出故乡人共同的豪爽、智慧、幽默、敢爱敢恨、敢作敢当的性格。

我是戏痴，我的祖辈更是。月圆之夜，小渔商贩出身的祖父常雇一条船，在楚门镇南门河等青灯古、赖乌丁等一帮“狐朋狗友”一一上船。锣鼓笙箫三弦京胡一应俱全，却没有女人。祖父拉京胡，他们自弹自唱，开怀畅饮。夜半尽兴后，祖父哼着小调走在清冷的石板路上，一手烟斗，一手提着一碗热气腾腾的馄饨带给祖母吃，他知道她会一直等他。

祖父浪漫的基因，流淌在二伯和父亲的血液里，也流进我的血液里。儿时的二伯演过《野猪林》里的林冲，儿时的父亲演过《血泪仇》里的伪保长，没有戏服，用窗帘布当披肩，借庙里神祇塑像的龙袍当戏服。儿时的我将越剧《红楼梦》看了七八遍，并无师自通学会了几乎所有越剧经典唱段。儿时的木雕床底下，珍藏着我自己缝的一个小姐布偶，鞋盒子做成她的闺房，中间用锦旗的黄色流苏隔断，用黑线做的云鬓，从母亲的珠钗上偷拆了两颗珍珠做的步摇。在我眼里，她是林黛玉，是祝英台，是《碧玉簪》里的李秀英，是《柳毅传书》里的三公主，是寡言的我……她是有生命的，她与孤独的我自成一个宇宙。

十三岁那年，从小镇搬到山后浦村新家时，她丢了。我想，在某个幽暗的角落里，她已经成仙，她不愿离开那间快要坍塌的老屋，她的道场。我想，有一天，她会以另一种形态回到我身边。

时隔三十多年，她果然回来了。

2017年芒种后的第一场黄梅雨里，父亲和我告别潘香和双菲，回家给文广新局的朋友打过电话，吃过晚饭，我上三楼收拾“流浪”的行李。

三楼面山朝南的卧室，曾经睡过四个人——四个做戏人。三十多年前的冬天，村里请来戏班做戏，小旦小生等四个主要演员被分到我家。小旦微胖，面目模糊，声音甜美，小生以极其俊美的扮相和极富魅力的唱功做功一夜间轰动了山后浦村。我每天心跳最快的时候，是看到扮上戏妆后的她——她扮演的所有角色都像我梦中的白马王子。我渴望走近“他”，又害怕走近“他”，怕看见“他”真实的面目。

她坐在窗前的微光里一下一下描着眉。我捡起一枚掉在地上的黑发卡递给她，她没有说什么，瞥了我一眼，眼里闪过一轮冬日下午三四点钟温柔的太阳。

她能收我做徒弟吗？我能跟着戏班走吗？父母亲会同意吗？这些疯狂的念头折磨着我。

后来，我再也没见过她。我完全忘记了她是怎样离开的，是她临时有事回家了，还是戏班离开时我上学去了？很久以后，一个傍晚，我从杭州回老家，堵车了。从模糊的车窗望出去，对面路边停着一辆抛锚的卡车，细看竟是戏班子的车。车上叠满了戏箱，戏箱上高高的坐了几个做戏人，她们似乎刚刚卸妆，还没擦净脸颊，细雨淋湿了她们神情木讷的脸和瘦削的肩，还有一个在奶着孩子。母亲叹气说，现在的戏班有舞台灯光，有字幕，还有小提琴伴奏，但一茬茬的人老了，做戏和看戏的人都越来越少了，不知道几代以后，还会不会有人知道乡戏了……我的心里涌起比细雨更密的凄凉。如果说，乡愁是生命中最凝重的忧愁，乡戏就是乡愁里最凄美的那一笔。

母亲说，记得吗？做戏那几天正巧我过生日，请四个做戏人一起吃饭，她们把乐器搬过来专门为我唱了一段，然后一边喝酒一边商量晚上的戏怎么唱怎么唱。你弟弟结婚时，我们还把小旦请过来喝喜酒呢，你记得吗？

我忘了。

我忘了，但我想，当我走近潘香双菲赛菊她们，一切都会回来，如同那个被遗落在老屋木雕床底的“我”和“她”。

## 嘟　嘟

夜，七点半，关帝庙戏台侧幕。

作者与小生赛菊、老生潘香、六个月大的嘟嘟在一起

摄影：王俏俏

嘟嘟张着粉红色的小嘴，睁着溜圆的双眼，紧盯着正在戏台上翻跟斗的小花脸，咿咿呀呀笑着叫着，手舞足蹈。六个月大的他圆头圆脸，气质很像混血儿，穿一身红色棉布衣，肩上绣着花朵和小鸟，很好看，很干净。随着锣鼓声，他的双腿在他的母亲、二十五岁的小生俏俏的大腿上一蹬一蹬，一滴口水正从嘴角挂下来，映着戏台红色的灯光。

俏俏佯装很痛，哎呀哎呀的叫声被锣鼓声掩盖，光洁异常的脸庞在灯光的映照下，灿若朝阳。

这个戏班最年轻的演员，临海杜桥人，面如银盘，眉眼英武，原先主攻小生，刚生了嘟嘟，暂时歇演，但戏班到哪里，她抱着嘟嘟跟到哪里，一满月就出来了，整整五个多月了。

俏俏说，嘟嘟一上戏台就会特别兴奋，半夜都不肯睡，做梦都咯咯笑。我也喜欢待在戏班里，氛围好，开心，像一家人一样。

这句话，让我想起潘香之前说的“一家人”。

俏俏似乎不太爱笑。直觉告诉我她有心事，她自然不会说，我便不问。我想过，此番体验，不打扰，不刺探，一切顺其自然。对于她们，我只是一场路过的风。

每个做戏人上台前、下台后都会来摸摸嘟嘟的脸，他就无声地笑，也许笑出了声，但被音乐淹没了。俏俏起身替人播放电脑背景和唱词时，几个做戏人便谁有空谁抱嘟嘟，谁抱他，他都笑，将圆圆胖胖的脸和两个酒窝冲着你。我摸摸他的脸，他也笑，我伸出手抱他，他也肯。他姓金，和我一样也属猴。

一个婴儿，日夜待在庙堂里，一点都不忌讳，如同一个已过不惑之年的女作家突然跟着戏班去流浪，都是奇怪的事。一百年前，唐诗之路上诞生了唱腔委婉、儿女情长的越剧，当徽班进军紫禁城后，南方大地上也有一群乡下人放下了锄头，开始了流浪，也开始了一个百年美梦。我没想到，第一次走进戏班走上后台，第一个遇到的，竟是跟着戏班流浪、做梦的嘟嘟。

俏俏的师傅，也就是老板娘兼小生阿朱，穿过锣鼓声前来接应我。她四十岁左右的样子，穿着套头的休闲服，没有化戏妆，两根辫子编到头顶，用黑发卡卡住。她一口临海普通话，声音柔美，有湖水的味道，笑起来露出两颗雪白的小虎牙，让人觉得很好接触。

父亲和她老公骆老板坐在台下聊天，我和她坐在戏台右侧的庙门口聊天。我表明了来意，大意是我是一个写作者，特别喜欢越剧，不是来采访，也不一定写什么，就是想来体验一下戏班生活，如果单位或家里临时有事，我随时会回去，我尽量不打扰他们。

黑暗中，两颗雪白的小虎牙说，你看得起我们，过来玩，我们当然欢迎，当然高兴，很高兴，你有什么需要，尽管告诉我哦。

我眼前一下子浮现黛玉进府时热情能干的好嫂子王熙凤的形象。

阿朱说，吃饭如果吃得惯，尽管跟着我们吃。被褥什么的你自己带会干净点，我们条件太差呵呵。

她又笑，戏台的侧光映出她眼角浅浅的鱼尾纹。

又聊了点别的，我问她生意好吗？

她说，戏路还好，戏金不是很高。上半年做了两百场，下半年也差不多，还好，也就是挣个工资钱，演员工资一天一百到四百多不等，赌博戏、乱七八糟的戏，我们不做的。也不是有多高的水平，有多高的收入，常年奔波，竞争厉害，要跟各色人等打交道，很累。但我们戏班最难得的，是特别和睦，在一起十多年了，没有多话的，很开心的，很多戏路是口碑好人家找过来写戏的。

"写戏"，即外乡人过来邀请做戏，双方商定剧目、戏金、时间、地点。

吉祥越剧团其实是一个家庭戏班。阿朱夫妻掌舵，爷爷搬道具，称作"值台"，奶奶烧饭，阿朱和嫂子演戏，二十五岁的儿子负责灯光舞美和字幕。骆老板个子高高的，壮壮的，虽是老板，但看得出来什么事情都找阿朱商量，他接到我文广新局朋友电话后，也把我交代给了她。手里却一直拿着两罐王老吉要我和父亲喝。

爷爷仿佛是个隐身人，出入戏台搬道具像风一样自由，被观众自动忽略。戏班里，管戏服道具的“值台”或“大衣”是最辛苦的，有的终年睡在四处漏风的后台守夜。爷爷下台来就对我笑，将凳子让给我让我坐着看戏。

我之前担心他们对我的到来有顾虑或反感，但戏班里的每个人都很和气，也没有过分的热情，只有阿朱二十五的儿子没有笑容。

阿朱说，儿子说夏天过后他不做了。

那他做什么呢？

阿朱说，我们让他做，他还是会继续做的，从小跟着我们到处走，很听话的。

我从侧幕看过去，看到了儿时的他和今夜的嘟嘟一样，跟着戏班四处漂泊。突然想，多年后，嘟嘟一定不会记得今夜了，但还会喜欢看戏吗？

## 住　处

午后十二点五十分，雨停了。

阿朱在偏殿宿舍的水槽前搓洗着一大盆脏衣服，化着妆，裹着头，穿着白色小衣小裤。

我问她，快一点了，你下午不演吗？

她一把关掉水龙头，边拧衣服边说，演啊，呀，来不及了哈哈哈。

她说着，将衣服往绳子上一搭一拍，小跑上坡，跑进庙里，从戏台下坐满老人的第一排前穿过去，紧跑几步跳上台阶，穿过乐队，冲到后台，拎起早就摆放在那里的蓝色戏袍和相公帽，三下五下穿戴整齐，待她挂好无线麦克风，低头套上高靴，从她公公手里接过道具褡裢背上肩，没怎么停留就站到幕旁开唱了——

“三载同窗情似海，冬生难舍玉英妹。相依相伴情意深，未知何日重相会……”

声音洪亮，气息平稳，韵味十足，演的是《藕断丝连》中的林冬生，套的是《楼台会》的曲。音乐过门后，她潇洒地一个抬脚，高靴将戏袍轻轻一踢，便走出了侧幕，走上了灯光耀眼的戏台。一个风流倜傥的小生，走进了老人们模糊的视线；而一个女子走进了古代，走进了另一种人生。

阿朱和她的姐妹们会演的戏多达一百多部，最驾轻就熟的就有三十多部，成竹在胸，才如此不慌不忙，信手拈来。

我亦步亦趋紧跟着她，最后在侧幕惊住。眼前这个光彩夺目的人，几分钟前还在简陋的住处吭哧吭哧地搓洗着一大盆脏衣服。

夜里八点，潘香皱着眉头，坐在床铺上就着昏暗的灯光背唱词，一个很旧的黄色笔记簿上，歪歪扭扭记着满满的唱词。今晚，她演《双龙太子》里的包拯，戏份很重。

这是关帝庙最靠里的偏殿后一间十多平方米的屋子，三张床铺分别用两根长凳加硬木板搭起来，铺着棉褥和凉席，没有蚊帐，床上堆了些洗漱用品、化妆品和内衣。一张旧桌子是唯一的家具，摆着两个巨大的化妆盒，两盏没有灯罩的台灯见缝插针，就是她们的化妆台。

一个很大的塑料桶，是拿来烧热水洗澡的，用热得快烧，庙里没有淋浴设备。

我说，我家很近，你们洗澡不方便到我家洗吧。

潘香笑，说，都习惯了。

墙角有一个电蚊香，靠墙有一张塌了的旧床，堆满了锅碗瓢盆瓶瓶罐罐，还有西瓜、桃子、杨梅。潘香说，是上个村子的戏迷和这个村子的头说她们演得好，送来犒劳她们的。

俏俏削好一个桃子递给我，并不叫我，只微笑着说，你吃。

我接过桃子，说，你们管自己忙哦，不用管我的。

一位七十岁左右身材瘦小的婆婆正坐在另一张空床上吃苹果，她是从清港芳杜跟过来的老戏迷，她常找她们玩，没什么好玩的，就是看看她们，还有三四个清港其他村里的老太太下午来过，路更远，回去了。

潘香眯缝着一千五百多度的近视眼，吃力地背着唱词。别人演戏可以看戏台两侧的电子屏，她因小时候脑震荡耽误治疗导致弱视，全靠背下来。她身体也不太好，左腿膝盖骨有畸形肿瘤，发作起来会很痛，演武打戏翻跟斗更痛。但如果不出来做戏，老公儿子上班去了，她一个人在家待着没意思，这里有意思。

这间房，住了她、和她最要好的小生赛菊、和赛菊最要好的俏俏嘟嘟，还有当家小旦爱妃。赛菊家近，夜里基本开车回家住，把俏俏母子也带回家。

潘香说，我们几个从来不分开的，别的戏班来挖墙脚，我们谁都不出去，我们已经是一家人。

她总是未开口先笑，眼神里透着孩子般的纯真。

短短两天，我已经听到好几次“一家人”了。在戏班里，能成一家人，是特别难得的。

一百年前，中国第一个越剧戏班在嵊县东王村出了娘胎后，不到两年时间，剡溪两岸的小歌班竟多达两百多家。艺人们沿着三条路线流浪，一是从新昌、余姚到宁波，二是从上虞、绍兴流动到杭嘉湖，三是从东阳、诸暨进入金华，他们像吉卜赛人一样，走到哪里唱到哪里，吃住都在庙里殿前，和神祇睡在一起。身体上的苦在其次，被人看不起也是轻的，最怕的是在内主角配角间钩心斗角，在外遭受地痞流氓欺压。一百年来，戏班里的人们聚散无常，更谈不上亲如一家，即使到了现在，也各有各的乱象，各有各的不易。

潘香将长发盘进发套时，微微翘起了兰花指，无名指上一个玫瑰花形状的金戒指，与包拯的形象反差很大。前一秒她还是一个女人，后一秒她就是一个男人。她说，我和赛菊约好，两个人把头发都养长，然后剪下来，做成用自己的头发做的头套，这样就又方便又自然啦。

她站了起来，说，我快上场了，我要先去下厕所。

我也站起来，说，我扶你去吧。

她说，不用不用，我自己去就可以啦，习惯啦，先戴上眼镜哈哈哈。

出宿舍门，她往左，我往右。我回头看到她大红的灯笼裤、白色的斜襟小衣隐没在暑气蒸腾的夜色里。

## 小　生

当我第一眼看见小生赛菊，仿佛又一次看见了多年前坐在我家三楼南窗下一笔一笔描着眉的“他”，看见了一轮冬日下午三四点钟温柔的太阳。

这是吉祥戏班在山后浦做戏的第四天下午。

这个潘香一天要念叨很多次的叫作“赛菊”的女人正坐在宿舍的台灯下补妆，强烈的灯光将她脸上的细部暴露无遗。四十出头的她看起来只有三十岁，化着小生的妆容，面部轮廓俊朗，五官精致，眉毛和眼角均微微上扬，漆黑的双眸异常清亮，身段苗条紧致如处妙龄，黑色的蕾丝上衣、黑色的裙裤很飘逸。一个女子静静坐在一个极其简陋的场景里一下一下描着眉，散发着一种摄人心魂的静美。

赛菊话很少，只微笑着跟我打了个招呼，说，条来嬉啊，吃杨梅哦！

我说好的谢谢，你管自己忙哦。

她的声音很润朗，又带一点点磁性，仿佛暗夜里凝结了一层水雾的青花瓷。这个声音让我突然想起了另一个人，一个岁月深处曾经红遍玉环每个角落的越剧名伶，一位耄耋老人。

俏俏把嘟嘟往潘香床上一放，俯下身子在塌床那里翻找什么。潘香已经化好包拯妆，抱起嘟嘟坐在自己的肚子上，一边轻轻颠一边哈哈笑。嘟嘟一点都不害怕她的脸黑，也跟着呵呵呵笑。

俏俏翻出了一个瓶子，自言自语说，再泡点苦瓜茶喝喝。

赛菊对着镜子描眉，并没有看她，说，今天别喝了，喝多了胃寒。

俏俏说，哦。听话地放下了瓶子。

“劝妻休要泪淋淋……”

夜幕和黄梅雨同时降临时，赛菊穿过夜色，走上后台，出场亮相。戏台在漆黑的夜色里，如同夜空洞开着一扇绮丽的天窗，走马灯似的播映着天上人间的悲欢离合。今夜赛菊演的第一场是哭戏，《包公斩杨志平》中的韩世昌在病床上与爱妻话别。黑色的长发垂下半边，额上的汗珠、眼里的泪水，在夜色中闪闪发亮，哀婉的唱腔在关帝庙的夜空中盛放、枯萎。

家乡人将看戏叫作“望戏”，一个“望”字，画出了人山人海中人们翘首张望的样子。我像空气一样尾随着她，望着她，也望着戏台下一张张条凳上坐着的几十位老人，他们安静如大殿里的一尊尊雕塑，守庙人来喜站在最后一排。整个庙宇里，人神共看一台苦戏。

当我们望戏的时候，赛菊在自己的泪水和唱词里，依稀望见了许多逝去的岁月。

十年前，温岭江夏村。那天她演落难公子应天龙，用余光向戏台下望去，如她所料，又看到了那个三十多岁的卖糕女人坐在第一排左边的长凳上，痴痴地望着自己。她的身边，仍然坐着那个十七八岁、眉清目秀、衣着整洁的傻子。他和她一样，张着嘴，痴痴地望着自己。

泪水在她高亢哀婉的唱腔里纷纷坠落，人们纷纷起身，边擦眼泪边掏出几毛钱、几元钱扔到了戏台前。

一段词唱毕，戏里的“恶霸喽啰”上台来，一边叫骂一边佯装打她踢她。一根棍子眼看就要落到她身上时，突然被一个影子一把夺去——不知何时，台下的那个傻子已经蹿上了戏台，涨红着脸，撕心裂肺地号叫着，不要打她，不要打她！

他哭着叫着，用头和身子去撞那些“恶霸喽啰”。

赛菊赶紧从台上爬起来，戏班子人也都围上来，劝他说这是做戏，是假的，是假的。

他躺在戏台上不肯起来，放声大哭。

这时，坐在他身边的那个三十多岁的卖糕女子跑上了戏台，一把搂过他，又一把拉过赛菊，让他看她的脸、手，说，你看你看，没有受伤，是假的，菊不是好好的吗？

傻子呆了呆，突然笑了。爬起来去捡抛在台前的那些钱，捡完转身捧给她，说，菊，给你，都给你。

赛菊摇手说不要不要，眼睛却湿了。

多年后，比她大八九岁的卖糕女子也就是傻子的娘姨，成了她的至交，有了近亲般的人情往来，赛菊结婚、坐月子、造房子、过生日，她都会送来点心、七八套衣服。娘姨家造房子、儿子结婚，赛菊也去，她跟着傻子叫她娘姨，其实心里当她是亲姐姐。

几年前，玉环龙溪山里。那天她演《雪地打碗》中的孤儿周强，八岁因遭大伯母虐待逃出去讨饭，是她的拿手戏。看戏的全是上年纪的老人，穿戴都很朴素，一段唱词唱完，每位老人都起身，五元十元的，个个含泪送了一次又一次，足足送了六百多元。下台后，一位老奶奶过来拉住她哽咽着说，你演到我心里去了，我和你一样，从小没爹没妈，苦啊……

“讨饭戏”是一个老传统，一般去一个演出地都会演一场，不为图捐钱，是图彩头，也最见功夫，演员动情，戏迷过瘾。而同样是《雪地打碗》这本戏，她在另一个村里演时，却遭遇了耻辱。那天她刚唱头一句“双膝跪在大街前”，一个村干部模样的人就掏出果冻直接朝她身上砸。她气极了，站起来不唱了，那人就叫嚣着逼她唱，还要罚戏。泪珠在她眼眶里打转，却说不出一句话来。戏班里的姐妹冲出去跟他讲理，最让她感动的是台下的老人们全都帮着她们说，说他怎么可以把她当成真的要饭的？！

赛菊不知道，在离山后浦关帝庙戏台的三百米处，曾经搭过戏台，闹过罚戏。以前做戏不能唱错做错，错了就要罚戏，轻的加演折子戏，如果做漏了情节叫“偷戏”，要重罚三天戏，戏班就要亏本。明张岱就曾描述过其时绍兴演戏时“一老者坐台下，对院本，一字脱落，群起噪之，又开场重做”。

多年前，山后浦做戏，一个花旦演下楼的戏，按规矩要走十三级，那天却多走了一步。以前看戏的有很多年轻人，当时一群后生起哄要罚三天戏，戏班头子和做戏人都吓坏了，赶紧请父亲这个山后浦的老知识分子去说和。

父亲被他们扶到戏台前的长凳上，站在耀眼的灯光下，说，乡亲们，戏班做错了，是不对，但他们一不是故意的，二是小错也已经认错了，三呢也加演一段戏了。大家想想，我们到哪里挣钱都难的，他们也很不容易的，大家就体谅体谅，好不好，和气生财么！

其中一个小伙不知道说了句什么，一位老人上前一把揪住他的衣襟，吼道，苏老师都说了，你还要怎样？快转回家去！后生们也就散了。

如今，看戏的年轻人几乎没有了，老人们没那么精明也不计较，罚戏自然也就没有了。但赛菊每一场都全情投入，更不允许自己出错。她们来山后浦第一晚演的是《双杀嫂》，没下雨，来的观众多，纷纷叫好。第二天下午演《丞相试母》，观众反应又很好，地方上的头闻讯很开心，买了几十斤桃子、四个大西瓜送给戏班。赛菊忙得一口都没吃，但心里很满足。她想，我就是戏里的丞相施文青，观众喜欢这个戏，说明我演活了。

有那么一两分钟，后台只剩下我一人。我忽然发现挂着皇帝帽的架子下的神位前点起了两支红蜡烛。我知道，又有老人“戏刹”了，也就是传说的看戏走火入魔了，身体不舒服了，解药就是到戏班后台点上蜡烛拜拜神仙老爷，来不了的就差人剪下一点皇帝帽的流苏烧成灰喝了就没事了。有用没用不知道，戏班却总是有求必应，让看戏人图个心安，就像故乡人说的，高丽人参太补，邪关住了，要用萝卜解。

在后台，我不敢乱走乱动，随便问话，怕犯了戏班的禁忌。小时候就听说，不能问帽子重不重，不能问嗓子好不好，身体好不好，这些都关乎做戏能否顺利，关乎他们的平安，因而外人宁可信其有。还比如，鼓板是乐队的灵魂，打鼓板的师傅叫“鼓板佬”，他坐的地方叫九龙口，是戏台上最神圣的位置，其他人决不允许坐，更不允许触摸鼓板。

此时，小旦爱妃上台，赛菊退到后台，从贴着一个“赛”字的戏箱里取出一条绑带绑上头，侧过头对我笑了一笑，眼角还挂着一滴晶莹的泪。

再过一个小时，戏散后，她会开车回到距离此地十公里的漩门湾大坝老鹰窠的家，那是一个靠海的小山村，大坝未筑成时，传说连飞鸟都飞不过去。到家后，她会煮两碗面给自己和俏俏当夜宵，然后帮俏俏给嘟嘟洗澡，睡下，第二天中午吃了午饭再赶过来化妆。

这个在古代和现实之间自如穿越的女人，她在海边的家是怎样的？她的丈夫是做什么的？在家里，这个优雅神秘的女人是什么样子的？她对我这个一直尾随着她的不速之客是怎么看的？

多日后，我看到她在微信的朋友圈里这样写道：第四天下午演《藕断丝连》，我演林天赐。下半场还在化妆，来了非常非常难得的贵客苏沧桑老师。我们小小戏班迎来大作家，心情无比兴奋。

然而，当时她那么沉静，甚至有点冷淡。

（《跟着戏班去流浪》节选）

# 月上龙坞

## 一

圆月从后山升起，中间是耀眼的白光，周围是粉色的云，向晚的夜空仿佛一张微醺的脸。我们就着月色喝最后一口杨梅酒的时候，听见月色里亮起一声“老黄——”。

这是初春的龙坞，西湖之西、钱塘江之北，一个离杭州只有十五公里的世外桃源，千亩茶园连绵起伏，散落着一户户茶农人家。离清明节还有五天，对于以西湖龙井茶为生的村民们来说，是金子般的五天。

茶农黄建春的炒茶坊里，蒸腾着这个春天最浓郁的香气。自从祖先与一片叶子在森林相遇，茶在波澜起伏的人类进程里扮演着各种风雅角色，而对于黄建春一家，茶就是茶，是土地的馈赠，安身立命的根本。

踏月而来的，是一位茶人——与黄建春家一墙之隔的求是茶园园主王如苗，跟在他身后的，是即将来杭攻读茶文化博士的美国小伙戴伦。

十年来，农历二月二过后的每个清晨，王如苗都会一个人沿着求是茶园旁蜿蜒的小路走一段，先经过比邻的黄建春的茶垄，慢慢下坡，走向开阔处，展眼便是黛色的远山和一垄垄碧绿的茶园，低低萦绕着白色的云雾，一声声鸟鸣从经过一夜沉静的空气中穿行而过，叫声比露珠更为清冽，而一夜之间冒出来的芽尖，也像一张张雀嘴在鸣叫。他常常想，一定不止我一个人知道，一杯茶里，藏着多么美好的清晨。

古时，将采茶时节上门来寻茶、留宿或相帮的朋友，叫作“茶亲”，此时，王如苗是，我也是，戴伦也是。一见如故的三个人像古人一样，坐在黄建春炒茶坊前的空地上喝茶。普通的玻璃杯，几张顺手拉过来的骨牌凳和矮竹椅。用最舒服的姿势坐到一张矮竹椅上，感觉一左一右都是我多年的兄弟。围着我们的，还有十几个竹篮竹篓竹筛竹簸箕，还有老茶树们，以及一只脚受了伤的猫。

皓月当空，人在草木间，空气里有三种茶香——一种是炒茶的干香，一种是明前茶茶汤的润香，还有一种是茶树呼出的气息，在月光里暗暗浮动。我恍若觉得，此时月下喝茶的，不止三人，而是对影成六人，九人，无数人……是第一次与茶相遇的猎人或者神农，是留下划时代茶学专著《茶经》的茶圣陆羽，是首创“佛茶一家”的茶祖吴理真，是第一次写下“茶人”二字的晚唐诗人皮日休、陆龟蒙，是手书“茶禅一味”的宋代圆悟克勤禅师，是吟出“从来佳茗似佳人”等千古绝句的苏轼，还有宋徽宗赵佶，还有将狮峰山下十八棵茶树封为“御茶”的乾隆……一片树叶，与人类的第一次结盟后，用它小小的身躯占领了地球上三百万公顷的土地，一杯弱水，蜕变为灵物，在历史时空里腾云驾雾，既左右着人类文明的进程，又让无数素昧平生的平凡人像家人一样坐在同一轮圆月下寻得清净自在，就像此刻的我、王如苗、戴伦，还有仍在炒茶的黄建春。

王如苗说，半个月前，下午三点，早春头一批西湖龙井刚炒好出锅，门外响起一个熟悉的声音：新茶好喝吗？

进来的是一位山东大汉——王如苗在济南开茶庄的茶友，居然独自一人开了八小时的车来到求是茶园，事先并没有告知任何人。

王如苗心里诧异，笑问缘由。答曰，只为品鉴早春第一泡西湖龙井。

王如苗问，你怎么知道今年第一泡龙井正好今天下午有？

他笑，昨天看到你朋友圈说今天开采了。

两人在茶桌前一一坐定。那个下午的第一口西湖龙井，王如苗尝出了与往年不同的滋味，和胃一起慢慢热起来的，还有眼眶，还有心。

## 二

月上柳梢时，她们已经睡下了。

惊蛰过后，春分之前，油菜花铺满江南大地时，采茶女们被村里的茶头带领着，浩浩荡荡从江西或安徽等地出发，坐十多个小时的火车抵达杭州，抵达一个个正在萌芽吐翠的茶园。

她们大多五六十岁，做了祖母或外祖母，大多不愁温饱，但一年一度二十天的采茶工收入，关乎她们的生活质量，可以补贴家用，零花，或攒足一根金项链、一对金耳环。拖着肿胀的双腿来到茶村后，她们被随机摊派到需要帮工的茶农家里，每天凌晨五点到傍晚五点，除了吃午饭，中间不休息，不敢多喝水，尽量不上厕所，晚上八点多就睡觉，睡通铺或地铺，如此，包吃包住一百多元一天。

马达加斯加的卷尾猴有着独特的歃血为盟的方式：把手指放

进对方鼻孔，让对方碰触自己的眼球，以示在性命攸关的战斗中保持极度信赖。一斤茶需要一双手采摘五万六千次，按照采摘嫩度的不同，分为莲心、旗枪、雀舌，构成龙井茶的品质基础。采茶工是否用心，直接关系东家一整年的生计。短短的二十天是一场“战斗”，他们“歃血为盟”，凭的仅仅是口头约定，还有良心。

午后寂静的时光里，滑过一声声鸟鸣，一朵朵云在天空默默无语，充耳不闻人间的悲喜。采茶女们双手戴着半截棉纱手套，每一个指甲都被茶汁浸染成黑色了，拇指和中指食指指肚的皮很厚，指纹已经被一道道纵横交错的裂纹代替。这些手指上仿佛长着眼睛，左手落在一片叶芽上时，余光已经瞟到右手要落到哪片叶芽，右手落下时，左手又有了着落。用的是食指和大拇指指尖的巧劲，升上拔起，只轻捻，不紧捏，不用指甲掐，太嫩了不行，太老了也不行。

每年清明前后，戴着斗笠、穿得花花绿绿的采茶女们静静散落在云雾缭绕的龙坞茶园，成为江南初春最美的景色，被摄入人们的镜头，镜头年年记录着这种美，却无法记录斗笠下通红的脸，湿透的头发，还有腿脚的酸痛。

此时，月光照见她们已经熄灯的窗口，让我想起一张照片——是她们中的一位发在朋友圈里的合影，背景是一垄一垄绵延不尽的茶树和寂静的群山，她们大多笑得很腼腆，其中一位叫王中玉的笑得最开心，皱着鼻子，露着豁牙。

照片下写着：“七仙女下凡。”

## 三

月亮升到顶空时，月光落到龙坞茶农黄建春身上仿佛多了些重量，使得他的手势和脚步都渐渐沉重，像独自一人拖着一整个夜的黑。

沙——沙沙，筛子旋转，茶叶飞起来，在月光下悬停一秒，或十分之一秒，落下，瀑布般闪亮，沙沙沙地落回筛子，一些分量轻一些的碎叶，便经他手腕的巧劲，飞离了筛子，落到了地上。

村里人都睡了，采茶工都睡了，他的家人也都睡了，他还在炒茶。除了吃饭，抽几口烟，他没有过片刻的休息。他的手，是天生炒茶的手：五指合并，严丝合缝，从指根到指尖，有微微弯曲的弧度，与炒茶锅紧紧贴合，手工炒茶的“抖、带、挤、甩、挺、拓、扣、抓、压、磨”十大手法一一精通。黄建春是村里炒茶炒得最好的人之一，他炒出来的茶叶，色绿、香郁、味甘、形美，尤其是色泽乌润，手感如同摸在丝绸上，无比光滑，拿到茶叶市场卖，一般比别人价格高一两百元。

第一锅新茶出来，叶底细嫩，如同花朵一般，他从来舍不得

正在采茶的戴伦

摄影：苏沧桑

明前龙井茶

摄影：海天

正在修剪茶树的黄建春

摄影：海天

自己喝，喝的都是清明后采的老茶，卖相差的那种。不是喝不起，不是死要赚钱，是太辛苦了，只有他自己知道，在每一片茶叶上，他从未吝惜过自己的体力。

巨大的老香樟树像一双大手覆盖着炒茶坊，让他常想起父亲的大手。睡在山上的父亲说，这是老天的恩赐，传了一千二百多年，不能白白扔了。是啊，祖上传下来的茶园怎么能不顾呢？祖上传下来的手艺怎么能放弃呢？他不太懂茶文化的博大精深，好好做茶，心无杂念，随遇而安，是最心安理得的谋生方式。

月光下，一丛丛老茶树站成了一块块沉默的石头。老茶树是祖上传下来的，年岁久了，乏力了，产量太低，味道较之新品种更为苦涩、浓烈，有人特别喜欢，但卖不出价钱，几乎被茶农们放弃了，便任它自由生长，也不修剪，越长越高，越长越瘦，无人问津，野猫随意出入。

月光下，茶农黄建春微微弯着腰，用畚箕畚着茶，那么瘦，像一棵老茶树。

## 四

我睡在月光下的龙坞，做了一个关于茶的梦。我梦见自己在一个梦境里外飘浮，如同立体的圆月亮在海平面上下浮沉。我在梦里捕捉着“它”——有时，它是一枚嫩叶，有时，它是一粒葵花籽大小的绿光，有时，它是玻璃杯里千万个跳舞精灵；它是解毒的良药，亦是喂给敌人的毒；是刀剑，亦是丝绸之路上的生命之饮；是禅院里的一缕青烟，亦是殿堂上的最高礼仪；是僧侣行囊中无上的佛法，亦是凡间最美的烟火；是诗人的酒，是酒的友，是他乡明月，是游子的根，路的尽头……

它在几近沸腾的温度里一次次涅槃，让万千生命在永恒的不完美中感受短暂的完美。比心脏更柔软的舌尖，为漫长的生命苦旅完成了一次次短暂的释放，哪怕只有一盏茶的时光。

而那些制茶的人们，手掌上沾染着泥土的温度，在我的梦里转身，面目清晰，他们从未想过要释放自己的艰辛和坚忍，累到极点时，也只是轻轻地、轻轻地叹了一口气。

梦被一声鸟鸣啄破，隔壁房间采茶工们洗漱和聊天的声音鱼贯而入。打开房门，黎明前最后的月光四处逃散，月亮放弃挣扎，向着山坳渐渐沉沦。

路灯尚未熄灭，采茶女们又出发去山上采茶了。不知谁说了个笑话，她们嘻嘻哈哈的笑声瞬间占领了被晨雾和露珠管制着的田野。

# 执灯人

全程见证器官捐献后的那一夜，我几乎没有合眼，迷糊中，我看见她一身白衣，站在一个黑暗的墙角，双臂一高一低弯曲，默默托着一盏宝莲灯。

## 桌 角

秋分前一天，台风“凤凰”掠过杭城，下起了小雨。雨声像一个乳母，把世界安顿在她的絮叨里，世界便给人婴儿般安静和干净的错觉。

在被闹钟吵醒前，曹燕燕躺在杭州钱塘江边的家里做了一个梦：大雪纷飞，她抱着遗体器官捐献者头发花白的老母亲蹲坐在太平间门前，等待殡仪馆的灵车。车灯越来越近，像两团篝火在雪夜中跳跃。她想，这团篝火，是象征生，还是象征死？

手机闹钟铃声啄破了她的梦。

曹燕燕眯缝着眼睛起来洗漱，梳头发。上厕所的时候，曹燕燕看了看微信上的朋友圈，她昨天发的“器官捐献遭遇无车日，能免罚款不？”没有人点赞，朋友们都让她加油，或让她自求多福。她看到了关键一句：秋涛路应该不限行。

镜子里是一张小方脸，白皙的皮肤几乎看不见毛孔，眼睛很大，眉毛和眸子很黑，如果擦点口红，这张三十三岁的脸是一张极美丽的脸。

素色连衣裙套在高挑纤瘦的身上，让她看上去像一个年轻的女老师。耳垂上的钻石耳钉，亮出了一丝妩媚和时尚。曹燕燕给镜子留了一个笑脸，她的嘴角很翘，不笑也是这样，有人跟她说，佛的嘴角都这样。

她转身冲到客厅餐桌前，站在桌角，大口吃起了父亲准备的早点。

桌角，是长方形桌子的东南角，最靠近卧室。桌角两边是她的凳子和她先生的凳子，但是，这两张凳子很久没有人坐过了。先生在外地，一个月回来一趟，她自从换了新的工作，四年来的早餐，几乎都是这样站在桌角旁吃的。其实，也不是就这么急，但是，她坐不下来，心里急。

器官捐献协调员曹燕燕：执灯人，桌角被她靠着，长年累月吸收了她的体温，已经有了其他三只桌角没有的圆润，成了她身体的一个支柱点。支柱，是的，她累，她需要靠着，时刻需要靠着，但出了这个门，就靠不着了。

桌角的另一边，刚读小学的儿子在埋头喝牛奶。她蹲在门口穿鞋子时，儿子抬头说“妈妈再见”，说明他心情不错，他不抬头，表示他生气了。她知道他生气了，但她经常假装不知道。若让他知道妈妈知道，他就更难过，否则，他觉得，自己不该生气，一会儿就过去了。

“只要妈妈不管我，不对我凶，我就高兴了。”他这么跟外公说。这其实是他的最低愿望。

她抓起两只包往地下车库走。她的包有两个，一个是红色的皮拎包，一个是黑白花纹的双肩包，里面放着随时要用到的各种资料。穿越长长的正在修建高架的尘土飞扬的秋涛路，她抵达单位。

红十字会人体器官捐献协调员，是她的职业——“他们是任何时候出现都不合适的人”——当一个人被宣布不治，他们就出现了，动员患者亲属在患者去世后把器官捐献给有需要的病人。如果说，捐献者是光明，那么，他们就是默默站在黑暗中隐身人般的执灯人。

## 劝　说

11 月 23 日，杭州城北某医院。

一位青年男医生从重症监护室冲到护士长值班室，随手拿起半瓶矿泉水，仰脖喝了几口，满头的汗珠一颗颗滚到了蓝医服上。他斜靠在桌沿上喘粗气，问曹燕燕："谈好了吗？"

曹燕燕说："基本谈好了，你歇会儿。"

他说："哪有空歇，还有一个病人马上手术下来。"

重症监护室里，躺着二十多个病人，包括她的病人——江西来杭打工做大理石切磨的三十九岁男子欧阳，因车祸已经脑死亡，靠呼吸机和药物维持着呼吸和心跳。各种年龄的病人，此刻都像熟睡的婴儿般安静，只有仪器发出的当当当的声音回旋。当我跟随曹燕燕穿过一张张病床时，我想起了雨后被车轮卷起的落叶。三个医生正围着抢救一个在工地里被重物击倒的民工。被子被掀开，他瘦弱的腿部和无力的阴部就袒露在日光灯下。我赶紧躲开了眼睛，感觉心被什么狠狠拽了一下。

"亲戚们都谈过了，同意捐献器官，现在，等他的妻子来。"

曹燕燕对医生说。她的桌前摆着喝了一半的奶茶和一盒没吃完的快餐，晚上8点了，她刚吃过晚饭。

欧阳的妻子来了。一位四十来岁的中年妇女，一身大红灯芯绒棉衣，绿色的旅游鞋，挎着一个包，瘦小，皮肤黑红，五官清秀，脸上没有表情。

她和他们小姑、小叔，和曹燕燕一起围坐在房间里。四双鞋子在反光的大理石地板上围成了一个圆。陌生的四双鞋，从毫无关系的四面八方赶来，面面相觑，共同见证一个生死决定。

我坐在值班室的一个角落，离他们两米远。

"你好，怎么称呼你呢？我比欧阳大哥小几岁，要不，我叫你大嫂好吗？"曹燕燕普通话很标准，语气轻柔自然，语速不快不慢，像在拉家常。她身体前倾，双脚并拢，眼睛寻找着欧阳妻子的眼睛，却只看到她的头顶。她手上是一个小本子和一支笔，她胸前的协调员证在她说话时一晃一晃。应该说，这是一个让人信服和喜欢的形象。

欧阳妻子点点头，抬头看了看她，依旧没有表情。

"关于大哥的病情，捐献器官的事，姑姑他们都跟你说了吧？现在，经过抢救、手术和医生反复诊断，大哥已经没有了自主呼吸和瞳孔反应，也就是说，人是救不回来了，咱们……嗯……怎么打算？”

欧阳妻子叹了一口气，很轻，像一片黑色的灰烬，在冰冷的空气里盘旋，落下。五六个人挤满了五六个平方米的护士值班室，这一口气却让这个房间显得异常空旷。

“我没听清楚，再说一遍好吗？”她说。

“手术都做了，情况太差了……”曹燕燕细声地跟她说了整个情况，包括无偿捐献器官的意义，包括象征性的补助政策，包括除捐献肾脏、肝脏和角膜外，是否捐献心脏，“也就是说，其实人已经没有了，是靠药物和呼吸机维持的。”

“别人真的有用吗？有用就捐吧。”很久的沉默后,欧阳妻子说。

“孩子知道吗？”

欧阳妻子说，他们有三个孩子，大儿子十七岁，辍学了，在做学徒打工，很省的。小儿子才七岁，中间那个女儿在读初中，女儿常说:“妈妈我想补课，为什么别人都有钱补课，我没钱补课。为什么我们这么忙还没钱？”

一说到孩子，她终于哭了起来。她说，欧阳是个内向的人，学了切磨大理石技术，却不走运，赚不到钱，独自跑出来打工，9 月份才寄了两千块钱回家，没想到就出车祸了。她自己本来做鞭炮赚钱多一点，可是烂手，吃不消，只好做电子，一个月三十天都要上班，可才赚一千多元。

“别人真的有用吗？”她又问。

“有，很多人在等待，比如肾脏，浙江就有四万人在等待。”

她的手机不停响起，曹燕燕等她接完，再接着跟她解释，告诉她关于捐献本身有两个选择：一是等心跳停止再捐献，但器官衰竭了，可能就不能用了，人也会越来越难看，家属看着也越来越伤心，还有一个很现实的问题是巨额的治疗费是个无底洞。第二是鉴定脑死亡后，停掉呼吸机，心跳没有停止时捐献心脏，可以多救一个人。

“我愿意，但我不知道他会不会怪我，我对不起他，但他也对不起我们四个人。”她又抽泣起来。

“这是积德积福的事。”曹燕燕说，一个十七岁的孩子得了尿毒症，隔天要去做血透，父亲靠卖纸钱供他，本来注定是悲惨的一辈子，但前几天，有人捐献了肾脏，他得救了。还有上个月，一个十七岁的男孩把心脏捐献给了一个十八岁的男孩，他的家人们都觉得，他还活着。

又是沉默。大约一分钟后，欧阳妻子眼睛看着地面，说：“人家真的需要吗？那就捐吧。”

曹燕燕说：“你们还是回去再商量一下，无论怎样，一定要你们完全没有疑虑，但请你们相信我们，这一切都绝对不违背法律和伦理，这件事对咱们家里人来说太重大了，不一定现在就决定。”她说“咱们家”。

在近两个小时的谈话里，“脑死亡”出现了无数次。“这是爱心传递，他能挽救好几个濒临死亡的病人的生命，而且，他能以另一种方式继续活在人世间。”这是曹燕燕说得最多的话。

三年多前，第一次参与浙江省首例器官捐献时，曹燕燕还是一名医院重症监护室的护士。在国内，这是一个全新的领域，没有师傅，没有导师，要完全靠他们自己去想怎么谈、谈什么。当家属沉浸在悲痛中时，你的某一句话也许就是一颗炸弹。怎么开口？难。

那天大雪。一名年轻的男性外来务工者遭遇车祸不治。当家属赶到医院时，曹燕燕和同事们围了上去，却不知道怎样开口。曹燕燕告诉自己，小心，小心，安慰，陪伴，更要尊重。要将心比心，绝不勉强。

那位并不年迈的父亲终于停止了流泪，将眼睛抬了起来。曹燕燕的眼睛却一下子湿了。那个眼神，是空旷的，灰色的，比天空还灰，是大地收割后，满目的伤口和荒凉。

她不敢再说什么，只是用眼睛看着他，虽然没有救治的希望了，但是，在机器、药物的维持下，就能多感受一刻亲人的体温和心跳，感觉他还在身边，而如果同意捐献，就意味着为了避免器官功能衰竭而放弃最后一点念想。

突然，曹燕燕的手机响起，父亲在电话里说儿子发烧了，让她快点回去。

曹燕燕说，她在执行任务，让父亲先想办法给儿子吃药降温，赶紧挂了电话。

手机再次响起。她狠心掐了，改成了振动。她多么希望，这位父亲快点答应，但她不能催促。

手机一直在振动，曹燕燕的心像被猫抓着一样——“儿子，爸爸，请原谅我。”

沉默了很久，那位父亲说，考虑考虑。

在后来无数次的协调中，曹燕燕听到的家属最多的话就是“我理解，也觉得这是有意义的，让我们考虑考虑”。“考虑考虑”，有的是真的，有的，其实是婉拒。婉拒是轻的，有时也会挨骂。有一次，一位小伙子车祸不治，曹燕燕前往缙云协调，母亲当着他们所有人的面大骂建议器官捐献的小儿子，甚至要打他巴掌。“其实，我们都知道，那也是在骂我们。”曹燕燕说。

成功率最多只有三分之一。而目前，自然人生前自愿表示死后捐献遗体或器官的，很少很少。

11 月 24 日下午 2 点，又经过一个小时的协调确认，欧阳妻子和他弟弟在捐献书上签上了名字。她伏在桌上签字后，走出护士值班室突然难为情地笑了，说："我只给他买了短袖，不行，我再去买。一会儿他出来时，我想拍张照片给孩子看。"最后几个字，被哽咽吞没了。

曹燕燕上前搂住她的背，一直轻轻拍着，将她送到等候在重症监护室门外的亲戚们那里。欧阳妻子轻声问："我能不能打电话到老家问问，选择一个时辰？"

曹燕燕没有回答。世界上哪个人能选择断气的时间？她轻声跟他们说："咱们好好给大哥选一个火化和安葬的日子好吗？"

大雨。手术马上开始。曹燕燕长吁了一口气，又成功了一例，又有至少三四个人获救了，但心里却有泪流下来，如窗玻璃上闪亮的雨滴。

## 见　证

7 月的一天，当我花费一个多小时穿越长长的正在修建高架路，尘土飞扬、坑坑洼洼的秋涛路来到曹燕燕的办公室时，才知道我们居然是邻居，这意味着，我折腾一次都觉得受不了，而她每天一早都要如此这般才能抵达工作单位，然后开始艰苦卓绝的一天。

我们都是海边长大的女子，我们同住一个小区，我们都纤弱，我们的嘴角都微微上翘。然而，我们如此不同。当我散步时，她加班；当我吃饭时，她刚开始做饭；当我娱乐休闲时，她加班；当我睡懒觉时，她早已赶赴医院、火葬场、交警队、法院，或者已早早起来带儿子出去玩。睡懒觉，于她已是非常奢侈的一件事了。

11 月 23 日，我跟随她到城北某医院见证她和欧阳一家的协调过程，结束时，已是夜里 9 点多。她开车在前面引路带我回家。穿过整整一座杭州城，到家快 22 点了，这于她却是常态。

在小区分手时，我说："器官采摘手术时，你叫我。"

她看看我："说，你吃得消看吗？"

我惊住。这个问题，我想都没想过。我才想起，即使看一看，都是需要勇气和胆量的，而她还要见证、录像、给捐献者穿衣、送太平间或殡仪馆。她一眼看出了我的怯弱，一个小时前，我不敢触碰医院里任何东西，我甚至没有喝她递给我的那瓶水，没有和家属说一句话。她说对了，我吃不消看。

我说："我试试。要不，我就在手术室外面看吧。"

我晚上出门前刚洗过澡，到家后又想洗个澡，但我觉得，这样做内心有点愧疚，就用湿毛巾擦了擦头发，像擦掉不祥的空气。夜里醒来，我想起了重症监护室里欧阳肿胀的眼睛和浓密的睫毛，一时难以入睡。我知道我不勇敢，但我想去看看。因为敬佩？因为好奇？因为挑战自己？因为想让更多人知道世界上有这样一群了不起的人？都有。

11 月 24 日下午，穿过瓢泼大雨，我再次赶到城北某医院。

曹燕燕带我换上淡蓝色的医护服，戴上口罩和帽子，换上拖鞋，全副武装后，穿过“迷宫”——一间间挨在一起的手术室像一座城。我站在了欧阳的手术室前，隔着一块一本杂志那么大的玻璃窗。

一共十来个医生，包括从别的医院过来监督的权威专家、来接收器官的医生。

五个男医生全副武装在手术室门口待命，他们是来采摘器官的医生。他们每人抱着一个手术袋，只能看到帽子口罩或眼镜后面的眉眼，只听得见他们几句闲聊，声音很年轻。

“真伟大，能救好几个人。”一个声音从口罩后传出。

“医生救人是对抗上帝啊。唉，咱只好在其他地方多积德了。

即使对抗上帝也要做。”另一个声音从另一个口罩后传出，他手里缠绕着一根缝合线，反复练习着一个打结手势。

然后，大门关上，手术开始。我瞬间觉得空气是凝固的，呼吸起来要用点力。

欧阳安详地躺在手术台上，呼吸机已经脱掉，生命体征仪的波段，静静闪烁。医生们全部静立在前，等待他的心跳慢慢停止，曹燕燕和另一个负责见证记录的女协调员，正用摄像机拍摄记录现场。

不知过了多久，也不知道是不是我的幻觉，我看见欧阳的右手慢慢抬起来再慢慢放下，像在向这个世界、向他的亲人挥手告别。我的头皮发麻，心咚咚咚狂跳不止。

16 点 26 分，欧阳心跳停止。

那一瞬间，我并没有意识到，我正坐在一张圆凳子上平复心绪，忽然感觉一阵风起，我身边五位医生像是突然听到了什么指令，全部唰地站起来，走进了突然打开的手术室。

这时，我听到了一阵婴儿的哭声。是我的幻觉吗？

一位五十多岁的护工，正将我身边刚才医生们坐的一张张圆凳子搬到另一间空手术室里。我问他：“医生，怎么有婴儿的哭声？”

他抬眼看了看我，他大概有点困惑我的身份，但他大概把我当成协调员中的一位了。他口气平淡地说："剖腹产手术也在旁边做的。"

他说"也"。在他眼里，一定生也平常，死也平常。

我呆立在手术室外的墙边，在无边的寂静中，听到了生死轮回巨大的轰鸣声。

手术前后两个小时，曹燕燕出来过几次，或者接电话，和交警谈事故处理赔偿的事，或者打电话和殡仪馆对接，或者去家属那里取新买的寿衣。接电话时，她没看我，直接蹲在了地上。我起身示意让她坐，她不肯，继续接电话。

空气里已经有晚饭的香味了，不知道是不是又是我的错觉。走廊里空旷安静，没有任何声音，其他手术室的手术大概都结束了。

手机没电了，我找到了墙边一个插座，把手机靠在那儿充电。让我意想不到的事情发生了。刚才那位护工推了一张单人床过来，就靠在我手机充电的墙边。他从一只大旅行袋里掏出了一床花被子，折一半垫在床上，另一半掀开了。然后，他慢慢掏出一件衬衣、一件夹克衫、一条秋裤和一条深色外裤，他仔细将它们套好，大概方便一次性穿进去。还有一双袜子和一双旅游鞋。

我一下子惊住——这是一张灵床，欧阳的灵床。

如果我要拿手机，必须移动这张灵床。我呼吸急促，脑子里一片空白。

第一次帮助护工为捐献者遗体穿衣，搬运，曹燕燕也曾经呼吸急促，脑子里一片空白。

当护士时，因为对护理的病人已慢慢熟悉，接触遗体时没那么害怕。而器官捐献者往往是突然遭遇不幸的人们，她面对的是完全陌生的面孔和身体。按照规定，医生不能跟家属接触，给捐献者做了器官手术后即刻离开，曹燕燕就要帮忙给遗体擦身、穿衣服，一起抬上灵床，一起推到太平间，甚至一起将陌生的遗体抬进冰柜，有时连家属都不敢做这些事。有时车还没来，协调员要陪着已经过世的捐献者，有时是一个人陪。

有一次，做完手术已是夜深人静。当太平间的冰柜打开，冷气呼地扑上她的脸，陌生的遗体近在咫尺，她感觉能听到彼此的呼吸，虽然遗体是没有呼吸的。她的全身仿佛沾染上了死亡的气味。

从太平间出来，她一个人回家，走在忽明忽暗的路灯下，害怕，很害怕。除了害怕，还有挥之不去的无力感，她觉得，这样的日子，一天都没有力气再过下去了。

在给欧阳做手术缝合的时候，我听见曹燕燕轻声跟医生说，帮他把眼睛弄得好看一点哦。医生说，好的。

殡仪馆告诉曹燕燕，因雨大车子要在一个多小时后才能到，也就是说，手术结束后，要先送他到太平间，然后等车来接。

曹燕燕让我先回家吃饭，可我知道她今天没开车，想带她一起回家。还有，我不想推开灵车去拿我的手机，我觉得，那是一种不敬。

护工过来，将灵车推进了手术室，给欧阳穿衣服。

曹燕燕坚持让我不要等她。她说，堵车，下雨，等一切处理好还不知什么时候，她有数的，这样的事已经很多次了。

几年前的那个冬天，已经夜里 9 点多，天突降大雪，而约定的殡仪馆车子因为大雪在路上耽搁了两个多小时，曹燕燕就站在医院太平间的门口等，在雪中站了一个多小时。从太平间门口看出去，是一个小区，橘黄色的墙面，橘黄色的灯光从窗户里漏出来，那些幸福的人们怎么会想到，就在他们对面，一个女子独自站在雪地里，送别一个陌生的年轻人，而那个年轻人的父亲，已经悲痛欲绝，瘫坐不起。

雪落在脸上，彻骨的冷，曹燕燕感觉不是站在夜里，而是站在地狱，连思维都麻木了。我在做什么？为什么要做这么苦的事情？多救几个人，那些窗户里的人们就多一个团聚的机会，可是我自己得到什么了呢？值吗？

夜里，儿子体温正常了，曹燕燕却发烧了。吃下大把的药，捧起闹钟，将时间定到了早晨 6 点。她得早早起来，赶到殡仪馆帮助亲属处理后事。协调工作是完成了，但不能人走茶凉，她得陪着他们。

## 山坡上的花朵

11 月 24 日傍晚 6 点，手术室里推出来他们的亲人，已经没有了心跳体温和呼吸的亲人。一切都结束了。全体医生和曹燕燕对着欧阳的遗体默哀，我站在手术室门外默哀。世界一片寂静，他走了，却如他名字的寓意：阳光普照光明。

欧阳的妻子哭着冲上去，将手伸进他盖着的新花棉被里，抚摸着他仍缠绕着白纱布的头，她的手胡乱摸着，抖着。

太平间的师傅带着他们和哭声从 5 号电梯下楼。开电梯的大姐一直说，不要哭不要哭。

一分钟后，电梯上来，那五个接收器官的医生突然从转角出现，果然是一群年轻人，已经换上便服，拎着保温箱，拉着行李箱，一起走向 5 号电梯。那些箱子里面，是欧阳活着的器官，他生命的一部分，将要随着他们走进另一个生命里，以另一种方式存活人间。

一前一后，他们乘坐同一台电梯下楼，没有打照面。然后，各奔东西——生，死。

我呆立在电梯旁，感到眼睛发烫。

曹燕燕她们换好便服出来时，5 号电梯又上来了，我其实希望从别的电梯下去，但她说：“电梯来了，我们就从这儿下去吧，家属还在太平间等我们。”我和她们一起走进电梯，我无法想象，如果她们知道，这部电梯刚刚分批下去他和他的生命的一部分，这部电梯里，还留着他的气息，她们是什么感觉。

也许是我多想了，她们不会再哭了，也不会多想什么。

曹燕燕告诉我，她曾经哭得最厉害的一次，是几年前在殡仪馆的一个斜坡上。

那是一个春天。告别仪式结束后，她和捐献者的哥哥一起，将遗体推过去火化。火化的房子在一个小坡上，坡的两旁伸出很多绿影，开满了鲜花。他们一起推着车小跑了几步以借力上坡，突然，车子从她的手里滑了出去，她来不及抓住，而他哥哥继续推着车在往坡上跑，一刹那，悲伤突如其来，像雷电击中了曹燕燕。她在坡上蹲下来，泪汹涌而下，她觉得特别特别的难过，这春天的一切刚刚开始，多么蓬勃美好，然而，一个那么年轻的生命从她手里滑掉了，从坡这端到那端，转眼就化灰化烟了。

曹燕燕蹲在地上痛哭。但有一个声音告诫她，不能哭，否则，她就是不称职的！

灰黑——他们的世界里总是萦绕着这一种颜色。每天与悲痛中的病人家属、陌生的病人遗体、手术间、太平间、殡仪馆、公安司法甚至媒体打交道，没有白天和黑夜，没有工作日和休息日之分，没有省内和省外之分。在国外，这份工作必须三年一换。前几天，她去外省开会时，听说一位外地同行，一个优秀的小伙子已严重抑郁了。

什么时候是个头啊？不知道。2015 年 1 月 1 日起，中国全面停止使用死刑罪犯器官作为供体来源，公民去世后自愿器官捐献将成为器官移植使用的唯一渠道。150 万人在眼巴巴盼着器官移植，曹燕燕她们没法歇。

## 好　报

曹燕燕有两部手机，一部是苹果 5S，还有一部是老式安卓手机。苹果手机里存着一些照片。

这是一个十七岁男孩的照片。他的父亲和哥哥都是老师，当医生宣布男孩脑死亡后，哥哥说，他和弟弟一起去海南玩时，弟弟在海边拍着胸脯说，哥哥你听我心脏跳得好有力。哥哥说："我们一定要延续他的心跳，让他继续活在人世间。”此刻，他的心正跳动在另一个十八岁男孩的胸腔里。

这是一个婴儿的照片，一位儿童器官捐献者的妈妈在第二个儿子满月时拍的。一个外地女人，第一个儿子不幸遭遇车祸，在曹燕燕的帮助下进行了器官捐献，她们也成了好朋友。在她决定生第二个孩子的时候，曹燕燕帮她找医生，找偏方，听她倾诉。有一天晚上，曹燕燕接到她的电话，说要告诉她一个好消息，曹燕燕说“怀孕了？！”果然！孩子出生一分钟，他们就给她发来报喜短信。更巧的是，孩子居然在预产期前提前出生，与第一个儿子的出生时间只差了几小时！

这是遥远的贵州大山里的一位老母亲。她来浙江打工的儿子突遭不幸，进行了器官捐献。千里迢迢，曹燕燕和同事一起送他的骨灰回家。安葬那天，阳光灿烂。在坟前，曹燕燕对这位老母亲说：“好人一定会有好报的。”老母亲笑了，说：“是啊，你看，今天我儿子下葬，天气这么好，师傅把他的墓碑刻得这么好，这就是好报。”

粉色羽绒服，红色毛衣，怀抱着一个婴儿，笑得像一朵花。这是她发在微信朋友圈上的照片，上面这样写着：我一直觉得自己是个很好运气的人，今天去会这位小帅哥刚好是他双满月。一定会有人好奇他的身份。故事还得从2012年说起，他的姐姐因突发脑出血深昏迷，生命无法挽救，他的父母希望在女儿离世后捐献器官帮助别人，回报社会。那天，泪如雨下的妈妈在女儿的额头上留下了最后一吻，我一直清楚地记得妈妈在女儿病床边告别时最后反复对女儿说的话：女儿，让我们继续去爱身边的人。每每回想起那个场景，眼眶就会瞬间湿润。这是一位多么善良、多么坚强的母亲，如此深刻地爱着孩子、爱着身边的人。所以感谢这个帅哥的到来，让他的父母能够再次面对生活、面对未来……四年了。一百多天连续加班，有时两天两夜未曾合眼，有时几十个小时马不停蹄地赶路，大夏天为了到边远山区取证四天四夜连衣服都没换，对于一个爱干净的美丽女人，几乎无法想象。常常在深夜，长途汽车在深山里盘旋，她看着天上的星星从亮到暗，看月亮从天这边移到天那边，听到车子在悬崖边嘎地停住又继续前行。太累了，有时对危险都已麻木。

可看着这些照片，她觉得值。这些人的后面，是一群她从未见过的人——得到器官捐献重获新生的陌生人，和那些陌生人身后的一个个家庭。而他们并不知道她。11月24日，我穿过瓢泼大雨去见证了欧阳的器官捐献手术，事前，我特意将外套的袖口放下，不让粉红色的内里露出来，我怕对死者不敬。可是，他的妻子始终穿着一身红衣服，我不明白，她为什么一直穿着红衣服，而不是黑衣服。事发突然，她来不及换？还是生活的粗糙和重量，已经压得她无心无力顾忌和讲究了？

“总要活下去。”

“孩子总要读书的。”

她低着头自言自语，眼睛直直地盯进了地面，那里飘过一张谁丢弃的用过的餐巾纸。

自始至终我没有和她说过一句话，我不敢说，怕说错。我不忍想象她以后的生活，我也不愿意想象天下还有多少这样的不幸正在发生。我请曹燕燕转交了一千元钱给她。当我跟曹燕燕说“一点小心意，给孩子补课”时，我和欧阳妻子一样，一说到孩子，泪水就涌上了眼眶。如果说，他们相信好人好报，我希望我的这一点微不足道的心意，是他们今天得到的第一份好报，即使那么那么微薄。

## 卷宗与仙人掌

曹燕燕的办公室位于秋涛路红十字会三楼，堆满了文件材料，但很整洁。过几天，就有一场规模不小的协调员培训。除了协调员工作，行政工作更是千头万绪，光一场培训，就能把人累趴下。

“这些累，难，都不是最难的。”曹燕燕说。

还有更难的？

误解。城市里还好，如果捐献者来自农村，就可能会有风言风语。义务捐献器官有补助政策，在偏远山区里，会有人说家属卖了自己的亲人挣钱等流言蜚语。还有个别媒体记者采访时根本不尊重个人隐私，曹燕燕当然会挺身而出，却遭受过记者的恶语攻击。当她在网上看到一些不负责任的跟帖时，她哭了，不是为自己，是为那些已经失去亲人的家属。她祈祷不要让他们看到，千万不要！

跟家里人也不愿意多说，怕他们担心。只能是同行之间发发牢骚，聚聚，吃吃饭，开开玩笑化解一下而已。

我问她：“你有梦想吗？”我的潜台词是，每天穿行在生死场的日子什么时候是个头？

曹燕燕努努嘴，说：“我其实是个小女人，懒女人，没什么梦想。我很内疚，有时手机、座机两个电话同时接。孩子病了，我也只能在电话里关心一下。一定要说梦想，就是希望每一个捐献者家庭都越过越好；也希望，我既不亏欠孩子，又能更自由地做一个器官捐献协调志愿者。”

这个弱女子，淹没在材料堆里打电话，细细的声音传出来，那么微弱，却牵动无数人的生死。

靠墙有两个大柜子，柜子里码着一卷卷卷宗。我问："可以看吗？"曹燕燕说："可以，只是不要拍照。"我用双手轻轻捧过一卷捐献资料，打开，是一张表格，表格最上面，一个名字和一张黑白照片映入眼帘，那么年轻，已经故去。后面一页，是他的治疗记录，一格格表格里，是某分某秒呼吸停止，某分某秒心跳停止，某分某秒手术，取下肝脏肾脏和眼角膜。再后面，是他父亲的签名和红手印。

我轻轻合上卷宗，我不忍再打扰这位天使。目光所及处，是一盆曹燕燕自己养的绿萝，还有一盆很小的仙人掌，在盛夏的午后，水灵得让人想流泪。

11 月 24 日晚上 8 点半。我从医院回到家吃了点重新热过的饭菜，我很饿，但我一点胃口都没有。洗好澡，躺在床上，觉得腰酸背疼，不是累的，是紧张的。一场大雨过后，降温了。我拿起手机，想问问曹燕燕殡仪馆的车来了没有，她们回家了没有，吃饭了没有，但我不忍打扰她，如果她正在工作，我不能打扰，如果她正在吃饭，我更不想打扰。

我在朋友圈里发了几张她的工作照，我说，不知道她吃晚饭了没有。

她回了一条评论说：已在回家路上。

这一晚，我几乎一夜无眠。我开着灯，脑子里无论怎样努力都无法忘记白天的一切。我只是远远地观望，浅浅地接触，自始至终，我与手术室都是一窗之隔，而几乎每天直面这一切的曹燕燕，她曾经度过多少个这样的长夜？

这个在暗处默默执灯的隐身人，谁来照亮她？

# 古迹篇

## 古道密码

# 唐诗来过

天姥山下，班竹村口，陆布衣接过我递给他的一杯木莲花豆腐，问卖木莲花豆腐的女人：

大姐，你知道李白吗？

我不晓得李白的。木莲花加了蜂蜜，吃了好的。

然后，她专注地核实着手机支付宝里我们转的木莲花豆腐的钱。她大概以为我们在找一个叫“李白”的村里人。

木莲花豆腐果然好喝，被初秋的暖阳轻轻裹着走了一段山路，这一杯清凉正合心意。踏上谢公古道，一张黛绿色的浙东唐诗之路地图立在道旁，曾被历史短暂悬置的巨大空间，此刻清晰地、具象地铺陈在我们脚下。

司马悔桥下的枫叶尚未红透，被阳光照到的一小部分，通透明亮，从黛绿色的山林背景中凸显出秋色令人惊艳的部分。另一个惊艳的部分，来自我的脚下，一些细碎的阳光正落在谢公古道石头路毛茸茸的青苔上，钻石般的光芒，被一个个脚印覆盖，又一一闪现。

这里的一草一木、一尘一土，曾一起承载过千余年前盛大的行吟，一首首唐诗、一桩桩往事、一个个传说，任斗转星移、沧海桑田，如脚底下的一片片光芒，细碎，璀璨，斑驳，如露如电，如梦如幻。从杭州至绍兴，自镜湖向南经曹娥江，入剡溪，经沃州、天姥山，最后至天台山石梁飞瀑，一条长二百多公里、方圆两万余平方公里的浙东唐诗之路，被千年时光冲刷得有点面目模糊，却依然古意悠悠。

一千五百多年前，谢灵运京城被贬后带领家仆几百人，从上虞南山一路披荆斩棘，伐木开径，自制前后齿可装卸的木屐，经新昌，过天台，至临海，打通了越州与台州、温州的通道。他未曾想到，他留在这条古道上的屐印，将被阳光、落叶、积雪覆盖，将被纷至沓来的一个个脚印覆盖，李白来了，孟浩然、杜甫来了，卢照龄、骆宾王、贺知章、元稹、罗隐、崔颢、刘禹锡、贾岛、温庭筠、孟郊、陆龟蒙、皮日休来了，四百多位唐代诗人荟萃沃洲，漾舟剡溪，穿越古道，驰骋会稽、四明、天台三山，击节高歌，留下了一千五百多首东海般恢宏壮丽的唐诗，也留下了一条逶迤绝美的唐诗之路。

看看李白们晒的朋友圈吧——“半壁见海日，空中闻天鸡”（李白），“雪尽天地明，风开湖山貌”（李白），“越女天下白，鉴湖五月凉”（杜甫），“漠漠黄花覆水，时时白鹭惊船”（朱放），“孤云将野鹤，岂向人间住”（刘长卿），“苔涧春泉满，萝轩夜月闲”（孟浩然）……一幅幅浙东山水绮丽画卷撩拨着世人的心魂，转手便点赞，便转发。

假如唐诗是一个人，在那段梦境般的时光里，他见证着一次次人与自然的一见钟情、深情相拥，见证着每一位诗人的狂喜、痛哭、低吟、长啸，并将他们孩子般紧紧揽进了怀里。

可是，面积仅占唐朝国土近八百分之一的浙东，为什么有八分之一唐代诗人游弋讴歌，并将唐诗之路的内涵扩及书画、音乐、哲学、伦理、民俗、经济、宗教、建筑等各个领域呢？它的魅力当然不只在山水。

这里是史前传说中“仙人所居”的蓬莱，亦是佛家圣境、道教福地，更有魏晋遗风与汉及先秦文化的深厚积淀，早被南朝刘勰赞为“六通之胜地，八辈之奥宇”。这里流传着无数美妙的神话和传说，如刘晨、阮肇天台山采药遇仙子的爱情故事，鲁班刻木为鹤的传奇，任公子钓巨鳌的寓言，支遁买山而隐的雅闻，谢灵运自制谢公屐的趣谈，石僧护城的幻境等等。因此，李白们不仅醉心于这片山水，更痴迷于寻访古人踪迹，效仿古人雅事，李白“入剡寻王许”，杜甫叹“王谢风流远”，王勃效王羲之行修禊事，于渍等效戴颙携斗酒，往树下听黄鹂之音医“俗耳”……

在这条著名的古代旅游线上，李白们的游法也是五花八门，有李白、杜甫、孟浩然式的“壮游”，有宦游、隐游、避乱游、经济考察游，还有白居易的“神游”、李白的“梦游”。据考，李白曾四入浙江、三入剡中天姥山、二上天台山、一上四明山，第一次在726年夏秋之交，第二次在747年初寒时节，四十七岁的李白奉诏入京又被放逐还山后，自淮南南下越中，临行前挥笔写下了传诵千古的《梦游天姥吟留别》，一句“安能摧眉折腰事权贵，使我不得开心颜”响彻天宇，在几乎每一个中国人的内心激起了涟漪或巨浪。

一条唐诗之路，不仅是诗歌之路，亦是延续着无穷生命力的精神之路，与万里长城、丝绸之路、茶马古道遥相呼应，千古遗韵在后人们的舌尖上、耳蜗里、笔尖下、灵魂深处日夜回响。

班竹村深处的尽头，是一条通往天台山的必经之路。为我们领路的村里人说，以前这个村叫斑竹村，村里人日子特别苦，觉得斑竹泪渍点点，寓意不好，后来改叫班竹村了。

有人说，还是斑竹好听。

有人说，总是日子好要紧。

昨日在下岩贝村路过一家客栈，见一把旧铜锁，拴着一枚铜钱和一个绣着莲花的蓝荷包，静静躺在客栈门廊的木台子上，像是被谁遗忘了。客栈敞着大门，楼上楼下没有一个人，仿佛一个忙累了的主人，摊着手脚躺在阳光里打盹，静等着周末的又一波热闹，等城里人沿着古道上来，在此栖息一夜，看穿岩十九峰的平流雾，拍日出或日落。一把旧铜锁，一家小客栈，一碗热汤面，某个旅人面朝大山发着呆，某个瞬间，突然再次相信美好，相信远方，相信每一个生命都是一首珍贵的唐诗。

六十多岁的菊莲将一条卡其色的背带裙晾到家门前的竹竿上。我问是不是她自己的，她不好意思地笑着说，是她年轻时穿的，现在胖了穿不了了，舍不得扔。她邀请我到她家里坐一会儿，说要煮一锅红薯给我们吃，她自己种的，刚挖的，特别甜。她邀请的姿势是一边侧着身往家门口走，一边笑着伸出手像要牵过我的手。

毕竟曾是士族文化的荟萃之地，一个普通的村妇，温文尔雅，古道热肠。半小时后，红薯还未熟透，我往土灶里添了一把柴火，看火苗软软地舔着锅底，看菊莲揭开锅盖时，蒸腾的热气使她变

一把旧铜锁，拴着一枚铜钱和一个绣着莲花的蓝荷包，
静静躺在客栈门廊的木台子上，像是被谁遗忘了。
摄影：苏沧桑

得像一个仙女，我是她人间的妹妹。我拿着半块红薯走出她家，走在下岩贝村的暮色里，闻到了整个村庄弥漫着煮红薯、晒稻谷、晒小米、晒豆子、晒红薯干混合着的香气，听到了鸡鸣狗吠和很土的方言，还听到了一些与唐诗格格不入的名词，比如“握手言和”工作室、“微法庭”、“老娘舅”、“民宿贷”、“草莓贷”等等，与我们追寻的诗情画意相去甚远，却能感觉到与此时此地菊莲们的日常息息相关。

村口的空地上晒满了金黄的稻谷，几位闲坐着的老人脸上的褶皱里窝着一团一团金黄的阳光。忽然觉得，那些名词也有了某种诗意。比起奇山异水，这里的人间烟火是否曾给过李白们更多抚慰？

从班竹村的尽头往回走时，见一位白发老妪站在家门口含笑看着我们，身旁晒着两大竹筛红枣。

我问她，老人家您知道这里是唐诗之路吗？

她笑了，知道知道，你看墙上画了好多诗，可惜我不识字的。

我的母亲，每年从家乡海岛玉环前往新昌礼佛，一路向北，经温岭、黄岩、临海、天台，抵达新昌大佛寺，她从不知道自己走在唐诗之路上，走了那么多年。

年少时的我，从玉环前往杭州求学，大巴车一路向北，常于风雪交加的深夜，在天台山会墅岭下车吃一碗面，继续漫长的车程。那时，我不知道自己正走着李白们走过的路，吃着李白们吃过的面。

假如唐诗是一个人，他一定很高兴这些年自己的名字在此被频繁提起，在更远方被更多人惦记。我想，他一定也不介意自己的名字在此被乡野的老人们忘记。这个宇宙，这个星球，李白来过，唐诗来过，人类来过，但地球上所有的文明终是雪泥鸿爪，即使铭刻在石头上。每个生命都独自奋力承载着自己的萌芽，挣扎，绽放，凋零，对于乡野平凡的人们，唐诗当然可以像卖木莲花豆腐的女子想的一样，只是一个认识或不认识的普通人而已。李白是谁？唐诗是谁？他们自己就是。

繁诗似锦，哪及眼前的半点温馨？要紧的，是将日子过成一首好诗。

临走，天姥阁从事诗路研究且热爱写诗的友人夏荷送我红薯干小京生，极新鲜的丰收味道，令口颊生香。心想，来年初春新雨后，古道上会响起孩童们吟诵唐诗的声音吗？

# 廊上耳语

从江南到河西走廊，从东海边到祁连山下，地势渐渐升腾，水汽渐渐稀薄，渐渐稀薄的，还有人间烟火。江南人面对广袤，轻微缺氧的头脑有点混沌，耳朵却变得灵敏，或并非灵敏，是混沌中生出的幻听。

先听见九月的风里响起一声驼铃。正午时分，一匹灰白色骆驼驮着我，穿行在张掖丹霞地貌的壮丽中，如同行走在一个外星球。骆驼停留在一棵蓬蓬草前，打了一个响鼻，我听见脚下古老的土地响起了流水声，叮叮咚咚，像一声声泉的耳语，从骆驼刺和蓬蓬草的叶尖涌出地面，汇集成浩瀚的绿意，幻化成远古时代的无垠汪洋。光阴煮海，时间将曾经的汪洋大海煮了几亿年，熬成了这一片集雄险奇幽美于一身的地貌，蜜般柔软，糖果般多彩，极地冰川般肃穆，母亲额头般沧桑。

经过峡谷某个拐角处时，骆驼和我一起向上仰望，我顺着它的视线伸出手，在红色崖壁的砂砾中摸到了一颗极小的贝壳。亿万年来，这颗小小的贝壳经历了些什么？陨石雨，伽马线辐射，沸腾的岩浆，汹涌的海水，生命诞生，人类进化，国家纷争，政权交替，金戈铁马，烽火连天……直到此刻，它和大海一起，被时间定格成无边的静美，唯有一场雨或雪，才能让所有的色彩醒来，像一次次回忆，一次次短暂的重生。

站在彩色丘陵的某个高处俯瞰，我听到猎猎风声里响起一个苍凉悠远的乐声，嘟嘟克笛孤独的音色，如游刃穿行于风，引领着长号、提琴、竖琴、定音鼓等，如泣如诉的旋律渐渐恢宏。眼前一层一层的山浪向着同一个方向倾斜，天上一层一层的白云也向着同一个方向倾斜，像一支支队伍在雄浑的音乐里行进，时光之河浩浩汤汤穿过河西走廊。我看见光线急速变幻中一张张年轻的脸，年轻的张骞带着比他更年轻的汉武帝刘彻的嘱托，开启了出使西域的凿空之旅，年轻的骠骑将军霍去病策马扬鞭剑指匈奴，年轻的僧人玄奘独自踏上了五万里西行的生死之旅，年轻的一行行驼队掠过地平线上的落日，足印迅速被风沙吹老。历史与今天、东方与西方、古典与现代激烈碰撞，璀璨的文明之光闪耀苍穹。

时间深处，一条古时称为“弱水”的黑河之上，日夜萦绕着一曲曲动人的音律。“张国臂腋，以通西域”，古为河西四郡（金张掖、银武威、酒泉、敦煌）重中之重的张掖，是丝绸之路重镇、兵家必争之地，作为河西走廊的一部分，在历史长河中对华夏文明产生了极其深远的影响。张掖四万平方公里的土地南枕祁连山，北依合黎山、龙首山，荒漠与绿洲共存，南国风韵与塞上风情共生，东西方文化在此交融，没有国界的音乐语言，成了亲和力最强的使者。张骞带回胡乐“横吹”传入西京，细君公主“携琵琶下嫁”乌孙王昆莫，“灵帝好胡服、胡帐、胡床、胡坐、胡饭、胡空侯、胡笛、胡舞，京都贵族皆竞为之。”北魏时，当地音乐与龟兹乐相结合的《秦汉伎》传入中原，被称为《西凉乐》，佛教音乐传入中原，被称为《西凉州呗》，成为佛寺法乐。唐代，丝绸之路音乐文化交流达至巅峰，孕育出了响彻世界的“唐乐”高峰，《十部乐》涵盖了丝路沿线各民族的音乐。唐太宗李世民有言：“朕闻人和则乐和。隋末丧乱，虽改音律而乐不和。若百姓安乐，金石自谐矣。”著名的《霓裳羽衣舞曲》便由唐玄宗改编自甘州音乐，甘州边塞曲流入中原后，成为教坊大曲，《八声甘州》《甘州曲》等词牌、曲牌流传至今……上下两千年、纵横近万里的时空里，河西走廊成为了一个音乐的长廊。时间来到二十一世纪，在全世界书写了无数音乐奇迹的希腊音乐大师雅尼与中国再续前缘，继

《夜莺》之后，创作了充盈着史诗情怀的《河西走廊之梦》，嘟嘟克笛引领的恢宏旋律，美得让人流泪。

“凡音之起，由人心生也。”音乐的交流，是人心的交流。人类文明的进程中，冲突无所不在，而音乐很大程度上缓解了冲突。如果说，张掖以一个母亲之温柔腋窝的意象，成为热爱和平的民族的心头痣，那么，河西走廊上古往今来的一曲曲乐音，是一只只白鸽，环绕成母亲至绵至柔的臂膀，拦断了铁蹄、战火和隔阂，驱赶着死亡和离散。

科学告诉我们，时间的箭头永远指向无序，沙丘城堡会被风吹走，丹霞地貌最终会坍塌，冰川正在消融，月亮正在远去，太阳会变成白矮星，所有的星系星球都会灭亡，宇宙最终会陷入一片死寂。物质经过漫长的轮回循环无限组合，才产生了生命，地球经历了四十多亿年的沧海桑田，才产生了人类。人类文明于无垠的时间，只有千兆亿分之一那么短暂，那么，人与人之间为何还要相残？而非争分夺秒去爱？

焉支山下，山丹军马场，我不知道一匹解甲归田的军马，是否愿意和我聊聊祖先辉煌的曾经。它是一头漂亮极了的汗血宝马，通身黝黑发亮，偶尔抖一下耳朵，眨着长睫毛，安静地承受着人类好奇的抚摸，却不知从哪里透着一副不羁的神情。在它的附近，两匹棕红色大马在隔着栏杆亲吻，一匹粉红色的阿拉伯马一刻不

山丹军马场，两匹棕红色大马在隔着栏杆亲吻。

摄影：苏沧桑

停地走来走去。

我学着英国小说《马语者》中的男主人公，试图去识别一匹马的耳语。我轻轻从它的侧面摸上它的脸颊，如果摸向它的正面，它的眼睛看不见，会受惊，可能还会咬人踢人。我将脸贴近它的脸，蹭到了粗糙而柔软的鬃毛，看到了长睫毛下瞳孔里浮现祖先们奔驰在辽阔草原上的画面，听到了它的耳蜗里响彻金戈铁马之声。公元前121年，霍去病击败盘踞在焉支山、大马营草原的匈奴各部后，全线打通了河西走廊，在此创建了山丹皇家军马场，山丹马从此伴随着汉家将士驰骋搏杀，保家卫国，在漫长的岁月中几经沉浮。北魏统一北方后，十数年养马高达二百万匹。隋炀帝西巡张掖，在此会见突厥及西域二十七国王公使者。唐朝养马极盛时逾七万匹以上。晚清时局动荡，马场只剩数百匹马，民国时更沦为军阀的私人牧场，直至新中国正式接管山丹军马场，如今是我国乃至亚洲最大的军马繁育基地。两千年来，这个世界上最大最古老的军马场，也见证了一个东方古国的再度崛起。

九月的焉支山下，大马营草原上万马奔腾，一道道马脊如一望无垠的麦浪起起伏伏，传递着李白的朗声吟诵 ：“虽居燕支山，不道朔雪寒。妇女马上笑，颜如赪玉盘。翻飞射野兽，花月醉雕鞍……名将古是谁，疲兵良可叹。何时天狼灭？父子得安闲。”

群山偃旗息鼓，人们放马归山，解甲归田，马和诗歌的耳语里有一个相同的暗号：“回家”。

在离军马场一百多公里的民乐，夕阳斜照进一个酒库，一个个巨大的棕色酒缸上，覆盖着一块块异常鲜亮的红缎子，像盖着红盖头的新娘。一个小勺伸进了酒缸，睡了三十年的酒醒了，叹了一口气，吐出一串咕咚咕咚的耳语，浓郁的香味瞬间弥漫开来。在汉代“九酝春酒法”的基础上，张掖人用高粱玉米大麦小麦大米豌豆等九种粮食酿制了独具一方风味的美酒。三十年陈的白酒在玻璃酒壶里，呈现夕阳一样的淡淡金黄。我与金黄对视，看见清澈的酒里凝结着浓稠的历史，是与江南的黄酒截然不同的另一种风骨，似凌厉眼神，似铿锵之音，又似温软的炉边夜话。我想，从前，它一定是出征酒，万马嘶鸣，尘土飞扬，一碗一碗烈酒被仰脖喝尽，一只一只酒碗被摔得粉碎；它也是庆功酒，团圆酒，被劫后余生的人群痛饮，化作眼泪飙飞，化作一场场思念的雪。此刻，它只是一杯民间的酒，沁入了寻常百姓日子的酒，像一个静坐于喜宴主桌的老人，微笑着，眼神安详。

朋友们拎起一壶酒干杯，一位本地学者说，在我们刚刚经过的马蹄乡，他年轻时去玩过，裕固族的朋友们听说来了他这个从来不会醉的年轻人，消息波浪式地传遍了草原，所有人都跑到帐篷里请他喝酒看他喝酒，他两斤白酒的量，一直喝却一直不醉，七天七夜没出过帐篷。

处处岁月静好，这是“张掖”这个名字的福报吗？如果不是，也一定是张掖的祈祷词。

我浅尝几口酒便醉了，歪在飞驰的面包车里，半梦半醒间，听两位朋友高一声低一声的对话，像一声声耳语。他们一个来自天津，一个来自西宁，隔着车子的过道，两人从一碗“炒炮仗”开始，讲甘肃的面，天津的面，讲当年的八国联军和义和团，讲一位大臣向慈禧太后报告说，外国人没有膝盖，眼珠不会拐弯，走路直挺挺的，我们拿竹竿一挡，他们就倒地不起了。

大家大笑，我也大笑，见车窗外夜色已经降临，耳蜗里响起东海边一声熟悉的耳语。江南被桂花树覆盖的娘家小院里，想必七旬母亲正双手合十，喃喃祈祷，每一个晨昏，她祈祷的第一句话总是：国泰民安。

世界安宁，我们才能听得见亲人们的耳语。母亲的耳语是一个涟漪，传给了千万里之外的我，从耳蜗传到心脏，传向四肢，传到脚底，传给车轮，通过车胎与地面的摩擦，传给了我脚下这片古老的土地，并得到了它的回应。

于是，我听见整个河西走廊上，响彻悠长的声声驼铃。

# 李庄意象

古镇李庄像一条小龙盘踞在另一条巨龙的头角上，这是午夜两点的李庄给我的第一个意象。午夜两点的我们乘车向着长江第一古镇李庄急驰，更深露重，视线里一片漆黑，唯有两侧路灯通明，它们构成了一个起起伏伏、弯弯曲曲的空间，让我觉得自己正奔驰在一条金色小龙的脊背上，洞察到了它坚硬明亮的骨骼，这显然是一种错觉。另一条巨龙是万里长江，此刻被淹没在暮春的暗夜中，它的呼吸声亦被哗哗的车轮声淹没。

李庄的街巷，如一棵大树的根须互相缠绕，盘结成了一个巨大的活着的生命体，通身灌注着来自长江的浩渺之气，这是午后两点的李庄给我的第二个意象。一千四百多岁的李庄依偎着长江，“江导岷山，流通楚泽，峰排桂岭，秀流仙源”，云层泄下微光，照亮着窄窄的羊街，照亮着古宅古庙的白墙青瓦，照亮着质地沉重的木门，也照亮了一些脚步声和人语声，它们来自现实，也来自时间深处。一直走，任何一条青色的石板路都会将脚步带往青色的长江，带向千万里之外的远方。

从长江之尾的江南来到位于长江之首的李庄，时空的转换并不明显，这满目的葱茏和薄雾、江岚杂糅而成的暮春气息，和江南多么相像，和无数南方古镇多么相像。然而，当我尾随着一位诗人，掀开一家茶馆的门帘，走进空无一人的小店，眼前忽然变得幽暗，耳边忽然隔绝了人声，时隔八十年并不遥远的历史如惊涛骇浪汹涌而来。庭院，祠堂，庙宇，纪念馆，老邮局，我们一次次穿行其间，一次比一次更深地走进了李庄的内部。

“同大迁川，李庄欢迎。一切需要，地方供应。”

我久久凝视着这十六个字，不是沉醉于这一横一竖、一点一捺的汉字之美里，而是震撼于这字字千钧里蕴藏的博大胸怀和豪迈气概。抗日战争爆发后，上海国立同济大学校园在日寇轰炸中仅剩断壁残垣，无处安放“一张平静的书桌”，经过三年流离、六次内迁，“千里流亡，亟待整理”的同济大学等机构，亟须搬迁至川南一带，使民族文化得以薪火相传。1940 年 8 月的某一日，李庄羊街 8 号，乡绅罗南陔的府邸内聚齐了张官周、杨君惠、宛玉亭、范伯楷、杨明武、邓云陔、张访琴、李清泉、罗伯希等全镇名流，商议同济大学和“下江人”来李庄安身的大事。

写下十六字电文的罗南陔，留在黑白照片上的容颜那么儒雅，清瘦，甚至孱弱。他写下这十六个掷地有声、字字千钧的字时，手腕可曾犹豫？指尖可曾颤抖？是否有人阻拦？是否有人在他身旁叹息？他可曾想到，这言简意赅的十六个字，打湿了多少读书人的眼睛？在当时的地图上连名字都找不到的李庄，这仅有三千人的小镇，将会拥入一万多中国最顶尖的知识分子和读书人？

梅贻琦、傅斯年、李济、梁思成、林徽因、金岳霖、董作宾、童第周、唐哲、石璋如、陶孟和、梁思永、吴定良、李方桂、莫宗江等来了，同济大学的教授和莘莘学子来了，中央博物院和中央研究院的历史语言研究所、社会科学研究所、人类体质学研究所等三家国家级研究机构以及梁思成的私立中国营造学社来了，“九宫十八庙”悉数腾出，“各公私处所均已不顾一切困难，先后将房舍让出，交付同大”，在西南大地的僻静一隅，终于安放下了一张“平静的书桌”。李庄敞开的胸怀，是战壕，李庄敞开胸怀接纳的人们，不仅是学者，更是战士，为中华文脉的保护和传承而战。

“是谁用带露的草叶医治我，愿共我顶风暴泥泞中跋涉……无问西东，就奋身做个英雄……”

电影《无问西东》主题歌在我耳边响起，我看见八十年前的李庄将自己化作了一枚带露的草叶，医治着中华文脉的伤。这是李庄给我的第三个意象。

整整六年，李庄的一草一木、一砖一瓦见证着中国知识分子精英在艰苦岁月中的人格力量和创造的一个个学术奇迹。

石璋如从昆明到李庄一路惊魂，汽车司机“打开车灯吓老虎”，梁从诚记忆里最深刻的是“夜里狼群竟转着车厢嗥了半宿”，还有强盗，还有疾病，还有死亡。

梁思成夫妇贫病交加，典当衣物度日。梁思成因颈椎病痛无力起身，竟用一个花瓶顶住下巴支撑头部继续工作。身患重病的林徽因，听闻毅然从军的弟弟林恒在空战中飞机尚未起飞便已遭轰炸阵亡。暮春的午后，我仿佛还能听见她的痛哭声被她自己声嘶力竭的咳嗽声淹没。

童第周毅然归国和四万万同胞共赴国难，和夫人叶毓芬在李庄用金鱼青蛙做生物实验，简陋的旧居内，回荡着他和来此参观的英国学者李约瑟的对话——“我是中国人”，“不可思议的奇迹”。

李济的两个女儿李鹤徵、李凤徵，因医疗条件太差，相隔不足两年，相继在李庄香消玉殒，一个十七岁，一个十四岁。旧居斑驳的墙上，照片里的女儿们仿佛还在说，我长大了也要考同济大学。

禹王宫，当年同济大学的本部，还响彻着三百六十四名青年教授和学生的慷慨宣誓，他们投笔从戎，慷慨赴死。

一座座古老的庵堂寺庙里，还依稀闪现着无数中华文化的传承者和捍卫者的身影，他们面如菜色，身形清瘦，衣冠整洁，眼神坚毅。战火映照着他们高贵的人格，映照着铭刻在他们心里的两个字：家国。

在那段苦难岁月里，梁思成夫妇完成了《图像中国建筑史》等一批重要著作；唐哲、杜公振等完成了《痹病之研究》，成果挽救了上万人的生命；金岳霖开始了计有六七十万字的《知识论》的书写；吴金鼎、王介忱、李济等人的川康考古收获颇丰；陶孟和主导编纂了抗战以来经济大事记和《1937—1940 年中国抗战损失估计》；李霖灿、董作宾等人也完成了轰动学术界的象形文字研究著作……

而做出巨大牺牲、成为中国抗战大后方四大文化中心之一的李庄，也受到了文化的反哺，有了电灯和电力，根治了流行麻脚瘟病，李庄的孩子们受到了空前良好的教育。世界也在李庄人面前打开了另一扇窗，当时，国内外邮件纷至沓来，信封上只要写上“中国李庄”就可准确送达，李庄也成为中国绝无仅有的李庄。

入夜的李庄宁静古朴，走在小巷里，能深深感觉到这个被誉为“中国文化的折射点、民族精神的涵养地”的古镇，仍然是一座生活着的古镇。孩子们在屋檐下欢笑着玩着古老的游戏；白糕店里，女人们用背篓背着孩子，给街坊们称着手工做的白糕；两位年长的妇女一人一把小竹椅，对坐在溪流两边，一边打毛线一边聊天；街边亮着灯的门廊里，一位老人给他的老伴轻轻捶着颈背；一家裁缝店很像我故乡楚门镇上母亲三十年前开的裁缝店，再晚一点，他们会将一扇扇竖的门板装上去，关灯回家。时光如穿过街巷的溪流涌动着，仿佛带走了什么，又仿佛什么都没有带走。

和平年代，读书人的风骨与担当已无须经历战火的考验，但身后仍有无数双眼睛在凝望。中国李庄，也许就是这样一双眼睛。这双眼睛曾是裹在一个巨大伤口上的草药，风干成了一枚彪炳历史的勋章，这是李庄给我的第四个意象。

谷雨将至，清晨的长江边，一群写书人坐在奎星阁吃早餐。我曾尾随他进入空无一人的茶馆的诗人谷禾兄说，来过李庄很多次，与茶馆老板熟识了，常去叨扰他，不知如何感谢，老板对他说，你送我一首诗吧。

一枚暮春的落叶应声落在桌前，抬头见青色的长江浩浩汤汤滚滚东去，想起电影《无问西东》里曾为之流泪的一句台词："这个时代缺的不是完美的人，缺的是从自己心底里给出的真心、正义、无畏和同情。"不知为什么，此刻，我还想起离李庄三百多公里的三星堆文明，想起离李庄两千公里的大漠深处卫星发射中心掠过耳边的猎猎风声，想起离李庄一千八百公里处长江入海口的滚滚波涛，想起与我的住处一江之隔的跨湖桥文化遗址内，八千年前的独木舟静卧在水下六米，想起人类留在月球上的脚印，热泪忽然在心里滚滚而下。

这满目的葱茏和薄雾、江岚杂糅而成的暮春气息，和江南多么相像。

摄影：海天

# 古道密码

春天，我们去富阳新登看桃花。看桃花之前，十来个人在车上讨论着万亩桃花到底有多壮观。都是舞文弄墨的人，对数字很是没有概念，一亩有多大？一万亩是一望无际吗？当地朋友笑了，说，不是一望无际，是一层一层种着桃花的梯田，沿着山坳一直延绵至大山高处和深处。于是，我仿佛已经看见，漫山遍野的桃花，像粉色的瀑布正在往山上倒流，像一整个春天在时光里倒流，流得很慢，像日出日落那么慢，像行云流水那么慢，像如今人类唯一还保持着亘古不变节奏的心跳和呼吸。

当我们真正进入花海，便进入了无边的寂静和无边的喧哗。每一朵桃花都是安静的，然而无数朵安静的桃花，汇聚成了巨大的喧哗，密集，震耳欲聋。被这无边的寂静和喧哗感染，大家先是沉默了一阵，继而又开始讨论。讨论桃花，讨论枝干的苍遒，花瓣的娇嫩，讨论剪枝和收成，讨论转基因和毒疫苗，讨论留守儿童和老人，房价和雾霾，讨论战争和宇宙大爆炸……我们当然还讨论文学，讨论最近一部极火的韩剧为什么那么火。

有人说，我们的缺失，是文学精神的缺失。

有人说，多少行业、领域，都正在缺失一种精神。

有人说，还是看桃花吧，说多了都是泪。

桃花一语不发，像在凝神倾听油菜花、紫云英、草、竹林和山野的低语。一阵微风掠过，传来了很响的蜜蜂的嗡嗡声，听起来无法无天，多少年没有听见这样的声音了。一只很大的黑红色蝴蝶，停在一株油菜花头上。我用手机捕捉它的须眉、黑红相间的肚皮、翅膀上的诡异花纹，它居然不逃，慢慢舒展开双翅，又慢慢闭合，一点不在意我这个另类对它构成的威胁。此时此刻，天地静谧安详，只有我一个人在喧闹，姿态很忙，心思也很忙，而桃花一门心思开花，等待授粉结果，竹子一门心思长高，蜂蝶一门心思采蜜，它们没有更多欲望，因而没有更多烦恼。我停下脚步站了会儿，突然开始喜欢这个我本不太喜欢它的名字的地方——新登，半山。那时，我没有想到，我即将与一个千年前的灵魂相遇。

看完了桃花，春寒浸透了每一个人。大家用酒和茶驱逐寒气。

夜真正开始时，一位文友因第一次参加采风，敬了所有人一杯酒，大概喝高兴了，突然高声唱起了家乡的婺剧，音色很土，声调高亢，落在猝不及防的酒席上，把大家都吓了一跳，他也愣了一下，便嘿嘿笑了两声又埋头吃菜。上车后，他似乎意犹未尽，旁若无人地唱了一路的越剧，《葬花》《劝黛》《送凤冠》等等。突然，他抓着前排陆兄的肩膀大声说，下辈子，我一定要做一个戏子，唱大花脸，去流浪，去过从前慢悠悠的日子！陆兄平静地说，为什么要等到下辈子呢？

其时，同伴们都在聊天，我的听觉在黑暗中闪躲腾挪，捕捉着他自言自语般的哼唱，他唱的每一个段子，我都会唱。没有人看见黑暗中的我一直无声地跟着他唱，无声地喊：我也想去！

夜里八点，一个叫湘溪的山村、一条溪水旁、一个干净的民宿收纳了我们，大家互道晚安。我和园姐约好要出去走走，但外面黑灯瞎火的，被大家一劝，犹豫了。站在各自的房门口，我们对望了一眼，想看穿彼此的心意，去还是不去，假如有一个人觉得累了，就绝不勉强。昏暗的灯光下，我们读懂了彼此，异口同声地悄悄说了声：走。

当我们从院子里往溪边走，陆兄也下来了，说，一起走。然

阳光从参差的藤蔓漏下来，在苏东坡古道上铺开了一张画，

是我穿过一千个春天截获的人生密码。

摄影：苏沧桑

后，楼上阳台传来一个怯怯的男声：我可以加入你们吗？我们说当然好啊！却不知是谁。待他在眼前站定，才发现是当地一位不熟悉的文友，家就在这个村里，有点意外，有点惊喜。突然又有人从二楼阳台门露出半个脸来说也要去。我们沿着溪水边走边等时，她来了，说，后面还有人来。于是，两个人的夜行，变成了六七个人的。

一群人在黑暗中走，听到了越来越有力的溪流声，随即，感觉双脚踩上了一条鹅卵石泥路，抬头可见一条影影绰绰的长廊。大家漫不经心地走着，好像说了些话，又好像什么也没说。我觉得很自在，一群热爱文字的同道者，本来就应该是这样的状态，可以说什么，也可以什么都不说，很多话都在文字里表达了，或将在文字里表达。夜虽冷虽暗，大家散散落落的看不到彼此的脸和眼睛，却觉得很近，这是白天没有的感觉，也是很多关于文学的场合没有的默契。

不知过了多久，眼前慢慢亮起来，感觉双脚踩上了平坦的水泥路，才知已走完了溪边小道。大家回头，猛然看见路口牌匾上赫然几个大字——“苏东坡古道”。

每一个人都“呀”了一声，除了那位加入的当地文友。一路走来，他居然什么都没说。

我站在那几个字下，眼眶一热。我怎么都想不到会在此地此刻与他相遇——苏轼，与我同姓的祖辈，族谱里的远亲，我最敬又最爱的古人。他是儿时墙上挂的那幅《水调歌头》，是三十岁时读到的林语堂《苏东坡传》里那个活色生香的男人，是离家不远那一段梦一般的苏堤，是暗夜里灯火阑珊处颔首微笑的兄长，是让人肝肠寸断的《江城子 · 记梦》……他的一切才情品性，甚至有点“二”的可爱，都让我痴迷，并怀疑自己血液里真有他一丝一缕的基因，否则为何明知像他一样真性情的人注定一生坎坷，却一次次纵容自己的心魂誓死追随？多么希望，我真的有他哪怕万分之一的传承啊。

公元1073年旧历二月，他来新登时，三十八岁。那时，他的境遇虽然不是很好，但还不是特别糟糕。虽妻子王弗、父亲苏洵都已过世，但他续娶了王闰之为妻，又陆续生了两个孩子。虽与王安石相悖，自请外调，但在杭州期间工作顺利，爱情甜蜜，还觅得不少知己。那时，离他在密州写下千古绝唱《水调歌头·明月几时有》还有三年，离乌台诗案还有六年，离他在黄州自号东坡居士写前后《赤壁赋》和《念奴娇 · 大江东去》还有近十年。

夜里，四十八岁的我和三十八岁的苏轼聊天。

我说，老弟，我不快乐。

他说，怎么？

我说，人心不古，不痛不痒的文字于现实有何意义？我还要继续写吗？

苏轼先是顾左右而言他，问我，小说是什么？电视剧是什么？散文是什么？见我不答，才说，继续写吧，写所有正在流逝的美好的东西。

我说好。

我又问，身体被速度裹挟，灵魂被脚步抛弃，我想从巨轮中逃出来，做简单的自己。我可以放下所谓的得失，但我可以放下责任当一个逃兵吗？

他没有回答。

当早晨的阳光穿过窗帘啄醒我，我想起，我并未梦见他，而是我在梦里自问自答，并且，依然没有答案。我迅速起床，直奔那条昨夜我走过、他在九百四十三年前走过的溪边古道。

此时，正是旧历二月，正是多年前他来的时节。我想，他那时看到的和我此刻看到的景物，应该是差不多的。他这样写道：

新城道中（其一）

东风知我欲山行，吹断檐间积雨声。
岭上晴云披絮帽，树头初日挂铜钲。
野桃含笑竹篱短，溪柳自摇沙水清。
西崦人家应最乐，煮芹烧笋饷春耕。

这首诗，难以掩饰他行走在春天的田野里的兴高采烈，大概正如陆兄后来所说，当时他在一位农妇家住了一晚，吃了煮芹烧笋，心情大好。

然而还有第二首，是这样写的：

新城道中（其二）

身世悠悠我此行，溪边委辔听溪声。
散材畏见搜林斧，疲马思闻卷旆钲。
细雨足时茶户喜，乱山深处长官清。
人间岐路知多少？试向桑田问耦耕。

一颗归隐的心，昭然若揭，这才是他的心声。如同久在沙场的战马，他已疲惫不堪，翘首以盼鸣金收兵的信号。他哪里会想到，近一千年后，有一个和他同姓的女人，站在他走过的古道上，纠结着是否为自己敲响“卷施钲”，他更不会想到，他曾足迹遍布的大地之上，有多少被速度、压力裹挟着的睡眼惺忪的孩子、大人，也侧耳倾听着也许永远不会响起的“卷施钲”。

苏东坡古道的尽头，是一大片怒放的油菜花，我像疯子一样奔进去，任浑身沾满花粉，任过敏性鼻炎更加肆虐。当我在阳光下打着无数个喷嚏时，想起网上一位“苏迷”根据苏轼日记译的几个很“二”的故事——“元丰六年十月十二日夜，苏轼已经脱了衣服准备睡觉。都躺下了，就是睡不着。咋整呢？去承天寺找张怀民。苏轼：老张，睡了吗？老张：没呢！苏轼：就是！睡什么睡，起来嗨！”“苏轼患了红眼病，医生告诉他不要吃辛辣，少吃油腻，尤其是肉。苏轼说：其实我的脑子已经决定听话了，但我的嘴不听。”“苏轼评价自己的作品时是这样说的：说实话，写得太好了！”

奔跑在油菜花田里，我看见苏轼去看风景，走一半走不动了（这于我是常有的事），他看了一眼山林间的亭宇，要到还早着呢，怎么办呢，良久，他顿悟道：我不去了！此事出自他的《记游松风亭》，他说这样决定后，“如挂钩之鱼，忽得解脱。若人悟此，虽兵阵相接，鼓声如雷霆，进则死敌，退则死法，当恁么时，也不妨熟歇。”忽然想,“挂钩之鱼,忽得解脱”是他给我的答案吗?

然而,他自己按照答案做了吗?没有,他一生都不曾做到,否则又怎会有后来的种种境遇,如何会陷入乌台诗案几次濒临被砍头的境地?如何会二下杭州疏浚西湖、建造苏堤?如何会年届花甲还被一贬再贬,直至再无可贬的天涯海角,甚至被逐出官屋,自筑桄榔庵?他六十六年的生命里,几时真正放下一切,当过逃兵?

我奔跑在油菜花地里,其实我没有奔跑,但我感觉到灵魂已随风出窍。我在油菜花田里大笑,其实我没有大笑,我心里在大笑,觉得莫名的轻松——既然放不下,就继续前行吧。一个人别无选择时,也是一种解脱。我想,在昨夜无意的行走中,我的脚步早已在冥冥之中沾染了他千年前的足迹了,它们暗示着我,可以像他三十八岁时那样心存倦意,患得患失,但即便蝼蚁般微贱,也始终不扭曲,不逃跑,为爱着的一切,不怨,不悔。

溪流声很响,是这个早晨唯一的声音。阳光从参差的藤蔓漏下来,在苏东坡古道上铺开了一张画,真切,明亮,温暖。我想,这是我穿过一千个春天截获的人生密码。

苏东坡古道的尽头，是一大片怒放的油菜花。

摄影：苏沧桑

# 去山里看海

这里的每一朵莲，至死都保持着盛放的姿势。

深秋的径山，径山寺所在的径山。一壶鹅黄色的香莲茶递给我们一行七人第一声问候。我想起多年前第一次见它时的情景：“透过玻璃壶底，我们与莲面面相觑。片片花瓣，比宣纸更薄，更透，更淡。细软如珊瑚的白色花茎花蕊，随着水的微流齐齐摇曳。一朵莲，仿佛一条绝世独立、自在游弋的鱼。”

午后的阳光照进枯败的荷塘，大部分用来做种的莲藕已经被起出来，去海南过冬了，到了春天，会被运回来，种下去。最后几朵不动声色盛开着的莲，紫色的，黄色的，与这个叫千花里的地方所有花卉一样，淡定而诱人。我们努力牢记着那些陌生的花名，比如粉黛乱子草，比如醉蝶香，瞬间又遗忘，又去问。如同人到中年，穿梭在所谓的重要场合中，努力记住重要的面孔和名字，转身又忘了，记住的总是一些无用的感觉、味道。

在荷塘水面的反光里，我想象那些莲藕种子，带着泥土，圆滚滚地倾泻进千里之外同样大小的荷塘，安静如一群离开母体的胚胎，蜷缩进临时胚胎管。冬天过后，它们回到母体，春分时节抽出第一枚新叶，新叶在水里亭亭玉立，蜻蜓在新叶尖尖角上亭亭玉立，像诗里写的那样。然后，它们开出了绝美的一朵莲，两朵莲……然后，它们被一双手两双手采下，送进机器，烘干，定格，保持了最美的颜色和姿态。最后，在一注热水里，它们活过来，盛放如初开，释放被定格的所有部分，成为此时此刻我们七个人眼前的这七杯香莲茶。

这是径山递给我们的第一道茶。空灵，绝伦。

径山递给我们的第二道茶，叫“水丹青”。黄昏五分之四轮月亮照见径山脚下一个叫“径茶”的地方，一位未施脂粉、一身铁锈红微旧中式对襟衫的女孩，为我们分茶。没有音乐，没有絮叨，她慢慢地、默默地做着茶，仿佛忘记了我们七个人正眼巴巴盯着她把一小盏抹茶分给我们。但她用茶筅搅动茶沫时，速度极快，手机都无法捕捉。最后，她捻起一枚新牙签，在茶碗里作起了画，一枝梅树，两只飞鸟。大家都说，第一次见。

“水丹青”，是古代茶道的一种，自宋代由径山传到日本，又

这里的每一朵莲，至死都保持着盛放的姿势。

摄影：海天

传了回来，让我想起那些辗转千里的莲花种子。我问她，每天都有表演吗？

她说，不是表演，是切磋交流，以茶会友。越好的“水丹青”消失得越慢。

晚餐时，我共起身三次，舍下无比美味的农家菜，去看隔壁茶桌上那碗“水丹青”，淡了没有，消失了没有。趁四下无人，我拿起牙签，学着她的样子，蘸上深色抹茶，在画上加点梅花。第一下，没有点上，第二下，有了，我点了七下，为每一个人，不知道为什么。

后来她说，你把屋檐也点成了一树梅花的样子。哦，原来那是屋檐。

向来对一切博大精深、繁复精细心怀敬意，有时又会想，世间万物，原都有属于它们自己的日子，我们人，是否介入得太深了？对于茶道，我懒，便不太喜欢那种正襟危坐、煞有介事，不如一个玻璃杯、一把茶叶、一壶热水，随便一靠、一躺，多简单自在。径山茶道尤其是国家级非物质文化遗产“径山茶宴”起源于唐朝，盛行于宋元时期，具有禅文化、茶文化、礼仪文化等多方面价值，有击茶鼓、张茶榜、设茶席、礼请主宾、煎汤点茶、分茶吃茶、谢茶等十数道仪式程序，想想都繁复得要命，而此时此刻，径山茶道因为一个朴素的女孩、一群相投的文友、大半轮月亮、我偷偷点上去的梅花，却有一种可亲近之感，觉得它与你是不隔的，它像天空那么深，像大海那么大，但它离你很近。

两道茶之后，我想，任何领域都藏着千山万水，没有深入，你便永远不解它的美，而介入太深又不好，怎么办呢？

第三道茶，海拔八百米，耗时爬山一个半小时，耗能一碗稀饭一个小馒头一个鸡蛋十几粒山核桃肉，以及爬山时的微喘、微汗，以及等待径山寺一位年轻法师用斋后迎向我们的五分钟。终于，他坐定，我们也坐定。唐玄宗天宝元年（742），江苏昆山高僧法钦遵师嘱“乘流而行，遇径即止”，行脚至径山，于喝石岩畔结庐修行，是为径山禅脉开山之祖，南宋嘉定年间，径山寺被钦定为江南五山十刹之首（五山即径山、灵隐、净慈、天童、阿育王），并日渐成为儒释道三家精神融汇之处，源远流长。此刻，我们坐在法钦、宗杲、无准、紫柏等大德僧人坐过的地方，坐在日本名僧俊芿、圆尔辨圆、无本觉心、南浦昭明等坐过的地方，坐在“茶圣”陆羽、苏东坡、李清照、徐文长、吴昌硕等坐过的地方。坐在瓶子里开着三朵茶花的屋檐下，仿佛坐在云海之下、竹海之上。

苏东坡与径山有着不解之缘，他临终前作的最后一首诗，就是《答径山琳长老》，参透生死、物我两忘的他两日后便驾鹤西去。他一定很爱径山茶，但他喜欢绿茶？还是和我此刻一样，更愿意紧紧捧住一盏红茶的暖意，去抵挡人间的寒凉？

我问眼前为我们泡茶的年轻出家人，是否去过很多庙宇，为什么在这里落脚？有什么不同吗？

他说，也没有去过特别多的地方，但这里静。

他说话时，语调很静，正往茶盏里续着的茶水也如他的语调，没有一丝一毫晃动。

我低下头，盯着他刚刚为我续的那盏茶，看到的是一道牵山绕水、缠古绕今、海一样宽广深邃的茶。

海，是心海。

从径山寺一路逛到千岱山居时，天阴了下来。在云雾渐起、翠竹环绕的巨大露台上，大家高低错落地拍了一张合影，两男五女，春祥伍斌袁敏鲁敏向黎陆梅沧桑，取名“七闲图”，以作分手后的念想。径山绿茶在一个通透的玻璃杯里，收拢了整个山林，影影绰绰的，让我想起去年春天，也是五女两男——母亲舅妈姨妈姐姐和我，父亲和他的学生，在极富人文气息的村庄“山里”，也这样错落有致地坐在一个巨大的露台上喝茶，也这样错落有致地拍了合影。那个叫“山里”的地方，能俯瞰浩瀚的东海，还有万亩盐田，还有比海平面更远的远方，那里有来自五湖四海的音乐人聚拢而成的“放牛班”，以山里为家，创作、演奏、唱歌，看萤火虫，看一整条银河从海平面冉冉升起。

那个春天前更早的深秋，我回家乡待了十天，刻意体验了一次故乡的“劳作”——我十八岁离开家乡前和离开家乡后均从未做过的事情：和渔民们一起剥虾，补渔网，烧土灶，挖红薯，酿桂花酒，做番薯圆，我还想出海捕海鲜、晒盐。这所谓的“寻根之路”，让我不由想，家乡还有多少人在从事着古老的劳作呢？如果不离开家乡，作为一个女子，我的人生本来应该是什么样子呢？大概是这样吧：到海涂上捡海螺蛳、抓弹涂鱼，剥虾不会半小时手指就发白；在海岸边补网，时时向着海平线眺望，右手穿网孔，左手用拇指压住网丝不让它逃掉，穿孔两次，锁住，把重叠的部分展开，周而复始，而不会织了两眼网就手痛；还会在太阳下山后用小铲铲下晒在篾席上的鱿鱼干，然后一个人或一家人吃晚饭，然后在灯下继续补网。我应该会有一个皮肤黝黑、酒量惊人的丈夫，他们叫他“酒雕”、“酒缸”、“酒棺材”，或者“酒刹”。只要没有遭遇不幸，日子虽苦也甜。

但我现在是什么样子呢？一个在城市生活浸淫了三十年的女子，笑容里还有最初的一丝纯真和羞涩吗？我们像不像繁复茶道里的那一盏茶，永远失去了最初的野性和自由？

在老家的沙滩上，躺着一条老死的野狗，看上去很可怜，但我想，至少它没有被去势、没有被豢养，并老死在自己的家乡，而漂泊的人常常如落叶般扭曲，不知最终会落在哪里。人本来应该是什么样子？径山的每一朵莲花，至死都被定格为盛放的姿势，的确绝美，而人非莲花，还是自然地开放，自然地枯萎，像火一样慢慢暗下去，最后熄灭在土里的好吧？

那一晚，我们住在径山稻田中央的一幢民房里。稻田刚刚收割完，斜阳与它相视而笑，如两位老人。夜深了，茶凉了，民房的主人回家了，狗不叫了，围坐在并未生火的炉前的一行七人互道晚安，鱼贯上楼。我自国外回来后整整两个月的失眠，终于沦陷在大海般浩瀚的稻秆子气味里。

# 知章村三叠

## 一

从思家桥墩一步步往窄窄的桥面上走时，我低头看见一双穿着皂色布靴的大脚从唐朝穿越而来，一步步踏上了被步履和岁月磨得发亮的石阶。桥墩边低垂的柳枝，轻拂着一位耄耋老人的白发，石阶缝隙间的青草，隔着布靴轻拂着他的脚踝，桥墩下粼粼的波光轻拂着他的泪眼。

“碧玉妆成一树高，万条垂下绿丝绦。不知细叶谁裁出，二月春风似剪刀。”

这是2021年阳春三月，杭州萧山蜀山知章村。假如船桩记得它的前身，定会记得公元744年同样一个阳光明媚的春日，嫩柳如金，细叶如剪，一叶小舟穿过纵横交错的河港，停在了石桥边，船夫将缆绳穿过石孔洞，拴在了它身上。

船舱里走出一位面容憔悴的耄耋老人。扑面而来的是二月春风，还有他魂牵梦萦了半个世纪的故乡，年少往事如河面的波光一一浮现。他颤颤巍巍一步一步挪上石阶，一步一步挪至窄窄的桥面，将手搭在额上，向着他的出生地和生活了三十多年的家园——文笔峰下的贺家园方向望去。

村里人没有注意到这位神秘的老者，不知道他是浙江省的第一位状元，盛唐的当朝重臣和文坛泰斗，蜚声长安的“吴中四士”之首，八十六岁的贺知章。一场大病后，他抛却荣华富贵辞官回乡，唐玄宗亲自赠诗，皇太子率百官饯行。村里人更不知道他从长安到萧山三千多里的漫漫长路，经历了多少跋涉和艰辛，只有几个孩童好奇地围了上来。

水渠哗哗的流水声，听起来特别欢快，如孩童们在吟唱诗歌，大片黄绿相间的田野，苗木、麦苗、油菜花、豌豆、萬笋和褐色的正待播种的土地，仿佛也在发出欣喜的、蓬勃的朗读声。2021年阳春三月通往知章村贺家园遗址的小路旁，我看到一道道纵横交错的水渠、一座废弃的砖瓦房、一座旧烟囱、一块明代的甲科济美坊，感觉到贺知章来自唐朝的目光，正尽情地吞咽着葱茏绿意，他来自唐朝的耳朵，正沉醉在久违的鸡鸣狗吠声里。

几个孩童从一涧溪流边抬起身子，从柳枝后露出了黑亮的、好奇的眼眸，脸上带笑，尊他为客。

“少小离家老大回，乡音无改鬓毛衰。儿童相见不相识，笑问客从何处来。”

后人已无从考证这位“四明狂客”当时的神情，他的眼里是否又一次涌起浊泪，他在后来的隐居地绍兴镜湖旁写下的这首千古绝唱，朴素冷静的文字里，深藏的百感交集和人生况味，一次次穿越时空，让千百年来无数游子唏嘘沉吟。

## 二

文笔峰下，小臻和小田领着我，高一脚低一脚走在通往贺家园墙基的水渠坎上。她说，上次他们来拍纪录片《狂客 · 贺知章》时，正下着大雨，他俩只能双脚跨在水渠两侧一边走一边摔，从遗址出来时，脚上重了好几斤，全是泥泞。

小臻在她制片的这部纪录片里，还原了贺知章这位浙东唐诗之路上最重要的浙江本土诗人的波澜人生，在探寻贺知章在诗歌中蕴藏的文学世界和盛唐气象时，她一次次来到浙东唐诗之路的源起地知章故里，一次次为村里人感动，她没有想到，在这里，知章文化如此深入民心。千百年来，人们将石桥改为了思家桥，将贺家园前的路改为百步禁界，行人至此须文官下轿武官下马，将他故居前的山峰改为文笔峰，老老少少人人能吟诵他的代表诗作。首场拍摄时，三十多位村民自愿当群众演员，还自告奋勇冒雨挖出一块湮没在泥土里的旧石碑，请他们辨认、拍摄。一群孩子席地坐在樟树荫下齐声朗诵《回乡偶书》，另一群孩子安安静静端坐着参加儿童硬笔书法比赛，她觉得，一千两百多年的时光未曾改变这里的青山隐隐绿水悠悠，勤学重孝、情系家乡等“知章文化”早已融入到百姓们的血脉之中。

此刻，我眼前的贺家园遗址，是一块搭着苗木棚架的空地，草木葳蕤。当年风烛残年的贺知章站在久违的故园里，想必眼前已是满目破败，绿草萋萋。当他跟随儿子隐居绍兴镜湖时，会意识到这是他对故园的最后一眼回望吗？生命的最后时光里，他还写下过《回乡偶书 · 其二》，满纸都是对世事沧桑的感伤，他意识到自己已然是一片失去了故园的无根之萍吗？

公元 744 年，贺知章回到故乡不到一年便溘然长逝。

那一年，在长安紫极宫初遇贺知章被他称为“谪仙人”后“金龟换酒”成为忘年交的李白，带着无奈和遗憾离开了曾心心念念的长安。

那一年，三十三岁的杜甫在洛阳与四十四岁的李白一见如故，杜甫成了李白的挚友（脑残粉），“三夜频梦君，情亲见君意”等怀忆李白的诗就有十几首，主题就是李白我想你了，李白我又想你了，李白我又又又想你了。

两年后，杜甫初至长安，写下了《饮中八仙歌》，“知章骑马似乘船，眼花落井水底眠”，“李白斗酒诗百篇，长安市上酒家眠。天子呼来不上船，自称臣是酒中仙。”

三年后，李白到越中寻访贺知章才得知他早已作古，怅然写下了《对酒忆贺监二首》，“昔好杯中物，今为松下尘”，“人亡余故宅，空有荷花生”。

而后，温庭筠东游吴越，至萧山拜访贺知章故居，留下了“废砌翳薜荔，枯湖无菰蒲”的深深叹息。

而后，从杭州的西湖、湘湖、知章村至绍兴，自镜湖向南经曹娥江，入剡溪，经沃州、天姥山，最后至天台山石梁飞瀑，一条长二百多公里、方圆两万余平方公里的浙东山水之间，渐渐响起一场盛大的行吟，李白、孟浩然、杜甫、白居易、杜牧等四百多位唐代诗人荟萃驰骋，击节高歌，留下了一千五百多首恢宏壮丽的唐诗，也留下了一条逶迤绝美的浙东唐诗之路，浩浩汤汤，蜿蜒至今。

## 三

在阵阵梵音里穿过百步禁界、走进百步寺时，我看见一位五十岁左右面目清朗的男子，箍着裤脚、撸着袖子，正从一个偏房里抱出一床棉被，放到已经叠了十来床棉被的板车上，后来才知，他不是打杂的，而是百步寺的住持。百步寺是传说中贺知章“庙烛烷读”“担母读经”的其中一个寺庙。贺知章年少丧父，信奉佛教的母亲因劳成疾无法行走，他便自制了一副竹箩，一头装着经书，另一头坐着母亲，挑到寺庙里，借着佛堂前的烛光读书，以斋饭充饥。住持来自江苏，慕贺知章名而来，一待就是十七年，原先荒草丛生的小庙成了如今有五个师父且香火渐旺的寺庙，他说，这都是缘分。

从大殿前看出去，正对着文笔峰。住持说，居士们也是慕名而来，为自己家读书的孩子们祈福，沾点贺知章的仙气，受点文化的熏陶，他们刚回去，这些睡过的棉被我们得抱去洗干净，下次再给他们睡。

门廊下一块看起来年份已久的云板在午后的风里微微晃动。每天清晨和午间，香火师父会敲击云板，告诉仅有的另四个师父来吃饭了。云板声很轻，像怕惊扰了文笔峰下的静谧和神圣。

离百步寺三公里之远的贺知章小学，一股清新蓬勃如嫩柳叶般的气流在我身边萦绕。多少年了，我没有在乡村看到过这么多孩子。正逢放学时间，成百上千个孩子排着队，溪流般向着校门口流动，溪流般流动的，还有他们突然响起的欢闹声。

我也从未见过如此诗意盎然的校园。从校门口布满青苔的明代上马石前起身往里走，大厅里外，回廊间，楼梯旁，教室内，墙壁、门框，放眼全是古诗，一间特别僻静的教室里，陈列着春风剪纸社的孩子们用剪纸剪出来的贺知章画像和诗书。一位身着汉服的五年级小姑娘站在贺知章文化陈列室里，神情庄严地为我们讲解，她说，学校每一年都会举办“走进唐诗”大型活动，老师带着学生们朗读经典古诗，用歌舞、短剧演绎知章文化典故。一个单元内容讲解结束后，像传递接力棒一样，她把讲解任务交给下一个男孩，男孩又依次交给下一个女孩。

中华优秀传统文化博大精深，它不是一些流于表面的、零碎而肤浅的元素。贺知章留给后人的宝贵遗产，不只是他脍炙人口的诗句。生性旷达豪放、风流潇洒、自称狂客的贺知章，为何能在权力漩涡的中心安稳度过半个世纪，善始善终，万众景仰？从他的人生哲学出发，也许能寻到中华文化最精髓最根本的部分。

车子缓缓驶离学校时，小臻让我听她手机播放的贺知章小学校歌，我听懂并记住了里面的一句歌词:“诗意润泽我们欢乐成长，知书达理，是我翅膀，冲天一起，万里翱翔。”

在天籁般的童声里，我看见一千多年后的1975年，我的父亲母亲率全家坐上一辆大卡车从温州平阳回到故乡玉环定居。1985年，我的公公婆婆从成都举家回归故乡玉环定居。2019年春节前夕，八十三岁的二伯带着对故乡玉环的无尽思念永远留在了云南，北京九十高龄的表伯把玉环的老房子送给了两个表兄弟，说他回不来了。2020年，我提前退职回到故乡玉环，走进娘家小院，奔向耄耋之年的父母。

在天籁般的童声里，我看见万千游子正在奔赴或在梦里奔赴故乡，他们的脉搏和着“知章村”的心跳，齐声吟唱着永远的《回乡偶书》。

# 家有城兮城四方

## 遇 西 湖

上世纪六十年代末，我出生在海岛玉环，父亲为我取名“沧桑”。十二岁，母亲用我的第一笔稿费买了四幅字，挂满了三楼雪白的一面墙，岳飞的《满江红 · 写怀》、辛弃疾的《永遇乐 · 京口北固亭怀古》、苏轼的《赤壁赋》《水调歌头 · 明月几时有》。窗外吹来一阵阵带着东海气息的南风，我在心里一遍遍默诵着那些诗词，梦想着有一天能去一趟与他们结着深刻情缘的杭州，拜谒我心中的王。

十八岁，我如愿来到弥漫着桂花芳香的杭城读大学，站在灵隐寺不远处象征“前生、今生、来生”的三生石旁，忽然觉得，我和杭州亦会有不解的情缘。此后三十多年，我在西湖边读书、工作、生活、写作，杭州成了我的第二故乡，也成了我弟弟、我的一些同乡同学和很多远方朋友的第二故乡。散文集《银杏叶的歌唱》《一个人的天堂》《风月无边》是我走遍西湖的记录，也是杭州三十多年沧桑变幻的见证。西湖于我是永恒，我于西湖只是永恒之一瞬，不奢望成为西湖的一句诗、一缕月光，做它的一叶柳、一滴水也是好的。

## 西湖以东

那个碧树森森、苇花摇曳的“神秘园”，曾是杭州连接世界各地的航空港，也曾是我的家。1990 年，我大学毕业分配到省民航局工作，在半军事化管理的杭州笕桥机场住了十来年。难忘一个雪夜，单位年会结束后，整整十三个人挤在我家那辆旧桑塔纳里从市区回机场宿舍，一半大人，一半小孩，一半醉了，一半乐疯了。到了机场，桑塔纳里一个接一个“滚”出了大大小小十三“球”，码到了停机坪进口处一杆高耸入云的聚光灯下，一起仰望着鹅毛大雪，默默想了会儿远方的家，接着连滚带爬打起了雪仗，回家才发现谁在我衣兜里塞了一个大雪团。2000 年 12 月，杭州萧山国际机场建成通航，笕桥机场整体搬迁那夜，我坐在指挥车后座，回头见浩浩荡荡的特种车队静静驶离了神秘园大门，承载着几代民航人光荣与梦想的笕桥机场慢慢消逝在视线中，一个巨大的、波浪形的、崭新的现代化国际机场梦境般向我们迎面而来，如杭州向世界张开的巨型羽翼怀抱。多年后，雪夜桑塔纳车里的大人们走上了更重要的一些岗位，有几个孩子正沿着父辈留在雪地上的脚印，延续着他们的梦想，驾驶舱内、舷梯旁、机坪上、空管塔台荧屏前，都有他们忙碌的身影。

## 西湖以西

如果西湖是杭州善睐的明眸，西溪则是她另一只没有化过妆的眼睛。“松木场入古荡，溪流浅窄，不容巨舟，自古荡以西，并称西溪”，“一片芦花，明月映之，白如积雪，大是奇景”，“早春花时，舟从梅树下入，弥漫如雪”，明清时期，西溪与灵峰、孤山并称杭州三大赏梅胜地，拥有独一无二的千眼湖塘、十里梅花、明月蒹葭和底蕴深厚的佛教文化和隐居文化，后来慢慢衰落荒废了。2004 年，一位读过《风月无边》的朋友辗转找到我，诚恳地邀请我为西溪写一本书。两年后，我出版了当代第一部以西溪湿地为文化背景的长篇小说，也是我的第一部长篇小说《千眼温柔》，叙写了当代杭州人关于爱与生命的情感故事，我期盼着有一天，我在文字里还原的世外桃源能复活成为现实中具有神奇力量使人与人、人与自然和谐共处的地方。

2019 年初秋，睽违多年后，我再次来到西溪，寻访一位在西湖和西溪上漂泊了三十年的船娘，感觉三百年前的西溪又回来了，已成为国家湿地公园的西溪如此让人惊艳，祖祖辈辈生活在此的船娘说，全部整治清理过了，原住户搬离西溪了，很不舍，但看到西溪现在这么美这么干净，心里高兴的。更神奇的是，就在这里，人们享受着古意，也享受着“刷脸消费”、“AR 导购”、“魔幻试衣”等黑科技最新最时尚的体验感。

船娘带我泛舟西溪，将船泊在湖心吃午饭，我们相约，等下雪了，乘她的摇橹船看雪落，梅开，吃火锅，喝酒。

## 西湖以南

西湖风月无边，钱塘江水则浇注了杭州的铮铮风骨。多年前一个初春时节，我们带女儿到较为荒凉的钱塘江北岸南星桥放风筝，没想到多年后我们把家安在了这里，而我的生命也抵达了江水般从容的岁月。

窗往南一百米，就是钱塘江，如果夜夜开着窗，就夜夜能听到夜航船的汽笛声。钱塘江上的夜航船，和任何朝代任何江河湖海上的一样，渡名利是非，也渡一个个悲欢离合。农历八月十八，钱塘潮声如雷鸣，气吞山河，潮头如千万匹灰鬃骏马喷珠吐沫，又如十万大军兵临城下，依稀听得到弄潮儿和勾践、夫差、伍子胥、文种、褚遂良、岳飞、于谦、张苍水、苏轼、秋瑾们的呐喊……

夜色来临，江水宁静，两岸灯火次第绽放。钱江新城和南岸的滨江新区像杭州古城悄然长大的两个妹妹，让世人惊叹。金色球形的国际会议中心和月亮形的杭州大剧院如“日月同辉”，线条充满美感的来福士中心、财富金融中心等标志性建筑拔地而起，与江对岸北斗七星状的杭州之门、淡紫色莲花形的奥体中心、仿佛建立在外星人 UFO 上的海创基地遥遥相望，G20 会址、亚运村、滨江天堂硅谷各种高新技术产业基地鳞次栉比，还有无人值守的文创书店，沿江楼宇的巨型灯光秀倒映在江面上，与复兴大桥湛蓝色的倒影交相辉映，与古老的雷峰塔、保俶塔、三潭印月遥相呼应，新一代弄潮儿在电脑键盘的哒哒声里冲浪、翱翔。

家住江边十七年，我写下了《水边》，写下了散文集《所有的安如磐石》《水下六米的凝望》《等一碗乡愁》和《纸上》等，累了，就靠在窗边吹吹风，仰望明月或星空，想，此刻在夜里赶路的人们，一定也会抬头仰望这座古老城市更高更远的未来。

# 西湖以北

盛夏时节，我们穿过一大片碧绿的稻田，像穿越在良渚碧绿的时光里。离西湖二十公里、北依太湖、西傍天目山脉、东临钱塘江的余杭良渚平原，就是“最早的杭州”。每当我想起良渚，就会想起玉的颜色。在那块人们叹为观止的“玉琮王”前，我久久凝视着集头戴羽冠之人面、猛兽飞禽之身为一体的神徽，它无邪的目光与神秘的纹饰，散发着原始的、质朴的端庄和尊贵，仿佛正向人们传递着与宇宙奥秘有关的信息，联通着远古和未来。

良渚古城遗址包括莫角山、反山、瑶山、汇观山在内的一百三十余处遗址群，反映着这里已从原始部落联盟进入了国家治理的文明社会形态，2019 年获准列入世界遗产名录，成为实证中华五千年文明史的圣地。

美丽小洲上刀耕火种的微光，是中华文明最初的文明之光，良渚人呵护着这道光，像呵护风中的蜡烛般谨小慎微。哪里要造个房子、挖个地、种棵树，必须先考一下古，边上就有良渚街道的人和文物局的人盯着，此刻陪我们穿过一大片稻田的良渚朋友，就没日没夜地做着这些极其细碎而具体的事，和无数人一起，用汗水和心血一次次迎来良渚的高光时刻。申遗成功不是句号，瑶山祭台、荀子讲学、杜甫壮游、安溪古镇、梦栖小镇、国际生命科技小镇等新的大美良渚特色项目如一串省略号，波浪般推进着，良渚遗址公园内 5G 信号全覆盖，遗址的保护研究传承和利用均有数字赋能，新兴科技产业在这片古老的土地上集聚成一个未来科技城。写一首诗需要多久？良渚，一首波澜壮阔的史诗，一首破局重构的现代诗。

时空中响起轻轻的翻书声。良渚文化村不远的大屋顶文化广场，稻浪般此起彼伏的翻书声在午后的晓书馆里回响，生活在良渚的居民们戴着口罩，来此买书、看书，老人们坐在木椅和沙发上，年轻人和孩子们半躺在木地板的软垫上，偶尔有几声低语。两个孩子轻笑着跑上二楼，大一点的攀爬上一张凳子，去巨大的书架上够下一本书，递给了更小的那个。阳光寂静，洒在他们毛茸茸的脸颊上，仿佛书里那些伟大的灵魂在亲吻他们。

千年之前，苏轼留下苏堤，白居易留下白堤，古往今来一首首千古绝唱，镌刻着世人对杭州的挚爱。钱塘两岸沧海桑田，人间天堂明月依然。初冬，清晨，我跟着朋友们从孤山绕到白堤，拍鸬鹚抓鱼，见自己的影子与一只摇橹船在湖面金色的微波里擦肩而过，想，走在西湖边的人们，会留给千年以后的杭州什么呢？